블랙 아이스 ▶

PL▷Y

블랙 아이스 ▶

이수안 장편소설

문학동네

차례

프롤로그

달이 없다면 밤하늘에서 가장 밝은 천체는 새벽에 떠오르는 샛별이다. 김상진 회장은 자택의 서재에서 유리창을 마주하고 앉아 샛별을 바라보았다. 암흑한 하늘에 유난히 총총히 빛나는 그 별은 먼동이 트면 아스라이 사라질 허상이었다.

반면 김회장이 일생 쫓아온 것은 허상이 아닌 실재였다. 손에 쥘 수 있고, 누구에게나 같은 형태로 보이며, 가치를 정확히 매길 수 있는 것들이었다. 이를테면 김회장의 필생의 역작이 될 새 고속도로가 그랬다. 견고하게 깔린 콘크리트와 그곳을 오가는 자동차들, 그리고 착실하게 입금되는 통행료. 그것이 김회장에게는 생의 기쁨이며 아름다움이었다. 고속 주행이 가능하도록 설계된 커브의 곡률은 얼마나 미학적인가.

샛별은 어둠을 등지고 순간의 빛으로 사람을 현혹했다. 그것은 기망일 뿐이었다. 노안에 백내장까지 앓고 있는 김회장의 눈에는 이마저도 뿌옇게 흐려 보였다. 눈과 귀가 약해져 별빛의 유혹에도 넘어가지 못할 나이가 된 것이다.

김회장은 새벽하늘을 바라보며 이십오 년 전 벌어진 사고를 떠올렸다. 전날 밤 쏟아진 폭설이 볕에 녹았다가, 해가 기울며 몰려온 한파로 투명하게 얼어붙은 어느 겨울날이었다. 검은 아스팔트가 비칠 만큼 얇아서 '검은 얼음'이라고 불리는 블랙 아이스를 밟고 김회장이 운전하던 차가 미끄러졌다. 살얼음의 속임수에 보기 좋게 넘어간 거였다. 앞서가던 활어수송차의 후미를 들이받을 때 트럭의 대형 수조에 적힌 문구가 김회장의 눈에 들어왔다.

활어가 타고 있습니다. 위급 시 활어 먼저 구해주세요.

그 문장들은 날생선처럼 김회장의 가슴에서 퍼덕거렸다. 비루하고 신성했다. 아니 비루해서 신성했다. 그날부터 김회장은 위기 상황에 처할 때마다 먼저 구해야 할 것들이 무엇인지 생각했고, 그것들은 늘 활어처럼 조금 엉뚱했다.

그는 당장 운전기사를 고용했다. 모든 일에는 적임자가 있는 법이었다. 김회장은 그 사고 이후 사업의 밑그림을 그리는 데 몰두했고, 목표가 정해지면 무조건 직진했다. 그 시절 건설 사업에 뛰어드는 건 절벽에서 다이빙하는 것이나 마찬가지였다. 관련 기업들이 속수무책 무너져가고 있었다. 그러나 블랙 아이스를 밟은 김회장은 마치 구도에 오른 사람처럼 고집을 꺾지 않았다.

늘 그랬듯이 이번에도 최우선으로 구해야 할 것이 있었다. 곧 날이 밝으면 일생의 마지막 과업인 새 고속도로의 개통식이 열릴 것이다. 어떤 흠결도 없이 성공적으로 치러야 할 행사였다.

문밖에서 무람한 발걸음소리가 들렸다. 김회장은 걷는 소리만 듣고도 누군지 알 수 있었다. 들어오라고 말했지만, 윤철중 실장은 문을 두 번 두드린 다음 조심스럽게 열었다. 늘 최선의 예를 다하는 사람이었다.

"현장은 잘 정리됐나?"

김회장은 허리를 굽혀 인사하는 윤실장에게 곧장 물었다. 마음이 조급했다.

"도로는 긴급보수를 마쳤습니다. 그런데……"

"뭔가?"

윤실장은 주저하며 말을 잇지 못했다. 불길한 예감이 벼락처럼 떨어졌다.

"성달산터널 지나 사람이 쓰러져 있었다고 합니다. 아마도 교통사고를 당한 것 같습니다."

낙뢰가 떨어진 자리에 불길이 솟아 활활 타오르기 시작했다. 김회장은 타들어가는 목소리로 이렇게 물었다.

"죽었나?"

"아니요. 아직 죽지 않았습니다."

지옥의 레이싱

시동 ON.

묵직한 에너지가 실린 굉음이 차체에서 터져나왔다. 열두 개의 심장이 깨어나는 순간이다. 이 차의 엔진은 허파를 가진 동물처럼 기계장치의 도움 없이 스스로 공기를 흡입하고 뱉어낸다. 브레이크를 밟은 발끝에서부터 저릿저릿한 울림이 핸들을 쥔 유한의 말초신경을 타고 순식간에 퍼져 오른다. 감각기관이 이 맹렬한 황소에 완벽히 동기화되자, 순간 온몸의 감각이 한껏 발기한다. 유한은 시동이 걸릴 때의 이 느낌을 사랑했다. 오른발로 가속페달을 밟는 순간보다도, 시속 300킬로미터를 넘어서는 절정의 순간보다도 더.

카 오디오에서 릴 나스 엑스의 〈올드 타운 로드Old Town

Road〉가 흘러나온다. 나른한 컨트리 힙합 비트가 흥분을 녹인다. 유한의 심장박동이 서서히 가라앉는다. 계기판의 붉은 침이 잘게 떨고, 마침내 칠백사십 마리의 야생마가 달려나갈 준비를 마친다.

주행 모드는 스트라다STRADA*, 기어를 중립에서 수동으로 바꾸고 핸들에 위치한 패들 시프트를 당겨 가속한다. 이 차에 전진 기어 따위는 없다. 너무 당연해서 필요 없는 것들이 있다. 자동차는 원래 앞으로 달려가기 위한 기계다. 오롯이 직진 본능을 가진 차, 그게 바로 람보르기니 아벤타도르S다.

유한은 지긋한 압력으로 액셀러레이터를 밟았다. 너무 세지도 약하지도 않게, 부드럽지만 단호하게. 녀석을 잘못 다뤘다간 순식간에 저돌적으로 튕겨나갈지도 모른다. 살살 달래가며 몸을 풀어줘야 한다. 시내를 빠져나가는 동안 엔진이 충분히 달궈질 터였다. 한남오거리를 지나 서빙고고가에서 강변북로로 올라선다. 여기부터는 과속방지턱이 없다. 리프트 기능을 조작해 차체를 납작하게 바닥에 붙인다. 주행 모드를 스포트SPORT로 바꾸자 엔진음이 바리톤에서 소프라노로 높아진다. 액셀에서 슬쩍 발을 뗄 때마다 후드득, 후드득

* 람보르기니의 주행 모드 중 일반 운행 모드.

기관총 터지는 소리가 났다.

계기판에 표시된 시각은 새벽 2시 12분. 도로는 한산했지만 자동차 몇 대가 장수거북의 산란 행렬처럼 띄엄띄엄 기어다녔다. 유한은 차들 사이를 재빠르게 파고들며 남성안IC에 진입했다. 목적지는 오전에 개통을 앞둔 민자 고속도로였다. 그곳은 아직 과속 단속 카메라가 작동하지 않을 것이었다. 램프 구간은 생각보다 길고 어두웠다. 음조를 높인 아벤의 배기음이 끈질기게 따라붙었다. 도착한 고속도로는 텅 빈 활주로였고, 아벤은 곧 이륙하려는 전투기처럼 폭주를 시작했다.

유한의 독무대는 오래가지 않았다. 날렵한 근육질의 페라리 F8 스파이더가 등장한 것이다. 황금빛 자동차의 포효는 거침이 없었다. 스파이더는 8기통이지만 2.9초 만에 시속 100킬로미터에 도달할 수 있다. 그러나 유한은 페라리에게만은 질 수 없었다. 람보르기니의 모토는 '페라리보다 빠른 차'였다. 트랙터를 만들던 람보르기니가 엔초 페라리에게 면박을 당한 후 복수심과 경쟁심으로 만들어낸 차였다. 페라리에게 밀린다면 창업주 페루초 람보르기니가 저승에서 벌떡 일어나 유한을 잡으러 올지도 모른다. 태생부터 라이벌인 두 차는 비상등과 전조등을 깜빡이며 전의를 다진다.

뒤이어 오늘의 마지막 주자인 맥라렌 720S가 입장한다. 어둠 속에서도 화려한 오렌지빛 오라가 희붐한 위력을 발산한다.

요란도 작작 떨어야지.

그렇게 생각하면서도 유한은 창문을 내려 맥라렌을 향해 엄지를 치켜든다. 녀석이 그르렁대며 화답한다. 쉰 듯한 하이 톤의 목소리가 지옥의 찬가처럼 퍼져나왔다.

터보 엔진을 단 저 두 자동차는 막상막하의 제원을 가지고 있다. 힘에서도 속도에서도 서로에게 밀리지 않는다. 유한은 오늘의 경쟁 상대가 썩 마음에 들었다. 12기통 자연 흡기 엔진을 가진 아벤타도르S에 비할 바는 아니지만, 만만하지도 않은 상대들이었다.

오늘의 롤링 레이싱*에 참가한 선수들이 세 개의 차선에 나란히 늘어섰다. 이제 여기는 공도가 아니라 서킷이다. 출발선은 성안산터널 입구. 종착지인 주곡IC까지 숨막히는 승부가 펼쳐질 것이다.

유한은 주행 모드를 코르사CORSA**로 바꾼다. 앞바퀴와 뒷바퀴에 실린 힘이 재분배되며 주행 성능이 최대치로 올라간

---

* 주행중 특정 위치에서 급가속하여 속도 경쟁을 펼치는 레이싱.

** 이탈리아어로 '경주'라는 뜻으로, 경주용 주행에 최적화된 모드.

다. 이제부터는 패들 시프트로 직접 변속해야 한다.

세 선수는 시속 65킬로미터, 2단 기어로 나란히 서행을 시작한다. 흥주IC를 지나고 양면톨게이트를 통과하자 성안산생태교가 나왔다. 성안산터널은 생태교가 끝나자마자 시작된다. 터널 입구가 식인 상어처럼 입을 벌리고 달려든다. 지금이다. 쓰리, 투, 원! 풀 스로틀full throttle* 가동.

유한이 가속페달을 밟자마자 공기의 흡입과 엔진 폭발이 시차 없이 일어난다. 준마의 뒷발에 뒤통수를 걷어차인 느낌이다. 130, 140, 150. 속도계의 숫자가 요동친다. 아벤은 찰나의 가속력으로 터널로 빨려든다. 시속 180킬로미터. 이 극적인 반응성은 터보랙**에 걸린 다른 두 선수는 느끼지 못할 쾌감이다.

"유후!"

시속 200킬로미터에 도달하자 유한의 입에서 참고 있던 숨이 터진다. 시속 220, 230킬로미터. 속도계의 숫자가 240을 넘어서는 순간 맥라렌이 거침없는 기세로 아벤을 앞지른다. 간발의 차이로 페라리가 따라붙는다. 페라리와 맥라렌이 연달아 터널에 진입하자 배기음이 연쇄적으로 맞물리며 소리

---

* 가속페달을 끝까지 밟아 엔진이 최대출력에 이르게 하는 것.

** 터보 엔진 차량을 급가속했을 때 반응이 지연되는 현상.

의 돌풍이 인다. 터널 레이싱을 즐기는 이유 중의 하나가 바로 이 웅장한 합주를 들을 수 있어서다.

시속 250, 260킬로미터. 유한의 아벤이 다시 선두에 나선다. 순식간에 터널을 빠져나온 세 선수는 곧장 성달산터널로 진격한다. 두번째 합주가 시작된다. 인근 주민들은 천둥과 대포 소리, 맹수의 울음을 동시에 듣고 새벽잠을 설친다.

곧은 터널 구간에서 아벤의 속도는 시속 270킬로미터에 육박한다. 드디어 아벤이 제 능력을 발휘할 수 있는 속도다. 유한은 아벤과 혼연일체가 되어 날아간다. 절정의 순간이다. 세상 만물과 유한 자신마저 하얗게 뭉개지고 간담을 조이는 날것의 공포만이 격렬하게 펄떡인다. 0.1초의 방심만으로도 곧장 지옥문이 열릴 것이다. 아무리 엿같은 하루를 보냈더라도 이 순간만큼은 오로지 살아남아야 한다는 본능으로 가득 찬다.

언젠가는 아벤과 함께 산산조각으로 흩어져 사라지는 꿈을 꾼다.

아듀, 나의 사랑스러운 차들이여. 너희들은 완벽했다. 단지 조금 빨랐을 뿐.

이런 묘비명을 생각해두기도 했다. 하지만 아직은 아니다. 스물네 살은 죽기에는 이른 감이 있다. 아직 못 타본 슈퍼카도 많다. 야유를 보내는 인간들에게 가십거리를 던져주고 싶지도 않다. 레이싱족은 마약이나 음주를 하지 않는다. 어떤 것에도 취해 있지 않아야 목숨을 담보로 한 이 게임에서 살아남을 수 있다. 한순간도 정신을 놓지 않기 위해, 이 절정의 스릴을 오롯이 즐기기 위해 유한은 집중력을 높여주는 약을 처방받아 복용했다. 지금 유한의 정신은 어느 때보다 맑고 또렷하다.

그래서일까?

유한은 똑똑히 보았다. 성달산터널을 빠져나온 순간 새빨간 너울이 거대한 불새처럼 활공하며 고가 위에서부터 아벤 앞으로 낙하하고 있었다. 유한은 본능적으로 브레이크를 짓이기며 핸들을 왼쪽으로 꺾었다. 끼이익 하는 새된 소리가 노면에서부터 허공으로 뿜어져나왔다. 묵직한 이물감이 차체 위를 스쳤다. 핸들이 좌우로 거칠게 떨렸다. 270을 찍었던 속도계가 순식간에 곤두박질쳤다. 가공할 만한 제동력으로 아벤이 멈추기 직전, 앞 범퍼 왼쪽이 중앙분리대를 날카롭게 긁었다.

아벤은 1차로에 완전히 멈춰 섰다. 유한의 심장이 낚싯줄에 걸린 물고기처럼 날뛰었다. 뒤따르던 맥라렌과 페라리가 앞서가던 황소의 광란을 목격하고 급하게 감속하기 시작했다. 두 차는 아벤을 지나쳐 100여 미터를 더 나아간 후 가까스로 제동했다. 페라리가 비상등을 켰다. 맥라렌의 운전석 문이 열렸다. 유한은 벌벌 떨리는 손으로 급하게 전화를 걸었다. 맥라렌이 전화를 받았다.

"오, 오지 마."

떨리는 목소리에 결기가 담겨 있었다.

"김유한, 무슨 일이야?"

"돌아가."

"어딜?"

"집으로. 오늘 레이싱은 취소야."

"구급차 불러줘?"

"아니! 나 멀쩡해."

불법적인 레이싱을 벌이다 사고가 나면 나머지 차들은 그대로 도주하는 것이 이 세계의 룰이었다. 공도에서 레이싱을 했다는 사실이 밝혀지면 누구에게도 도움이 되지 않았다. 혼자 드라이브를 즐기다 사고를 냈다고 우기는 편이 나았다.

유한의 안위를 확인한 맥라렌과 페라리는 빠르게 목문IC를 빠져나갔다. 두 차량이 서울 방향으로 차를 돌려 고속도로의 반대 차선에서 사고 지점을 지날 때까지도 아벤은 매서운 두 눈에 불을 켠 채 꿈쩍도 하지 않았다. 어둠에 압도당한 텅 빈 고속도로는 이승이 아닌 것 같았다.

제동이 조금만 늦었어도 꿈에 나왔던 것처럼 아벤과 함께 세상에 작별을 고했을 것이다. 그렇게 생각하자 유한의 손과 입술이 다시 달달 떨리기 시작했다. 운전대를 잡고 있지 않을 때 유한은 극도로 소심해졌다. 유한에게는 아벤과 동기화되었을 때만 발휘되는 기능이 있었다. 용기라고 해도 좋고 객기라고 불러도 좋은 어떤 자신감. 아니, 실제로 그것은 존재감에 가까웠다. 자동차는 유한의 무기였고, 유한은 아벤의 성능이 마치 제 능력인 양 휘두르고 다녔다.

생각을 하자, 생각을.

뭐였을까? 허공에서 날아든 붉은 새는.

유한은 사고 직전 자기가 본 것이 헛것이기를 바랐다. 하지만 그토록 선명한 현실감을 어떻게 설명해야 할까. 활공하던 붉은 새였을까? 내가 새를 친 건가? 아니, 새가 내 차를 친 거지.

유한은 아버지인 김상진 회장이 한 말을 떠올렸다. 호랑이에게 물려 가도 정신만 바짝 차리면 산다고.

아빠, 요즘 세상에 호랑이가 어디 있어요?

멍청한 놈, 너는 그래서 글러먹었다. 세상에 호랑이 천지다. 호랑이만 있으면 다행이게? 늑대, 승냥이, 쥐떼와 바퀴

벌레까지 온갖 잡것들이 득시글거리지.

그래, 여기가 바로 호랑이 굴이다. 정신을 차리자. 유한은 태어나 처음으로 아버지의 조언을 따르기로 했다. 오그라든 심장을 쥐어 펴는 심정으로 아벤의 시저 도어를 열었다. 열리고 닫히는 모습이 가위 같다고 해서 붙여진 이름, 시저 도어. 수직으로 양날개를 펼쳐 올린 모습이 어찌나 위풍당당한지. 아벤의 '하차감'을 완성하는 이 근사한 문짝 아래로 번데기처럼 쪼그라든 유한이 기어나왔다.

왕복 8차선 도로와 갓길은 까맣게 잠겨 있었다. 유한은 1차로에 서서 달려온 길을 돌아보았다. 아무것도 보이지 않았다. 허청거리며 차 앞쪽으로 다가갔다. 그때 무슨 소리가 들린 것 같았다. 고양이 울음 같기도 하고 유령의 곡소리 같기도 한.

소스라치게 놀란 유한은 생각을 하려던 생각조차 잊어버렸다. 아벤을 위시한 만용은 전부 날아갔고, 남은 건 본능에 새겨진 비겁함뿐이었다. 이 상황을 회피하는 것만이 유일한 해결책처럼 느껴졌다. 유한은 생쥐처럼 시저 도어 아래로 기어들었다. 후진으로 차를 빼내 뒤도 돌아보지 않고 내달렸다. 직진 본능. 그것이 이 차의 존재이유였다. 달리면서 유한은 귀신에 씐 듯 혼자 중얼거렸다.

생각을 하자, 생각을.

도로에서 올라오던 음울한 소리 따위는 떨쳐버리고 냉정하게 사태를 파악하자.

우선 앞 범퍼의 손상이 어느 정도인지 확인해야 했다. 전면부 하단과 타이어도 살펴야 했다. 도로 위에 남았을 흔적까지는 생각할 겨를이 없었다. 곧장 3~4킬로미터를 내달린 유한은 갓길에 차를 세웠다. 룸 미러 옆에서 붉은 점 하나가 유한을 노려보듯 깜빡이고 있었다. 유한은 손을 뻗어 블랙박스를 꺼버리고 손톱만한 메모리 카드를 뽑아냈다. 잠시 엄지와 검지로 그것을 꾹 누르고 있다가 바지 주머니에 깊숙이 찔러넣었다. 휴대폰을 열었다. 새벽 2시 35분, 유한은 '차반장'에게 전화를 걸었다. 통화 연결음이 오래 이어졌다.

—연결이 되지 않아 '삐' 소리 후 소리샘으로 연결되오며 통화료가 부과됩니다.

전화벨이 두 번 울리기 전에 늘 받던 사람이었다. 어디선가 누군가에 무슨 일이 생기면 틀림없이 나타난다 해서 차반장이라는 별명이 붙은 사람이었다. 유한은 곧바로 다시 전화를 걸었다. 이번에도 지루한 기계음이 이어졌다. 끊어졌나 싶을 무렵 잠이 덜 깬 목소리가 들려왔다.

"라프모터스 차인성입니다."

"형!"

'형' 소리가 절로 나왔다. 그 순간만큼은 그가 친형제보다 더 간절했다.

"유한이?"

휴대폰 너머로 구세주의 목소리가 들려왔다.

세이프티로더*

차인성은 찬물로 빠르게 세안을 했다. 새벽 2시 40분, 프랭커스 볼캡을 눌러쓰고 거울 앞에 섰다. 수작업으로 제작하느라 오래 기다려 받은 제품이었다. 하얀 바탕에 촘촘하게 박힌 큐빅 장식과 황금색 해골 문양이 인성은 썩 맘에 들었다. 그러나 지금은 모자나 들여다보고 있을 때가 아니었다. 인성은 곧장 지하 주차장으로 내려가 은색 랜드로버 디펜더 110에 시동을 걸었다.

'고객이 부르면 이십사 시간 응답한다'가 수입차 중고 딜러숍 라프모터스의 모토였다. 직원이라고는 경리를 맡고 있

* 자동차를 견인하는 용도의 특수 차량.

는 정실장뿐이지만, 대표로서의 자부심은 여느 대기업 총수 못지않았다. 어릴 때 인성은 슈퍼카를 갖는 게 꿈이었다. 철들 무렵 그 꿈이 얼마나 허황된 것인지 빠르게 깨달았고, 그런 눈치와 재간으로 사업을 꾸렸다. 이제는 눈 뜨면 보이는 게 죄다 고가의 수입차였다. 그런 차들을 임시로 맡았다가 진짜 주인을 찾아주는 것이 그의 일이었다. 중고 람보르기니 우라칸 한 대쯤 갖고 싶은 생각이 없는 것도 아니었다. 하지만 열다섯 살인 아들 희웅을 생각하면 그럴 수가 없었다. 재작년에 소아 루푸스 진단을 받은 아들은 아직 투병중이었다. 열아홉 살에 불장난 같은 사랑으로 얻은 아들이었다. 인성은 홀로 아들을 키우며 청춘을 소진했지만, 희웅에게만은 빛나는 이십대를 선물해주고 싶었다. 자동차에 대한 욕심은 희웅을 보면 깡그리 사라졌다. 그래도 차를 갖고 싶을 때마다 사모은 볼캡이 벌써 열 개가 넘었다.

인성의 랜드로버는 라프모터스 전시장이 있는 양재동 서울오토갤러리를 지나 라프캐리어로 향했다. 지난해 라프모터스의 자회사로 설립한 탁송 업체였다. 인성은 일명 '어부바 차'라고 불리는 세이프티로더에 슈퍼카를 싣고 고객에게 직접 배송해주는 일을 즐겼다. 무더위에 도로 한복판에서 시동이 꺼져버린 람보르기니를 실어나르는 일도 있었다. 인성의 고객들은 자동차에 관한 일이라면 무조건 그에게 전화부터 걸었다. 인성이 처리하지 못하는 일은 거의 없었다. 본인이 직접 해결하지 못하면 해결할 수 있는 사람을 어떻게든 찾아주었다.

유한의 아버지 김상진 회장은 인성에게서 열여섯 대의 차량을 구입한 VVIP였다. 그는 슈퍼카와 대형 세단을 선호했다. 12기통 두 대를 포함해 그가 가진 자동차엔진 실린더의 개수가 무려 100기통은 될 것이었다. 중고차 딜러들 사이에서 김회장은 '100기통의 사나이'로 불렸다.

김회장은 새 차를 사지 않았다. 구입하는 순간 원래 가치의 11퍼센트를 잃기 때문이라고 했다. 그는 돈이 많은 만큼 계산도 밝았다. 중고차를 구입하는 나름의 철칙도 있었다. 출고된 지 삼 년 이내, 주행거리 4만 킬로미터 이하의 무사고 차량. 신차는 출고된 후 삼 년 동안 감가율이 가장 컸다. 중고차 시장에 '싸고 좋은 차'는 없다는 걸 김회장은 빠삭하게 알았다. 그의 집 근처에는 차량 스무 대를 거뜬히 주차할 수 있는 개인 차고가 있었고, 그곳을 지루하지 않게 꾸며놓는 것이 인성의 일이었다.

차를 팔 때마다 인성은 김회장에게 보고서를 올렸다. 해당 모델의 신차 출고 가격과 등급별 옵션표를 만들었고, 같은 차종의 평균 주행거리와 시세까지 꼼꼼하게 조사해서 안내했다. '중고차 성능·상태 점검 기록부'를 첨부하는 것도 잊지 않았다. 거기까지는 괜찮았다. 문제는 김회장이 계약 전에 반드시 시운전을 요구한다는 거였다.

김회장의 운전 실력은 참담할 정도로 형편없었다. 기본적인 조작도 서툴렀지만, 대관절 공간지각 능력이라는 것이 있는지 의심스러울 정도였다. 그 와중에 성미는 급해서 액셀을 콱콱 밟았고 그러다보니 급제동하는 일이 잦았다. 때때로 칼치기를 시도했으며(그 실력으로!), 내내 차선을 물고 달리며 다른 차들의 진로를 방해했다. 인성은 그런 식으로 운전하는 사람들을 '김회장'이라 불렀다. 세상의 숱한 '김여사'들을 오해해서 죄송할 지경이었다. 김회장의 차들이 억 소리 나는 고급 수입차라는 점이 다행인지 더 민폐인지 알 수 없었지만, 시운전하는 차량이 고가일수록 조수석에 앉은 인성의 좌불안석은 심해졌다.

운전 실력이 그러함에도 차를 알아보는 김회장의 안목은 뛰어났다. 당연하게도 그것은 경험에서 비롯된 능력이었다. 그는 자회사까지 총 다섯 개의 법인 명의로 부지런히 차를 사들였고 그만큼 되팔기도 잘했다. 김회장이 처분을 원할 때 신속하게 거래를 성사시키는 것도 인성의 역할이었다. 차를 신발처럼 갈아치우면서 운전은 더럽게 못하는, 자수성가한 꼬장꼬장한 노인네. 김회장을 요약하자면 그랬다.

아들놈이 람보르기니를 흠집 낸 사실을 알면 김회장은 어떤 반응을 보일까. 인성은 쓴 입맛을 다셨다. 유한은 고속도로 중앙분리대를 '살짝' 긁었다고 했다. 가드레일이 아닌 분리대면 콘크리트였을 테고, 살짝이든 슬쩍이든 견적 삼천은 쉽게 나올 것이었다. 무엇보다 그 차는 인성이 그동안 거래를 성사시켰던 차들 중에서 손꼽히는 명작이었다. 그렇게 훌륭한 차를 그런 식으로 다루다니! 인성은 유한이 한심하다못해 원망스러웠다. 애초에 아벤을 운전할 자격이 없는 녀석이었다.

라프캐리어에 도착한 인성은 랜드로버를 차고에 넣고 신속하게 3.5톤 세이프티로더에 올라탔다. 이 특장차는 2단 저각 셀프로더가 설치되어 차체가 낮은 스포츠카를 손상 없이 실을 수 있었다. 차량 하부에 에어 댐을 설치해 고속 주행도 가능하게 튜닝해두었다.

지난해 이 차를 구입해 카 캐리어 사업을 병행하면서부터는 차량 탁송이 필요할 때 협력 업체를 부르지 않아도 되었다. 인성은 여윳돈으로 슈퍼카를 구입하는 대신 사업 확장에 투자한 스스로가 대견하게 느껴졌다. '자동차 왕'으로 불리는 헨리 포드 왈, 젊은이들은 절약하기보다는 투자를 해야 한다고 하지 않았던가. 고객이 요청할 때 직접 탁송해주는 보람도 컸다. 고객의 마음을 움직이는 건 의외로 이런 작은 정성이었다.

오늘처럼 사고가 났을 때 출동하는 것도 고객 서비스의 일환이었다. 성의껏 달려가주면 그에 상응하는 보답이 반드시 돌아왔다. '차반장'이라는 별명이 붙을 정도로 동분서주 불려다니는 그를 정실장은 '차호구'라고 비꼬았지만, 인성은 대가 없는 봉사는 없다고 믿었다. 그 대가가 설령 뿌듯함뿐일지라도.

이런 저돌적인 적극성 덕분에 인성은 변변한 밑천 없이도 업계에서 이름난 딜러가 되었다. 김회장도 인성의 이런 기질을 높게 샀다. 김회장은 척박한 토양에 호미질부터 시작해 사업을 일궜다는 자부심이 도를 넘어 모든 사람을 깔보는 경향이 있었다. 재벌 2세니 3세니 하는 자들을 코웃음치며 비판했고, 집안 덕을 봐서 부유한 사람도, 집안 덕을 못 봐서 가난한 사람도 그에게는 모두 경멸의 대상이었다. 집안 덕이 있어도 제 깜냥이 안 돼 못 얻어먹는 인간이 최악이라고 말하곤 했는데, 바로 유한을 두고 하는 말이었다.

유한을 대하는 김회장의 낯빛에는 늘 노기가 어려 있었다.

그래도 제 자식인데 너무한 면이 없지 않았지만, 유한을 생각하면 인성도 한숨부터 나왔으므로 김회장의 마음을 짐작할 수는 있었다. 칠십이 다 된 김회장 나이를 고려하면 늦둥이가 귀여울 법도 했지만 그렇지 않은 모양이었다. 그는 재혼 후 얻은 유한이 전처가 낳은 첫째 유영의 절반도 못 따라간다고 공공연히 말하고 다녔다. 그러거나 말거나, 인성이 아무리 해결사라고 해도 부자간의 골까지 해결해줄 수는 없는 노릇이었다.

유한이 보내준 위치는 아직 개통되지 않은 고속도로 위였다. 김회장 회사에서 유치한 민자 고속도로로, 소유권은 정부가 가지고 있지만 관리·운영권을 삼십 년간 보장받았다고 했다. 맨땅에 고속도로를 건설했으니 '척박한 토양에 호미질' 운운하던 비유가 영 틀린 말도 아니었다.

유한이 구글 맵으로 보내준 위치는 내비게이션에 잡히지 않았다. 앱에서 대강 위치를 파악한 후 세이프티로더를 출발시켰다. 부친이 야심차게 닦아놓은 고속도로가 개통도 하기 전에 유한이 거기에 생채기를 냈다. 도로 파손과 람보르기니 손상 중 김회장은 어느 쪽에 더 분노할까. 굳이 경중을 따지지 않고 마구잡이로 분노하겠지. 김회장의 성정이 떠올라 인성은 머리가 지끈거렸다. 이 도로 위를 달리는 첫 세이프티로더가 될 줄이야.

터널 두 개를 연속으로 통과하자 인터체인지가 보였다. 아벤이 갓길에 비상등을 켠 채 멈춰 서 있었다. 캄캄한 고속도로에 홀로 정차해 있는 람보르기니는 미래에서 날아온 우주선처럼 보였다. 그 안에서 잔뜩 졸아든 유한이 기어나와 환상을 깨뜨렸다.

"혀엉."

"어떻게 된 거야?"

"터널을 빠져나오자마자 빨간 새가 차를 덮쳤어요."

"새?"

"네. 엄청 큰 불사조 같은 거."

불사조라. 대관절 저 녀석의 뇌 구조는 어떻게 생겨먹었을까. 미래지향적인 형태의 자동차를 몰고 가다가 전설 속에 나오는 영묘한 새를 봤다는 거로군.

인성은 이제 유한에게 동정심이 생길 지경이었다(그런데 누가 누구를 동정한단 말인가). 인성의 입장에서, 유한의 제일 나쁜 점은 착하다는 거였다. 본성이 못돼먹은 녀석이었다면 맘껏 미워하기라도 했을 텐데.

인성은 손전등으로 아벤의 앞 범퍼를 꼼꼼히 비춰보았다. 생각보다 손상이 크지 않았다. 위급한 상황에서도 제어력을 잃지 않은 게 천만다행이었다. 친아들이 맞나 싶게 김회장과 닮은 구석이 없는 유한은 다행히 운전 실력까지 아비와 딴판이었다. 면허를 딴 지 만 사 년도 안 됐는데 확실히 드라이빙 감각이 좋았다. 그런 실력으로 이런 사고를 치고 다니는 게 문제였지만.

인성은 세이프티로더의 리모컨을 작동시켰다. 적재함의 발판이 노면에 경사 없이 펼쳐졌다. 바닥에 납작하게 엎드린 아벤이 서서히 올라가는 모습을 유한이 울상이 되어 지켜보았다. 불량배에게 쥐어 터지고 돈푼이나 뜯긴 것 같은 얼굴이었다.

"너도 타."

인성이 세이프터로더의 조수석 문을 열어주며 말했다. 수백만원을 호가하는 브라이틀링 시계를 찬 유한이 꼬깃꼬깃한 천원짜리 같은 행색으로 조수석에 올랐다. 인성이 운전석에 앉아 시동을 걸며 물었다.

"사고 지점이 어디야?"

"왜요?"

"왜긴, 도로 상태 확인해봐야 할 거 아냐."

"괜찮아요. 아빠한테 말해서 수리하라고 할게요."

인성은 고구마를 통째로 삼킨 것처럼 갑갑했지만 말을 아겼다. 엄연한 국가 소유물을 제 아버지 회사에서 지었다는 이유로 사유물처럼 생각하는 것이나, 제 생각만 하느라고 보험사가 아닌 인성에게 전화한 것도 그랬다. 하지만 진짜 답답한 건 인성 자신이었다. 보험사 직원도 아닌 주제에 이 시간에 쪼르르 달려나오다니. 세상이 그렇게 호락호락하지 않다는 것을 이미 호락호락한 세상에 살고 있는 유한에게 백날 말해봐야 뭐하겠는가. 유한을 처음 만났을 때 '고객님!' 하며 깍듯하게 모신 건 인성이었다. 그때 유한은 열아홉 살이었다. 대학교 입학 기념으로 포르셰 718 박스터를 받았다고 했던가. 인성도 그 나이에 뜻밖의 선물을 받긴 했었다. 유한이 포르셰를 몰고 다닐 때, 인성은 유아차를 밀고 다녔으니까.

"그럼, 지금 회장님께 전화드려."

"지금요?"

"어차피 알게 되실 거 빨리 이실직고하고 구원받아. 내일 개통식이잖아."

"형이 대신 해주시면 안 돼요?"

유한의 목소리가 멀어지는 자동차 소음처럼 아득하게 기어들어갔다. 순한 염소 눈빛을 한 유한을 바라보며 인성은 머리를 굴렸다. 이곳에 달려온 이상 김회장에게 지금 알리지 않는다면 인성에게도 무슨 날벼락이 떨어질지 모를 일이었다. 액셀을 밟은 발바닥에서부터 한숨이 올라왔다.

당장 아침 10시에 개통식이 예정되어 있었다. 퍼포먼스에 사용할 차량을 섭외해준 것도 인성이었다. 김회장은 흔한 리본 커팅식에 더해 특별한 이벤트도 준비했다. 롤스로이스의 럭셔리 컨버터블*인 던 블랙배지에 성안시장과 국토교통부 도로국장을 태우고 존 F. 케네디처럼 양손을 흔드는 퍼레이드였다. 도시를 우회하는 기존 도로보다 서울까지의 거리를 이십 분이나 단축했으니 그 정도 쇼는 벌여 마땅하다고 했다. 롤스로이스에 탄 김회장이 사고 지점을 지나다가 바닥에 남았을 사고의 잔해들과 스키드 마크, 마침내 중앙분리대의 상흔까지 발견하는 상상을 하자 인성은 머리털이 곤두섰다. 휴대폰에서 김회장 번호를 찾으면서 인성은 곁눈질로 유한을 보았다. 이 녀석은 어떤 멘탈을 가지고 사는 걸까. 유한은 영혼이 승천한 표정으로 멍하니 앞만 보고 있었다.

"근데, 너 다친 데는 없냐?"

잠귀가 밝은 김회장이 곧바로 전화를 받는 바람에 인성은 유한의 대답을 듣지 못했다. 인성의 얘기를 들은 김회장은 묵직한 탄식을 내뱉었다. 무턱대고 화부터 내지 않아서 다행

* 일명 '오픈카'로 불리는, 지붕을 열고 닫는 자동차.

이었다. 몇 시간 뒤에 열릴 개통식 걱정 때문에 분노도 잊어버린 듯했다.

"코르사정비소 신박사에게 람보르기니를 가져다주게. 도로는 긴급보수팀을 불러서 처리할 테니까."

"알겠습니다, 회장님."

코르사정비소 신박사라. 드디어 그를 만날 수 있다는 생각에 인성은 열없는 기대감에 부풀었다.

불청객들

불길한 전화벨이 신준희를 깨웠을 때, 먼동은 기척 없이 사위가 어둑했다. 늦게 자고 늦게 일어나는 준희는 자신의 생체리듬을 깨뜨린 불청객이 누구인지 확인했다. 김상진 회장이었다. 허리께에 뻐근한 통증이 느껴졌다. 오늘이 며칠이지, 준희는 잠시 날짜를 꼽아봤다. 한 달에 한 번 몸으로 찾아오는 달갑지 않은 불청객이었다.

받지 말까, 오 초쯤 고민했다. 그러나 받지 않아도 결국 아침이면 처리해야 할 일일 것이었고, 그러면 더 복잡해질 수도 있었다. 김회장이 이 시간에 전화하는 데엔 반드시 그만한 이유가 있었다. 준희는 목소리를 가다듬고 전화를 받았다.

"신준희입니다."

"잠 깨워 미안하다."

"괜찮습니다. 말씀하세요."

"지금 거기로 차를 한 대 보냈다. 아벤타도르S야. 유한이가 실수를 좀 한 모양이야. 크게 부수지는 않았다고 하니 말끔하게 부탁한다. 믿을 사람이 신박사뿐이라."

"알겠습니다."

"삼십 분 안에 도착할 거야."

이 시간에 누가 사고를 쳤나 했더니 역시 유한이었다. 준희는 전화를 끊고 침대 옆에 깔린 매트 위로 내려와 가볍게 스트레칭을 했다. 허리 아래로 허벅지와 종아리까지 근육통이 있었다. 매달 극심한 생리통을 앓는 준희를 보며 유영은 대신 아파주고 싶다고 했었다. 걱정보다는 염원에 가까운 말이었다.

양치와 세안을 하고 작업복으로 갈아입었다. 자동차 정비사가 아니라 필라테스 강사 같은 차림새였다. 몸에 밀착되는 신축성 좋은 운동복이 작업하기에 더 편했다. 치렁치렁한 긴 머리는 정수리에 말똥처럼 말아올렸다. 미지근한 물을 한 잔 따라 천천히 나눠 마셨다. 남은 잠이 달아나자 몸이 한결 가벼워졌다. 현관문을 나설 때 시계를 보니 3시 58분이었다.

일층 정비소로 내려가는 계단에서는 탄력을 실어 걸었다. 이렇게라도 몸을 풀어놓지 않으면 작업하다 다치거나 근육이 뭉칠 수 있었다.

정비소는 물속에 잠긴 것처럼 고요했다. 폴딩 도어를 밀어 열고 벽면의 스위치를 올렸다. 레일 등이 켜지며 작업장이 눈부실 만큼 밝아졌다. '코르사정비소'라고 쓰인 외부 간판에 불이 들어왔다. 수리가 끝난 차량 두 대를 전날 출고시킨 참이어서 워크베이가 비어 있었다. 비릿한 쇠냄새가 기름 냄새와 섞여 카도크* 위를 떠돌았다.

직원 숙소로 사용하는 창고 쪽은 조용했다. 그 안에서는 한 명뿐인 조수 주건이 누가 업어가도 모르게 자고 있을 터였다. 깊은 잠은 건강한 이십대의 특권이므로 준희는 구태여 깨우지 않기로 했다. 그 대신 작업장을 한번 둘러보고 오픈형으로 이어진 고객휴게실에서 불청객을 기다렸다.

아벤타도르S가 온단 말이지. 오늘의 불청객 중 반가운 건 그것뿐이었다. 아벤에 딸려올 유한을 생각하자 마음이 불편해졌다. 어린 시절부터 봐왔지만 그 아이와는 끝내 가까워지지 못했다. 유영과 준희 사이에 끼어 놀겠다고 안달하던 꼬

* 차량 하부를 검사하기 위한 장치.

맹이, 늘 어딘가 불안하고 안쓰러웠던 부잣집 도련님. 유영도 자신과 비슷한 마음이었을까. 어쩌면 둘 사이에는 준희가 모르는 숨은 정이 있을지도 모른다. 한 아버지에게서 태어난 혈육이니까.

아벤을 태운 세이프티로더는 김회장이 말한 시간에 맞춰 도착했다. 준희는 부상당한 경주마를 맞이하는 사육사의 심정으로 세이프티로더의 적재함에서 아벤이 내려오는 것을 지켜보았다. 세이프티로더의 조수석에서 유한이 내렸다.

"누나."

"어디 다친 데는 없니?"

준희가 유한을 살피며 물었다.

"잘 모르겠어요. 목이 뻐근한 거 같기도 하고."

유한은 어렸을 때부터 엄살이 많았다.

"택시 불러줄게. 일단 집에 가서 자고 아침에 병원 가봐."

고객휴게실로 들어간 유한은 연신 두리번거렸다. 어쩐지 떨고 있는 것 같기도 했다. 준희는 유한에게서 시선을 거뒀다. 차에서 내린 차인성이 준희를 빤히 보고 있었다. 그의 볼캡에서 황금빛 해골이 번쩍거렸다.

이 남자는 도통 예의라는 걸 모르는군. 준희는 불쾌함을 드러내기 위해 인성의 눈길을 그대로 맞받았다.

"눈싸움이라도 할까요?"

준희가 쏘아붙이자, 인성이 모자 위로 머리를 긁적였다.

"아, 죄송합니다. 신박사님은 처음 만나는 거라 좀 놀랐습니다."

"신박사는 알았는데, 이런 사람인 줄은 몰랐나요?"

"말하자면, 그런 셈이죠. 업계에서 신박사님 모르면 간첩이니까요."

크롭톱과 레깅스를 입은 삼십대 초반의 여성이 신박사라는 것은 인성으로서는 믿기 힘들었다. 여자였다니, 아니, 여자인 건 그렇다 쳐도 나이가 너무 어렸다. 신박사가 누구인가. 국내 수입차 메커닉 시장에서 그의 명성은 자자했다. 열여섯 나이에 독일로 건너가 쾰른인지 아헨인지에서 자동차 엔지니어링을 공부했다던가. 그것도 수석 졸업이라고 했지 아마. 벤츠와 포르셰에서 수석 정비사로 '마스터' 칭호까지 받은 사람이었다. 각 브랜드의 공식 서비스 센터에서도 못 잡는 기술적 문제들이 신박사에게 가면 해결된다고, 형체를 알 수 없게 반파된 차량도 소생시키는 미다스의 손이라고 했다. 오죽하면 신대표나 신사장이 아니라 신박사라고 불릴 정도였다.

신박사의 유능함은 그의 관리를 받는 차량은 고장이 나지 않는다는 데에서 더욱 빛났다. 그래서 몇몇 고객들은 서비스 보증기간 중에도 신박사에게 정기 관리를 맡겼다. 코르사정비소는 그 흔한 블로그도 없었고 SNS 광고도 하지 않았으며 연 단위의 멤버십 고객만 받았다. 가입하려는 사람들이 대기표를 받고 기다린다는 소문도 있었다.

이런 소문들은 언제나 부풀려진다는 것을 감안하더라도 신박사의 이력은 화려했다. 인성의 막연한 상상 속에서 신박사는 연장이 주렁주렁 달린 점프 슈트를 입고 거친 손으로 희끗한 머리칼을 쓸어넘기는 중년의 남자였다.

혼란스러워하는 인성에게 준희가 물었다.

"전체적으로 점검은 하겠지만 일단 손상 부위가 어디인가요?"

인성은 아벤의 앞 범퍼를 손으로 가리켰다. 준희가 아벤을 리프트에 올리려고 시동을 걸자 웅장한 배기음이 터져나왔다. 그 순간 소파에 앉아 있던 유한이 바닥으로 쓰러져 나뒹굴었다. 인성이 유한에게 달려갔다.

"유한아, 정신 차려!"

인성이 유한의 뺨을 두드리며 소리치자, 닫혔던 유한의 눈꺼풀이 번쩍 열렸다.

"깜짝 놀랐잖아요."

"허, 이것 참."

인성은 무언가 동의를 구하는 표정으로 준희를 봤지만, 그녀는 아벤을 살피느라 유한에게는 관심이 없었다. 때마침 도착한 택시에 유한을 태워 보내고 자신도 정비소를 떠나면서 인성은 준희에게 명함을 건넸다.

"라프모터스 차인성입니다."

유한과 인성이 떠난 후 준희는 아벤을 본격적으로 점검하기 시작했다. 십여 년 전 제네바모터쇼에서 아벤타도르를 처음 봤을 때의 흥분이 되살아났다. 독일에서 기계공학을 전공한 후 아우스빌둥* 프로그램으로 자동차 정비를 배우던 시절이었다. 전 세계의 스포트라이트를 받고 있던 그 카본 예술품은 단번에 준희의 마음을 사로잡았었다. 전투기를 모티브로 삼은 아벤은 기하학적인 보디라인을 가지고 있었다. 전조등은 매서운 눈빛으로 준희를 쏘아보았고, 치켜올린 엉덩이와 날렵한 옆구리는 당장이라도 달려나갈 태세였다.

무엇보다도 준희를 설레게 한 건 유리 덮개로 내장을 훤히 드러낸 엔진룸이었다. 6.5리터 12기통 자연 흡기 엔진. 그안

* 독일의 기술 인력 교육 시스템으로 직업학교에서의 이론 교육과 기업 현장에서의 실습 교육으로 이루어져 있다.

에 잠재된 폭발적인 성능을 상상하자 몸에 전기가 흐르는 것처럼 아찔했다.

준희는 유영에게 전화를 걸어 온 파탈을 만났다고 전했다. 유영이 바다 건너 먼 곳에서 "브라보!"라고 외쳤다.

"천하의 신준희를 파멸로 몰아갈 녀석이란 말이지?"

유영은 녀석을 만나봐야겠다며 당장 제네바로 날아오겠다고 너스레를 떨었었다. 그러나 아벤은 준희를 파멸로 인도하기는커녕 정비사로서의 꿈을 실현하는 데 무한한 영감을 안겨주었다.

한밤에 세이프티로더에 실려온 것은 2016년식 아벤타도르S 모델이었다. 더이상 생산되지 않는 12기통 자연 흡기 엔진을 단 차였다. 준희의 머릿속에서 빠르게 제원이 정리되었다.

배기량 약 6,500cc, 최고 출력 740hp, 최대 토크 70.4kg.m, 최고 속도 350km/h, 제로백 2.9초, 상시 사륜구동, 자동변속 7단.

한마디로 굉장한 녀석이었다. 리프트 위에 위풍당당 떠오른 아벤을 LED 조명이 비추었다. 고가의 미술품을 감상하듯 준희는 천천히 아벤의 주위를 돌았다. 제일 먼저 눈에 띄는 것은 역시 앞 범퍼의 손상이었다. 콘크리트 벽에 긁힌 흔적이었다. 카본 소재가 마치 섬유조직처럼 찢어져 있었다. 플라스틱 재질이었다면 찌그러지거나 깨졌을 것이다. 여러 겹의 보강재로 채워진 피렐리 타이어는 불에 덴 것처럼 무늬가 닳아 있었다.

문득 준희의 시선에 잡히는 것이 있었다. 차량의 우측 앞바퀴를 덮는 펜더가 찌그러져 있었다. 완만한 굴곡이어서 눈에 잘 띄지는 않았다. 차체 높이가 겨우 10센티미터 남짓인 전면 하단부에는 미세한 얼룩이 묻어 있었다. 준희는 플래시 라이트를 비추어 오염 부위를 꼼꼼히 살폈다. 타이어를 살펴보다가 왼쪽 앞바퀴 내측에서 붉은 섬유 올 흔적을 발견했다.

부딪힌 것이 벽뿐만이 아니야.

정신이 번쩍 들었다. 차를 보내겠다고 전화한 김회장은 유한이 '실수'했다고 말했다. 그 실수에 이 상황도 포함되었던 것일까? 아마도 아닐 거라고 준희는 생각했다. 이것은 실수로 치부하며 무심히 넘길 흔적이 아니었다. 그 사실을 알았다면 김회장이 일을 이렇게 처리하지는 않았을 것이다. 멀쩡하게 두 발로 걸어왔던 유한은 제 차 배기음에 놀라 소파에 고꾸라졌었다. 천성이 유약한 아이였다. 감당할 수 없는 일을 저질렀다면 세상에서 제일 무서워하는 아버지에게 털어났을 리 없었다.

준희는 아벤을 세이프티로더에 실어나른 차인성이라는 자를 떠올렸다. 그는 어디까지 알고 있는 것일까. 사고 차량인 것을 알면서도 경찰에 신고하지 않고 버젓이 아벤을 업어온 것일까. 준희는 인성이 남긴 명함 속 번호로 전화를 걸었다.

"라프모터스 차인성입니다."

"신준희예요."

"아, 신박사님! 유한이는 집에 잘 도착했다고 합니다. 동생 걱정돼서 전화하신 거죠? 유한이가 그러던데, 사촌누나라고. 그런 말씀은 진작 해주시지."

"아닙니다. 그런 거."

"네?"

"사촌 아니라고요. 김유한이 어디에서 사고를 냈습니까? 현장을 보셨나요?"

"사고 지점은 확인 못했어요. 제가 갔을 때는 차를 이동시켜 갓길에 세운 상태였어요."

"현장을 확인했어야 하는 거 아닙니까?"

"네? 제가 무슨 교통사고 조사반입니까, 경찰입니까?"

인성이 항변했다.

준희는 잠시 숨을 골랐다. 그가 뭔가 감추고 있는지, 아니면 정말 모르는 건지 감을 잡을 수 없었다.

"사고 현장이 고속도로 위였고, 세이프티로더를 끌고 가서 역주행할 수가 없었어요. 가로등도 없어서 깜깜했고요. 거기가 미개통 도로예요. 아시죠? 김회장님이 민자로 운영하는. 차 상태를 보면 분리대도 크게 손상은 안 됐을 거예요. 김회장님이 알아서 처리하시겠죠. 근데 그건 왜 묻죠? 무슨 문제라도 있습니까?"

"아닙니다. 알겠습니다. 그럼 이만."

"아, 잠깐만요. 신박사님."

인성이 다급하게 외쳤다.

"정말 사촌이 아니라고요?"

"지금 그게 중요합니까?"

"그런 건 아니지만."

"김회장이 저를 조카딸이라고 하던가요?"

"아, 그건 아닙니다."

"그럼 이만."

준희는 전화를 끊고 곧바로 휴대폰 키패드의 숫자 112를 눌렀다. 통화 버튼을 누르려는 순간 전화벨이 울렸다. 김회장이었다. 망설이다가 우선 전화를 받았다.

"신박사."

김회장의 목소리가 잠겨 있었다. 준희는 이 목소리를 잘 알았다. 두려움이나 슬픔 같은 나약한 감정을 감추기 위해 노여움으로 위장하는 것이 김회장의 특기였다.

"네, 회장님, 말씀하세요."

"그 차는……"

"말씀하신 것처럼 큰 손상은 없습니다만……"

"폐차해."

"네?"

"그렇게 해. 가능한 한 빨리."

전화가 끊겼다. 준희의 머릿속에 하나의 시나리오가 빠르게 그려졌다. 처음 김회장이 준희에게 전화했을 때는 몰랐던 것을 이제 알게 되었으리라. 당장 오전에 있을 개통식에 차질이 없도록 고속도로에 사람을 급파해 현장을 점검했을 테고, 그곳에서 다른 것을 발견했을 것이다. 긴가민가했던 것이 김회장의 전화로 분명해지는 느낌이었다. 아벤에 충격을 가한 것이 무생물이거나 동물일 수도 있었다. 붉은 섬유를 두른 물건이나 동물. 전혀 불가능한 일도 아니었다. 그러나 물건이나 동물을 치었다고 멀쩡한 람보르기니를 폐차하는 사람은 없다. 12기통 자연 흡기 자동차의 희소성을 김회장이 모를 리도 없었다.

때마침 인성으로부터 메시지가 왔다.

—신박사님, 아벤 수리 기깔나게 부탁드립니다. 중고차 시장에서 보기 드문 단종 모델 아닙니까. 제가 이번에는 진짜 좋은 오너 찾아서 잘 입양 보내겠습니다. 오늘 만나서 영광이었습니다!!^0^

문장 뒤에 함박웃음을 짓는 못생긴 이모티콘이 붙어왔다. 준희는 이상한 방식으로 못생긴 그 이모티콘을 바라보다가 답장을 보냈다.

—회장님이 폐차하라고 하셨어요.

전송 버튼을 누르기가 무섭게 인성에게서 전화가 걸려왔다.

"폐차요? 그게 무슨 말입니까? 손상이 심합니까?"

"아니요. 수리하면 큰 문제는 없을 거예요."

"그런데 왜 폐차를? 절대 안 됩니다. 신박사님, 그 차는 폐차하면 안 돼요. 잘 아시잖아요. 일단 기다려주세요. 제가 김회장님을 설득해보겠습니다. 절대, 네버, 결코 폐차 안 돼!"

인성의 호들갑에 준희는 말문이 막혔다. 전화를 끊자 곧장 메시지가 날아왔다. 결국 다 같은 말이었다. 폐차하면 안 된다, 당신이 진정 자동차 애호가라면 그럴 수는 없을 거다, 생떼를 썼다.

이 사람은 호들갑 떠는 게 버릇인가. 준희는 쓴웃음을 지었다. 차를 되팔아 이익을 보려는 상술일지라도 이 유난스러운 애착은 어딘지 감동적이었다. 하지만 인성이 김회장을 설득할 수 있는 위인으로 보이지는 않았다. 김회장이 어떤 사람인데. 학꽁치 한 마리를 머리부터 꼬리까지 아작아작 씹어 먹는 사람이었다.

동이 터오고 있었다. 한발 늦었지만 경찰에 신고는 해야 했다. 그러나 무언가가 준희를 망설이게 했다. 유한은 어떻게 되는 걸까. 죄를 지었다면 대가를 치르는 게 당연하겠지.

아기 유한, 울보 유한, 떼쟁이 유한, 그리고 가엾은 유한.

이럴 때 유영이라면 어떻게 할까. 이복동생을 경찰에 고발할 수 있을까. 갈피를 잡지 못해 흔들리고 있을 때, 마침내 이날의 진짜 불청객이 당도했다. 모르는 번호로 걸려온 전화였다. 유영이 사고를 당해 병원에 실려와 있다고 했다.

지금까지의 소란은 전초전에 불과했던 걸까. 준희는 떨리는 손으로 차 키를 움켜잡았다.

그린 마일

녹색 리놀륨이 깔린 수술실 복도는 사형장으로 향하는 그린 마일 같았다. 기진은 형벌을 받는 심정으로 초조하게 기다리고 있었다. 무엇을? 스스로도 정확히 몰랐다. 유영의 응급수술 결과인지, 조금 전 연락이 닿은 유영의 사촌 신준희가 당도하는 것인지, 그것도 아니라면 다른 무엇인지.

병원에서 연락을 받은 것은 새벽 5시경이었다. 전화를 건 사람은 119 구조대원이었다. 기진이 병원에 도착했을 때 유영은 이미 수술실에 있었다. 촌각을 다투는 환자여서 응급실 의사와 외상외과 전문의의 판단으로 응급수술에 들어간 상황이라고 했다.

"다행히 보호자분과 연락이 닿아서 수술 결정이 빠르게

내려진 겁니다. 보호자가 확인되지 않아 수술이 미뤄지다가 골든 타임을 놓치는 경우도 있어요."

그런 말을 한 것이 구조대원이었는지 경찰이었는지, 불과 몇 분 전 일인데도 선명하지 않았다. 그들은 기진을 '보호자'라고 불렀다. 그후에 간호사가 수술 동의서를 내밀고 서명을 요구했다. 이미 시작된 수술을 보호자가 동의하지 않으면 중단이라도 하겠다는 것인가. 구급대원이 현장에서 수습한 것은 유영의 휴대폰뿐이었다. 잠금 상태를 풀지 않아도 확인이 가능한 긴급 연락처에 기진의 번호가 있었다고 했다. 왜 나지? 휴대폰에 그런 기능이 있는 줄도 몰랐던 기진은 유영이 그런 설정을 해놓을 만큼 건강과 신변을 염려했다는 데 놀랐고, 왜 긴급 연락처로 자신의 번호를 적었는지 의아했다.

기진은 시험지를 받은 수험생처럼 수술 동의서를 들여다보았다. 환자 인적 사항을 적는 난이 전부 비어 있었다. 성명, 김유영. 생년월일, 1989년 몇 월이었지? 유영의 생일을 모른다는 사실을 알게 되었고, 그다음은 성별. 기진은 성별을 적는 난을 마치 못 본 것처럼 외면해버렸다. 혈액형은 A형이라고 들었던 것 같은데 확실하지 않아서 이것도 패스. 뒷장으로 넘겨보니 응급수술에 대한 설명과 후유증에 대한 경고가 있었다.

……최악의 경우 사망에 이를 수 있습니다.

"살 수 있습니까?"

기진은 간호사에게 그렇게 물었다. 간호사는 사무적이고 지친 기색으로 기진을 바라볼 뿐이었다.

손목에서 스마트 워치가 잘게 떨었다. 심방세동 이상을 알리는 신호였다. 심박수가 120bpm에 근접했다. 저녁에 블랙커피를 마신 탓이라고 애써 무시했다. 그 생각을 하자 다시 뜨겁고 독한 커피 한 잔의 위안이 간절해졌다. 하지만 이런 상태에서는 카페인 한 모금이 기폭제가 되어 심장이 터져버릴 수도 있었다. 기진은 천천히 심호흡을 하고, 주머니에서 인데놀을 꺼내 물도 없이 삼켰다.

시험은 계속되었다. 다음은 보호자 인적 사항이었다. 이름 박기진, 환자와의 관계…… 환자와의 관계라. 기진은 그 칸을 물끄러미 바라보다가 볼펜을 내려놓았다. 치를 수 없는 시험이었다. 휴대폰의 연락처 목록에서 신준희의 번호를 찾아냈고, 그녀를 병원으로 불렀다.

유영이 신박사와 한집에서 자란 사촌 간이라는 것은 최근에 알게 되었다. 유영에게 먼저 신박사 이야기를 꺼낸 것은 기진이었다. 상위 1퍼센트 슈퍼카 오너들의 차량 관리를 맡고 있다는 일류 정비사 신준희. 그녀를 섭외해 자신의 유튜브 채널에 출연시켜볼까 하는 생각이었다. 그렇게 인맥을 터놓고 새로 구입한 아우디 R8의 관리도 넌지시 의뢰해보려고 했다. 이런 말을 흘리듯 했을 때 유영은 태연히 이렇게 답했다.

"아마 출연 안 할 거예요."

"왜? 너 신박사 알아?"

"알죠. 잘 알죠."

"너도 섭외하려고 했니?"

"섭외요? 저 준희랑 세 살 때부터 같이 살았어요."

유영이 천연덕스럽게 대꾸했다. 그 사실을 왜 여태껏 말하지 않았는지 의아했지만, 생각해보면 굳이 말할 계기도 없었다. 그날로 유영에게 신박사의 연락처를 받아놓고 연락할 타이밍을 찾던 중이었다. 이런 예상치 못한 상황에서 처음 전화하게 될 줄은 몰랐었다. 당장 오 분 후의 일도 모르는 게 세상일이겠지만.

기진은 일 분 간격으로 시계를 쳐다봤다. 시간은 더디게 흘렀고 심박수는 줄지 않았다. 인데놀 한 알을 다시 꺼내서 만지작거리다가 도로 넣었다. 5시 59분, 드디어 대신 시험을 치러줄 사람이 병원에 도착했다. 블랙 레깅스에 얇은 아노락을 걸친 신준희는 머리색이 유난히 검었고, 낯빛은 불길할 정도로 창백했다.

"박기진씨?"

기진이 고개를 끄덕였다. 신준희의 시선이 빠르게 그를 훑었다. 기진은 그녀가 자신을 탐색할 틈을 주면서, 밤사이 뾰조록 돋아난 짧은 수염을 문질렀다. 볼살이 홀쩍 빠진 게 손끝으로 느껴졌다. 날렵해진 턱선과 충혈된 눈동자가 예민하고 날카로운 인상을 줄 것 같았다. 어쩌면 이 모습이 지금 상황과 제대로 어울리는 용모인지도 몰랐다.

"어떻게 된 건가요?"

준희가 눈에 힘을 살짝 빼며 물었다. 기진은 구조대원의 전화를 받은 이후의 상황들을 준희에게 설명했다. 준희가 가장 알고 싶은 것은 유영의 현재 상태겠지만, 그것은 기진도 알 도리가 없었다.

"많이 놀라셨겠지만, 우선 이것부터 부탁드립니다."

기진은 준희에게 수술 동의서를 내밀었다. 문득 자신이 적어놓은 게 유영의 이름뿐이라는 사실이 대단한 잘못처럼 느껴졌다. 준희도 그걸 보았는지 이렇게 물었다.

"왜 박기진씨에게 연락이 간 거죠?"

"유영이가 휴대폰 긴급 연락처에 제 번호를 저장해두었다고 합니다."

이 말에 준희가 기진을 빤히 바라보았다. 무언가 다른 설명을 바라는 눈빛이었지만 달리 해줄 말이 없었다.

"실례지만, 유영이와는 어떤 사이세요?"

이 말은 추궁처럼 다가왔다.

"유영이가 제 유튜브 구독자였어요. 자동차 관련 유튜브를 하고 싶다고 저에게 조언을 구하면서 알게 됐어요. 이 년 전 일입니다. 그후에 서로의 채널에 대해 이런저런 의견도 주고받고, 말하자면 지금은 동료 유튜버인 셈이죠."

이즈음 두 사람이 부쩍 가까워져 거의 매일 만났다는 말은 하지 않았다. 그런 사담을 나눌 만한 상황은 아니었다. 기진의 말을 들은 준희는 생각에 잠긴 듯했다. 그녀의 창백한 얼굴이 잠깐 일그러졌다. 유영은 자신이 준희와 친형제보다 각별한 사이라고 했었다. 온 세상이 등을 돌려도 자기편에 서 줄 유일한 사람. 유영은 준희가 그런 사람이라고 했다. 형제가 없는 기진은 그 말이 와닿지 않았다. 실체 없는 소설 속 문장 같은 말이라고 생각했었다. 까만 옷을 입은 이 여자가 그 말을 증명이라도 하듯 눈앞에 나타나기 전까지는.

기진의 스마트 워치가 다시 부르르 떨었다. 심방세동 이상 경고.

"제가 심장이 좋지가 않아서……" 기진이 변명조로 말

했다.

“피곤하실 텐데 그만 가서 쉬세요. 이모도 오고 계시니까 여기는 우리가 있을게요.”

“수술이 끝나면 연락 주시겠습니까?”

준희가 고개를 끄덕였다.

“감사합니다. 박기진씨.”

돌아서는 기진의 등에 대고 준희가 작은 목소리로 말했다.

건물을 빠져나오자 동쪽 하늘에서 뭉근한 해가 솟아올랐다. 붉은 과일이 무참히 터진 것 같은 풍경이었다. 기진은 유영이 속초로 해돋이를 보러 가자고 했던 것을 떠올렸다.

선배, 컨버터블을 타고 해안 도로를 달리면서 떠오르는 일출을 찍어요. 모바일 스트리밍을 하면서 햇살 속으로 달려가는 거죠.

유영은 소풍을 가자고 조르는 어린아이 같았다. 기진도 괜찮은 아이디어라고 생각했었다. 생체리듬이 야행성으로 굳어져 있어 마지막으로 일출을 본 것이 언제인지 기억나지 않았다. 자동차 전문 잡지에서 칼럼니스트로 활동할 때도 밤부터 새벽까지 글을 썼다. 유튜브를 시작하고부터는 밤샘을 하고 아침 무렵 잠이 들었다가 오후 늦게 깨어나는 게 다반사였다. 줄곧 해를 피해 다녔다는 생각이 들었다.

기진은 실눈을 뜨고 동쪽 하늘을 일별했다. 유영이 깨어나서 다시 해를 볼 수 있을까. 유영의 얼굴을 다시 보게 될까. 웃을 때 눈가에 조글조글 주름이 잡히는 유영은 곱상한 소년처럼 순순히 잘도 웃었다. 무슨 일이든 이성보다는 감정으로 대응해 기진을 짜증나게 했는데, 그 짜증도 묵묵히 받아주었다. 때로 유영의 그런 모습에 기진은 진저리를 쳤었다.

병원 주차장에서 기진의 아우디 R8이 아침햇살을 반사했다. 은파로 반짝이는 짙푸른 바닷빛, 이 컬러의 이름은 아스카리 블루 메탈릭이었다. 눈이 부셨다. 이토록 아름다운 자동차를 볼 때면 기진은 숙연해졌다. 그를 가슴 뛰게 했던 유일한 대상은 자동차였다. 얼마 전 발작성 빈맥 진단을 받기 전까지는 그랬다. 언제부턴가 심장이 비정상적으로 빠르게 뛰는 일이 종종 있었고, 때때로 견디기 힘든 공포를 느꼈다. 자동차로 치자면 엔진에 문제가 생긴 것이었다. 아무리 아름다운 자동차라도 엔진이 망가지면 끝이지. 기진은 이런 생각을 하며 씁쓸하게 웃었다. 자동차 유리창에 기진의 모습이 비쳤다. 리넨 소재의 재킷 칼라가 구겨져 있었다. 기진이 옷깃을 펴서 매무새를 가다듬고 차에 올랐다.

시동을 걸자 날카로운 엔진 회전음이 귓전을 울렸다. R8은 아우디 레이싱카를 그대로 빼닮은 디자인에 모터스포츠의 기술이 담겨 있는 쿠페형 차였다. 수억에 달하는 여타의 슈퍼카들은 바닥에 닿을 듯 낮은 지상고 때문에 과속방지턱을 넘기 어려웠다. 그래서 일반 도로에서는 마치 갓난아이를 태운 유모차처럼 기어다니곤 했다. 레이싱 트랙에서 태어났지만 일반 도로를 달리기 위한 차, 기진은 R8의 이 슬로건이 마음에 들었다.

병원 주차장을 빠져나와 왕복 8차선 도로 위에 신호 대기로 멈춰 섰다. 이른 시간이라 도로는 한산했다. 기진은 카 오디오의 볼륨을 높였다. 강렬한 비트의 전자 사운드가 터져나왔다. 마르틴 과다니니의 〈캐넌Cannon〉이었다. 갑자기 얼음물을 뒤집어쓴 것처럼 정신이 번쩍 들었다. 비트에 맞춰 심장이 요동치는 것이 느껴졌다.

옆 차선으로 붉은색 중대형 세단 한 대가 소리 없이 미끄러져 왔다. 테슬라 모델S 플래드였다. 그 전기차는 R8과 나란히 정지선에 맞춰 정차했다. 조수석 창 너머로 건너보니 틴팅이 짙어 운전자가 보이지 않았다. 기진은 아주 짧은 경적을 울려 그의 시선을 끌었다. 그냥 그러고 싶었다. 신호등 드래그 레이스 신청이었다. 기진은 불안한 흥분감에 젖은 상태였다.

상대는 테슬라의 최상위 버전 전기차였다. 일반 도로에서의 드래그 레이스는 신호에 걸리기 전까지 짧은 거리의 가속력이 승패를 좌우한다. 모델S 플래드는 하이퍼 전기차인 리막 네베라를 제외하면 현재 양산되는 차 중에 제로백이 가장 짧은 차였다. 그래선지 더욱 경쟁심이 발동했다. R8이 어떤 차인가. 레이싱 트랙에서 태어난 차다. 이 경주에서는 전기차보다 불리하지만 중요한 건 누가 운전하느냐였다. 〈탑건: 매버릭〉에서 톰 크루즈가 한 말처럼 전투기가 중요한 것이 아니라 파일럿이 중요했다.

기진은 자동차의 구동력을 제어해주는 트랙션 컨트롤 기능을 꺼버렸다. 내연기관 자동차의 안전 운행을 보장해주는 이 시스템이 개입하는 순간, 전기차는 저만치 앞서나가고 말 터였다.

기진은 신호등을 주시했다. 파란 신호가 들어오기 전에 출발하는 것은 실격이었다. 이윽고 붉은 신호에 파란 빛이 겹쳐 보이는 찰나, 기진은 액셀을 바닥까지 짓눌렀다. R8의 속도에 맞춰 역류하는 핏줄기의 감각이 생생했다. 하나, 둘, 그리고 채 셋을 세기도 전에 플래드가 우주선의 속도로 R8을 앞질러 나갔다.* 심지어 차선을 변경해 기진의 앞을 막아서

---

* 모델명인 '플래드'는 영화 〈스페이스볼〉(1987)에서 우주선의 가장 빠른 속도를 '플래드 스피드'라고 한 것에서 유래했다.

며 다음 신호를 순식간에 지나가버렸다. R8이 플래드의 꽁무니를 쫓았다.

노란불이 붉은 신호로 변하는 순간 기진도 교차교를 통과했다. 출근 시간, 범퍼카처럼 느려터진 자동차들이 지뢰처럼 늘어나고 있었다. 직진 코스가 조금만 더 길면, 배터리를 먹고 사는 전자제품 정도는 가뿐히 따돌릴 수 있을 텐데. 그러나 칼치기와 급제동을 반복하며 이리저리 빠져나간 테슬라는 이미 시야에서 사라져버린 후였다. 완패였다. 기진은 큰 숨을 내뱉었다. 액셀을 밟는 순간부터 숨을 참고 있었다는 사실을 깨달았다.

희한하게 심장박동이 느려졌다. 아니, 전혀 뛰지 않는 것처럼 느껴졌다. 이 차의 속도와 기진의 심박은 역비례했다. 타격감 좋은 타자에게 공이 수박만하게 보인다는 것이 이 느낌일까. 캐넌의 신스 사운드가 긴장감을 고조시키며 절정을 향해갔고, 기진은 갑자기 큰 소리로 웃음을 터뜨렸다. 누군가 지금 나를 본다면 영락없이 미친놈이라고 하겠지, 이런 생각을 하면서 웃음이 터져나오게 내버려두었다.

신호등 드래그 레이스는 명백한 패배였지만 기진은 속도를 줄이지 않고 계속 달렸다. 어떤 생각들이 쫓아와 머릿속에 터를 잡기 전에 달아나고 싶었다. 나는 유영을 제대로 알고 있었나? 유영과 나는, 나는, 유영은……

그때였다. 펑, 하는 소리와 함께 R8의 오른쪽 차체가 덜컹대며 내려앉았다. 핸들이 제멋대로 움직였다. 기진은 순간적으로 당황했지만 노련하게 브레이크를 잡아 흔들리는 차를 멈춰 세웠다. 침착하게 비상등을 켜고 차에서 내렸다.

바닥에 직경이 50센티미터는 넘어 보이는 커다란 포트홀이 있었다. 며칠 전 장대비가 내렸을 때 도로가 꺼진 듯했다. 어째서 저걸 못 봤을까. 하긴 봤더라도 그 속도에서 피하기는 쉽지 않았을 것이다. 급하게 피하다가 더 큰 사고로 이어졌을지도 모른다. 처음에는 작은 균열이었을 거대한 구멍 앞에서 기진의 정신이 점점 아득해졌다. 집요하게 뒤따라오던 생각이 마침내 그를 잠식했다. 유영은, 나를, 사랑했나? 설마.

오른쪽 앞 타이어에 볼록하게 혹이 솟아 있었다. 고속으로 달리던 중이라 서스펜션이 뒤틀렸을 가능성도 있었다. 기진은 다시 시동을 걸었다. 부드럽게 액셀을 밟아 천천히 차를 출발시켰다. 핸들이 잘게 떠는 것 같더니 이내 안정을 찾았다. R8의 런플랫 타이어로는 손상을 입었어도 유영의 오피스텔까지 너끈히 갈 수 있었다. 기진은 내비게이션에 유영의 주소를 찍고 차를 돌렸다.

가지 않은 길

아직 죽지 않았습니다.

김상진 회장은 오늘 행사에 맞춰 준비해둔 넥타이를 매면서 이 말을 곱씹었다. 윤철중 실장은 그렇게 보고했다. 도로에서 발견된 사람이 아직 죽지 않았다고.

새벽에 차인성의 전화를 받고 곧장 윤실장과 긴급보수팀을 현장으로 보냈다. 스물네 살 아들 녀석은 심심찮게 말썽을 부리며 자랐지만, 이번처럼 대형 사고를 친 것은 처음이었다. 원래가 약해빠진 성품이라 큰일을 벌일 인물도 못 되었다. 그런 유한이 이번에는 제대로 일을 낸 것이다. 하필 오늘처럼 중요한 날에, 중요한 일을 치를 장소에서.

"쓸모없는 놈."

이 말이 입 밖으로 절로 튀어나왔다. 유한에게 마구잡이로 고함을 질렀더니 뒷골에 피가 몰려 한동안 누워 있어야 했다. 건강 체질이라고 자부하며 살아왔지만 칠순이 코앞이었다. 김회장의 아내 염지연이 영지버섯 우린 물을 내오다가 남편이 내뱉은 말을 듣고 미간을 찌푸렸다. 그녀는 짜증인지 걱정인지 알 수 없는 표정을 지어서 관계의 우위를 점하려 들었다.

첫 아내였던 여자는 역시 전용 가면이라도 있는 것처럼 김회장만 보면 자동으로 일그러진 얼굴이 되었다. 소시오패스 같은 인간. 김회장을 떠나면서 전처가 했던 말이었다. 염지연은 그에 비하면 온화한 성품이었지만 유한에 관해서만은 전처 못지않게 말이 안 통했다. 김회장이 유한을 야단치거나 훈계할 때마다 마치 자신이 모욕당한 듯이 굴었다. 엄연히 김회장의 아들인데도 혼자 어디서 낳아온 양 감싸고 돌았다.

"이 자식 뭐하고 있어?"

"좀 자라고 했어요. 깨면 병원 데려가려고요."

"사고 쳐놓고 잠이 와? 거참, 속도 편하다."

"안 다친 게 천만다행이죠. 그러게 뭐하러 그런 차는 사가지고……"

"누가 그 자식 타라고 샀어?"

"그럼 차가 무슨 관상용이에요? 나이 잡숫고 몰지도 못할 차를 뭐하러 사요?"

아내가 날을 세웠다. 유한이 친 사고를 김회장 탓으로 돌리려는 것이었다. 김회장은 그만 입을 다물었다. 오십대 초반인 아내는 기운이 팔팔했다. 그녀는 유한이 무슨 일을 저질렀는지 알지 못했다. 그깟 차 좀 망가뜨리고 콘크리트에 흠집 좀 낸 게 뭐 대수냐 하는 것이다.

도로에 사람이 있었다고! 이 말이 목구멍을 넘으려는 걸 꾹 참았다. 아내를 염려해서가 아니었다. 이 일은 철저히 비밀에 부쳐야 했다. 이미 너무 많은 사람들이 알아버렸다. 윤실장과 긴급보수팀, 어쩌면 차인성과 신준희도 눈치챘을지 모른다. 굳이 하나를 더 보탤 필요가 없었다. 아내가 놀라서 엉뚱한 짓을 벌일지도 몰랐다.

긴급보수팀 직원은 도로 위에 쓰러진 사람을 발견하고 즉시 구급차와 경찰을 불렀다고 했다. 그들은 유한이 거기서 레이싱을 벌였다는 사실은 알지 못했다. 윤실장에게도 말하지 않았지만, 그라면 집에 들어온 유한의 상태를 보고 이상함을 느꼈을 수 있었다. 이십 년을 자기 밑에서 일해온 윤실장이 입을 함부로 놀리지 않으리라는 믿음은 있었지만 조사를 담당하는 경찰에게는 개통식 세리머니에 대비해 마지막 점검을 나왔다가 우연히 현장을 목격한 것으로 진술하게 했다.

행사 장소의 반대 차선인 사고 현장은 통제되었다. 경찰에는 시장이 참석하는 행사가 있으니, 오전 9시부터 정오까지는 사고 조사를 중단해달라고 요청했다. 이 모든 일이 새벽 3시에서 6시 사이에 일어났다.

김회장은 개통식 행사를 총괄하고 있는 기획실 조강희 상무에게 오전 6시 정각에 전화를 걸었다. 행사 장소에서 경미한 사고가 생겨 긴급보수팀을 보내 수습했으니, 조상무가 미리 가서 한번 더 체크하는 게 좋겠다고 전달했다. 조상무는 그게 어떤 사고였는지, 현재 도로 상태는 어떤지보다는 총책임자인 자신이 사고 수습에서 배제되었다는 사실에 더 주목하는 듯했다.

"회장님, 한밤중이든, 새벽이든 그런 일이 있었으면 저에게 바로 연락하지 그러셨어요."

"윤실장이 다 알아서 처리했으니까 현장은 걱정 마."

조상무가 걱정하는 점은 그게 아니라는 걸 알면서도 김회장은 이렇게 말했다.

잠시 침묵 속에서 언짢은 기운이 흘렀다. 한낱 운전기사가 회사의 중역인 자신보다 더 회장의 신임을 얻는 상황이 불만스러울 것이었다. 조강희 상무는 간부급 직원 중에 유일한 여성이었다. 업무를 처리하거나 사람을 대하는 방식이 그야 말로 능수능란했고, 남달리 야심도 넘쳤다. 일 처리에 있어서는 조상무만한 사람이 없었지만, 아들이 저지른 사고까지 맡길 만큼 신뢰가 두텁지는 않았다. 그런 맥락에서 김회장에게 윤실장은 한낱 운전기사가 아니었다.

김회장은 유한에게 어젯밤 일은 없었던 일이라고 단단히 다짐을 주었다. 미개통 구간의 카메라는 아직 작동되지 않았다. 유한이 용의 선상에 오르더라도 직접증거를 찾지 못한다면 빠져나갈 구멍은 있었다.

직접증거, 람보르기니 아벤타도르S.

김회장이 준희에게 신속하게 폐차를 지시한 이유였다. 그 차를 없애는 건 김회장에게도 뼈아픈 일이었다. 환경보호 운운하며 전기차를 양산하는 시대였다. 내연기관을 다 들어내고 배터리를 넣겠다니, 인공 심장을 이식하는 것과 다를 바가 없었다. 12기통 자연 흡기 차량은 지구상에서 사라지는 수순을 밟고 있었다. 아벤의 희소가치가 높아지고 있다는 뜻이었다. 어쩌면 중고로 산 가격보다 더 받고 팔 수도 있으리라. 그런 일은 차인성에게 맡기면 그만이었지만 이제는 소용없게 된 일이었다.

"유한이 병원 데려가지 마."

이 말에 아내가 김회장을 노려보았다. 병원에 기록을 남겨 의심을 자초할 일은 만들지 말아야 했다. 김회장은 아내가 무슨 말을 더 하기 전에 서둘러 현관문을 열고 집을 나섰다. 마당을 가로지르며 빠르게 생각을 정리했다. 일단은 개통식을 무사히 치러야 한다. 유한의 일은 그후에 처리하면 된다. 윤실장이 대문 앞에 마이바흐 S580을 대기시켜두고 있었다.

"제네시스."

김회장의 지시에 윤실장이 제네시스 G90으로 차를 바꿔 준비했다. 공직자를 만날 때는 수입차를 타지 않는다. 이런 원칙을 김회장은 여전히 고수했다. 윤실장은 충정한 비서였지만 김회장의 이런 마음까지는 헤아리지 못했고, 오히려 그런 점 때문에 김회장은 마음을 놓았다. 아랫사람은 너무 약아도, 너무 둔해도 좋을 것이 없었다.

개통식으로 가는 차 안에서 김회장은 행사에서 낭독할 인사말을 머릿속으로 정리했다.

서울과 민통선 통일촌을 잇는 서울군내고속도로는 향후 개성을 지나 평양과 신의주로 연결되어 남북 교류 협력의 첫 관문이 될 것입니다. 나아가 가까운 미래에는 중국과 러시아를 거쳐 한반도에서 유럽까지 뻗어나가는 유라시아의 대동맥으로서, 여태껏 누구도 가지 않은 첫길을……

거창해서 나쁠 건 없었다. 아니 거창할수록 좋았다. 세상이 어떻게 변할지 알 수 없는 노릇이니 전혀 근거 없는 허풍이라고 할 수도 없었다. 누군가는 달도 가고 화성도 간다는데, 김회장이 살아생전 12기통 자연 흡기 엔진으로 유럽까지 가는 일이 일어나지 말란 법은 없었다. 남자가 이 정도 꿈은 꾸어야지, 하고 흡족해하던 김회장은 큰아들 유영이 떠올라 씁쓸해졌다. 김회장이 '남자가'로 말문을 열 때마다 유영은 고개를 저었다.

"내가 무슨 말을 하려는 줄 알고? 남자가 남탕을 가야지, 여탕을 가냐? 이래도 잘못됐냐?"

"아버지는 참, 또 발끈하시네."

유영은 해낙낙하게 웃으며 아비를 놀렸다. 그런 농간도 김회장은 싫지 않았다. 김회장과 전처 사이에서 어쩜 이렇게 영특하고 예쁜 것이 태어났는지 어리둥절할 지경이었다. 지금은 다 지난 이야기였다.

행사 한 시간 전, 김회장은 현장에 도착했다. 조강희 상무와 회계팀 최정 부장이 깍듯하게 인사를 건넸다. 능력을 인정받은 여성 임원과 다음 인사에서 유력한 임원 후보로 거론되는 회계팀 에이스. 소위 말하는 회사의 실세들이었다.

차선 세 개를 차지한 무대 위에 대형 스크린이 설치되어 있었다. 중앙분리대와 방음벽을 따라 화환이 길게 늘어섰고, 무대 앞에는 레드카펫이 횡으로 깔렸다. 커팅식에 사용될 리본과 축포도 속속 도착했다. 특별 세리머니를 위한 롤스로이스 던 블랙배지는 김회장보다 조금 먼저 도착해 있었다.

"회장님, 축하드립니다."

차인성이 김회장에게 블랙배지의 키를 건네며 인사했다. 인성의 볼캡에서 황금색 해골이 햇빛을 받아 번쩍거렸다. 백내장 증세가 있는 김회장은 눈살을 찌푸렸다. 9월인데도 한여름 못지않게 볕이 팔팔했다.

"차대표, 새벽에는 고생 많았네."

"저, 회장님, 안 그래도 그것 때문에 드릴 말씀이……"

"잠깐."

김회장이 가볍게 손을 들어 인성의 말을 막았다. 그의 시선은 막 도착한 성안시장과 국토교통부 도로국장을 향해 있었다. 인성은 하고 싶은 말을 꾹 삼키며 고개를 돌렸다.

"이따 행사 끝나고 얘기하지."

김회장은 양쪽 볼을 실룩거려 근육을 풀면서 귀빈들 쪽으로 걸어갔다. 차인성이 유한이 저지른 짓을 알고 있을지 신경이 쓰였다.

아니야, 모를 것이다, 하고 김회장은 추측했다. 도로에 사람이 쓰러져 있는데 그 사실을 숨기고 자신에게 전화를 걸었을 리 없었다. 방조죄 혐의를 뒤집어쓸 수도 있지 않은가. 어쨌건 식이 끝나면 차인성을 불러 차근히 물어봐야겠다고 생각했다.

도로 양쪽에서 에어 샷 축포가 터지면서 행사가 시작되었다. 색색의 릴 테이프가 공중으로 솟아오르자 내빈석에서 우레 같은 박수가 터졌다. 대형 스크린에서 홍보 영상이 시연되었다. 남쪽 지방에서 시작된 도로가 수도권과 북한을 거쳐 중국과 러시아, 유럽까지 뻗어가는 CG 영상이 현실에 환상을 덧칠했다. 김회장에게 환상은 현실의 확대일 뿐이었다. 그는 뱀처럼 눈을 치켜뜬 채 단상에 올랐다. 진작 백내장 수술을 받았어야 했는데 차일피일 미루다가 이 지경이 되었다.

"미래로 가는 길, 평화를 향한 첫 여정, 서울군내고속도로의 개통식에 함께해주신 여러분께 진심으로 감사의 말씀을 올립니다. 우리는 지금 그 누구도 가지 않은 길 위에 있습니다."

김회장이 '누구도 가지 않은'이라는 말을 할 때였다. 양복 안주머니에서 휴대폰 진동이 울리기 시작했다. 미세한 떨림으로 시작한 진동은 점점 굵고 강해졌다. 애써 무시하며 준비한 인사말을 낭독했다. 잠깐 멈췄던 진동이 몇 초 후 다시 울렸다. 누군지 끈질겼다. 진동은 멈췄다 울리고, 다시 울리기를 반복했다. 하필 심장과 맞닿은 왼쪽 가슴께였다. 이마에서 굵은 땀방울이 비어졌다. 휴대폰을 윤실장에게 맡겨뒀어야 했다. 마지막 단락은 더듬대다가 말을 마쳤다. 단상에서 내려와 손수건으로 땀을 닦아낸 다음 휴대폰을 확인해보니 채희주였다. 김회장에게 소시오패스라고 악담을 남기고 떠난 전처이자, 큰아들 유영의 생모였다.

이 여자가……

정수리에 불이 붙는 느낌이었다. 이 시간에 무슨 일로 성화같이 전화질을 해댄단 말인가. 기껏 안부나 묻자고 한 건 아닐 것이다. 그런 사이도 아니고, 그런 여자가 아니다. 분명 긴급한 용무가 있을 테고, 그 긴급의 기준은 전적으로 채희주의 관점일 것이다. 헤어진 후 채희주의 용건은 모두 금전적인 문제거나 유영의 일이었다. 유영의 일이라는 것도 결국 금전적인 문제였다. 유영의 학비, 유영의 수술비, 유영 몫의 유산 같은.

여자들이란 언제나 제멋대로야. 김회장이 이런 말로 전처와 현재의 아내를 싸잡아 힐난하자 유영은 빙긋 웃으며 이렇게 대꾸했다. 아버지가 제멋대로인 여자에게 끌리는 모양이죠.

유영은 아버지의 말씀을 착실히 수행이라도 하듯 제멋대

로 여자가 되어 김회장 앞에 나타났다. 김회장은 아들을 딸로 둔갑시키는 수술인 줄도 모르고 돈까지 댔다. 유영의 수술비를 보내라고 채희주가 연락했을 때 제대로 물어보지 않은 게 화근이었다. 유영이 '못쓰게' 되어버린 것은 채희주 탓이었다. 두 사람이 갈라섰을 때 무슨 일이 있어도 아들을 데려왔어야 했다.

시장의 축사에 이어 국토교통부 도로국장의 축사가 이어지고 있었다. 김회장은 눈이 시려 단상을 똑바로 보기가 점점 힘들어졌다. 짐짓 숙고하는 모양새로 눈을 감았다 떴다 했다. 시장은 도로가 건설되기까지 시에서 들인 노력과, 얼마큼의 예산을 끌어다 썼는지에 초점을 맞춘 글을 낭독했다. 도로국장은 한국의 도로 건설 기술과 국토교통부의 노고를 자화자찬식으로 치하하며 말을 맺었다. 각각의 축사가 끝날 때마다 김회장은 손바닥이 뜨거워지도록 박수를 쳤다.

마침내 오늘 행사의 하이라이트인 롤스로이스 퍼레이드 순서였다. 암흑처럼 짙은 검은색 세단이 도로 위에 등장하자 장내에서 탄성이 터져 나왔다. 시장과 도로국장에 이어 김회장이 탑승하는 순간 휴대폰이 다시 울리기 시작했다. '채희주'. 김회장이 휴대폰의 전원을 끄려고 할 때, 메시지가 도착했다.

—당신 딸 위독.

김회장은 순간적으로 보이스 피싱인가 했다. 나에게 딸이 어디 있다고? 제대로 헛다리짚었군. 연달아 메시지가 날아왔다.

—성안병원 응급수술센터. 당장 와.

갑자기 김회장의 등골에 땀이 흐르면서 다리가 휘청거렸다.

"어이구, 조심하세요 회장님. 너무 좋아서 흥분하셨나봅니다."

차량 앞 열에 함께 서 있던 도로국장이 너스레를 떨며 김회장을 부축했다.

"허허, 심장이 떨려야 하는데 다리가 떨립니다."

김회장의 말에 좌중에서 웃음이 터졌다. 행사요원이 세 사람이 선 자리를 조정해주는 사이 김회장이 급하게 답신을 보냈다.

—무습소니.야

오타가 난 줄도 모르고 전송 버튼을 눌렀다. 블랙배지가 서서히 미끄러져 나가기 시작했다. 시장과 도로국장이 느긋하게 손을 흔들었고, 동시다발로 카메라 플래시가 터졌다. 억지 미소를 짓느라 김회장의 얼굴이 괴상하게 일그러졌다.

블랙배지가 맞은편 사고 현장을 지날 때 김회장의 시선이 저절로 그쪽을 향했다. 쓰러진 사람의 형상을 따라 흰색 스프레이가 뿌려져 있었고, 머리 쪽에 짙은 얼룩이 찍혀 있었다. 섬뜩한 장면이었다. 다시 휴대폰이 울렸다.

—유영 수술중.

김회장의 시야가 하얗게 흐려졌다. 이번에는 백내장 때문이 아니었다.

블랙배지는 잘 닦인 새 도로를, 누구도 가지 않았던 길 위를 평온하게 헤쳐나갔다. 박수갈채가 끊이지 않았다. 김회장은 이제 귀까지 먹먹해졌다. 그 소리는 식이 끝난 후까지 앵앵거리며 귓전에 들러붙었다.

공식 행사가 끝나고 오찬 장소로 향하는 길에 김회장은 채희주에게 전화를 걸었다.

"왜 이제 전화해? 당장 병원으로 와."

채희주의 목소리가 심상치 않았다. 배우인 그녀는 때와 장소, 상황에 맞는 가면을 재빨리 바꿔 쓸 줄 알았다. 드물게 그녀가 가면을 벗는 순간을 김회장은 귀신같이 알아차렸다. 채희주의 표현대로라면 남의 감정에 '둔하고 무딘' 김회장이 그 점을 간파하는 건 희한한 일이었다. 지금 채희주는 어떤 가면도 쓰고 있지 않았다.

"주, 죽었나?"

이 말을 뱉어놓고 김회장은 모골이 송연해졌다. 왜 이런 말을 했는지 스스로도 이해할 수 없었다. 이게 무슨 망발인가. 사십 년 동안 진흙탕에서 사업을 일구며 최악의 상황을 먼저 고려하는 게 습관이 되어버린 탓인걸까.

"무슨 말이 그따위야? 죽었으면 좋겠어?"

"대체 무슨 일이야?"

"당신이야말로 무슨 일이야? 아주 돌아버린 거야?"

"사고인가?"

이 말에 채희주가 울음을 터뜨렸고, 누군가 전화를 넘겨받았다.

"회장님, 신준희입니다."

준희가 함께 있었구나. 그래, 그렇겠지. 채희주처럼 정신머리 없는 여자 옆에 야무진 조카가 있다는 게 다행이었다.

"중요한 행사 중인 건 알지만 빨리 마무리하고 오시면 좋겠어요. 수술이 언제 끝날지 알 수 없어요. 그리고……"

준희는 잠시 머뭇거리다 말을 이었다.

"유영이가 회장님을 보고 싶어할 거예요."

김회장은 이 말뜻을 알아차렸다. 유영이 의식을 찾았을 때 인사를 나누라는 말이었다. 다음 기회가 없을 수도 있다는 뜻이었다. 순간 김회장은 자신의 전 생애가 기괴한 운석과 충돌해 산산조각나는 느낌을 받았다. 실제로 어딘가가 부서진 것처럼 극렬한 동통이 온몸을 덮쳐왔다. 더이상 평온을 가장한 채 이 부조리극을 마무리할 수는 없었다.

유영이 어떤 아이인가. 소중하지 않은 자식은 없겠지만 유영은 김회장에게 더욱 특별했다. 김회장은 자신이 일생에 걸쳐 이뤄낸 것을 유영에게 쥐여주었다. 유영은 김회장의 미래였다.

김회장은 전화를 끊고 윤실장에게 당장 차를 대기시키라고 지시했다. 김회장의 말에 절대 토를 달지 않는 윤실장이 놀란 내색을 했다.

"오찬에 참석 안 하십니까?"

"일단 대기해. 바로 나올 테니까."

김회장은 오찬 장소인 일식당으로 들어갔다. 조강희 상무가 기다렸다는 듯이 김회장 앞에 학꽁치 한 마리가 담긴 접시를 내밀었다.

"회장님, 왜 이제 오세요? 어서 개인기 한번 보여주시죠."

시장과 도로국장도 김회장을 부추겼다. 좌중에서 또 박수가 터졌다. 김회장은 눈이 멀고 귀가 막힌 심정이었고, 이 모든 혼돈에서 벗어나고 싶었다. 그는 끄응 하는 소리를 내며 살이 통통하게 오른 학꽁치를 맨손으로 집어들었다. 머리부터 통째로 입안에 넣고 아작아작 소리를 내며 씹었다. 씹고 또 씹었다. 마침내 하트 모양으로 벌어진 꼬리까지 김회장의 입속으로 완전히 사라졌을 때, 또다시 그 지긋지긋한 환호가, 짝짝짝짝, 살찐 복어 같은 최부장의 얼굴이, 침 바늘도 미끄러질 듯한 조상무의 반드러운 피부가, 이 모든 소요가…… 김회장의 입안에서 물고기의 살과 뼈와 내장과 눈알이 뒤엉켰고, 그는 사력을 다해 그것들을 꿀꺽 삼켰다. 그러고는 벌떡 일어나 식당을 빠져나갔다. 뒤통수에 따라붙는 온갖 소음은 오로지 유영을 봐야겠다는 생각으로 뭉개졌다.

안전 개러지

수술실 복도에는 보호자용 의자가 없었다. 준희는 선 채로 방금 떠난 박기진을 되새겨보았다. 베이지색 재킷이 그의 어깨에 맞춤하게 걸려 있었지만, 품이 헐렁해 보였다. 최근에 살이 빠진 걸까. 키는 큰 편이었고 두상은 작았다. 두 손을 시종일관 재킷 주머니에 꽂고 있어 얼핏 거만해 보였지만 지치고 피로한 기색이 그런 인상을 눌러버렸다.

새벽에 급한 연락을 받고 뛰어나왔다는 사람이 재킷과 구김 없는 면바지, 캔버스화를 신고 있었다. 그게 어딘가 자연스럽지 않아 보였다. 그러나 유영의 엄마이자 준희의 이모인 채희주가 병원에 도착하자 준희는 방금 전 했던 생각을 털어버렸다.

채희주는 얇은 시폰 블라우스에 프라다 팬츠를 입었고, 앞챙이 넓은 보닛 해트 아래로 다크서클을 가리기에 충분할 만큼 큼직한 샤넬 선글라스를 끼고 있었다. 이모가 저렇게 입고 온 까닭은, 그녀에게는 그런 옷밖에 없기 때문이었다. 실내복으로 입는 실크 슬립 차림으로 올 수는 없었을 터였다. 이모는 한참 동안 입술만 달싹이며 서 있었다.

"이게 도대체 무슨 일이니? 나한테, 우리 유영이한테 어떻게 이런 일이 생겨."

마침내 채희주가 입을 열었다. 준희는 이모를 어딘가에 앉혀야 한다고 생각했다.

"이모, 아침 안 먹었지? 구내식당에 가서 뭐라도 좀 먹어요."

"내가 지금 밥이 넘어가겠니?"

말은 그렇게 하면서도 채희주는 준희의 뒤를 따랐다. 막상 식당 근처에 가자 준희도 음식냄새가 역겨웠다. 소독약 냄새를 너무 오래 맡은 탓이었다. 두 사람은 카페로 들어가 뜨거운 커피 두 잔을 주문하고 마주앉았다. 채희주는 선글라스를 벗지 않은 채 어딘가를 응시했다. 모자와 선글라스로 가릴수록 자신의 차림새가 튄다는 생각은 못하는 것일까. 카페 종업원이 A4용지 한 장과 펜을 들고 와 채희주에게 사인을 부탁했다. 연극배우였던 그녀는 스크린에 진출해 얼굴이 알려지기 시작할 즈음, 불미스러운 일로 활동을 접어야 했었다. 오랜 자숙 기간(실제로 이모가 '자숙'했는지는 알 수 없지만)을 끝내고 근래에 흥행한 영화와 드라마에 신 스틸러로 출연하면서 다시 유명세를 얻기 시작했다.

준희는 이런 상황에서도 얼굴에 미소를 욱여넣고 정성 들여 사인을 하는 이모를 가만히 지켜보았다. 이것은 차가움일까, 따뜻함일까? 프로 의식일까 아니면 직업병일까?

"실물이 훨씬 더 미인이세요."

메이크업을 하지 않은 육십대 여배우에게 종업원이 호의를 베풀었다. 채희주의 입꼬리가 어색하게 올라갔다 떨어졌다. 웃는 건가, 찡그린 건가? 준희는 한때 자신을 키워준 저 사람의 감정을 도통 알아채기가 힘들었다. 이모는 화장을 하지 않으면 문밖을 못 나가는 사람이었다. 그녀가 얼마나 다급하게 병원에 왔는지 화장기 없는 얼굴을 보고 알 수 있었다. 그 얼굴에는 명품 선글라스로도 가려지지 않는 그늘이 드리워 있었다.

"왜 유영이에게만 이런 일이 생기는지 모르겠다."

준희는 이 말이 '왜 너만 잘 사는지 모르겠다'는 뜻으로 들렸다. 물론 그런 의미로 한 말은 아니겠지만, 준희는 언제부터인가 의도적으로 이모를 곡해했다. 일종의 방어술이었다. 자신을 사랑한다고 믿었던 사람보다는 그렇지 않은 사람에게 받는 상처가 충격이 덜할 테니까.

"안 그래도 힘들게 살아온 아이를."

이모가 덧붙였다. 유영이 힘들게 살았다면, 그 원인 중에는 이모도 있지 않나. 준희는 뱉을 수 없는 말을 삼키며 커피를 한 모금 넘겼다. 때때로 세 사람이 행복했던 시절을 떠올리려고 애썼다. 그 기억은 너무 아득해서 노력하지 않으면 영영 잊혀질까봐 두려웠다. 준희는 걸음마도 떼지 못한 나이에 부모를 잃었고 곧장 이모에게 맡겨졌다. 부모에 대해서라면 기억도 나지 않아서 슬픔조차 느낄 수 없었다. 마치 타인의 사정을 건너 들은 것처럼, 그런 일이 있었구나 했다.

준희에게 생애 첫 기억은 세 살 무렵 유영의 정수리를 손바닥으로 찰싹 때렸던 순간이었다. 김상진 회장과 이모가 부부였던 시절이었다. 유영이 곧장 울음을 터뜨려 준희를 놀라게 했다. 당황스럽고 미안한 기분. 이 감정은 살면서 내내 원죄처럼 되풀이됐다. 의도와 다르고 의지와 무관하게 저질러져버린 일들은 또 얼마나 많았는가.

채희주를 엄마라고 부르면 안 된다고 친절하게 가르쳐준 사람은 김회장이었다. 준희가 하는 행동은 뭐든 따라 했던 유영이 엄마를 이모라고 부르자 김회장은 아내에게 신경질을 부렸다. 한동안 준희와 유영은 엄마와 이모를 혼동했고, 어쩌다 실수하면 큰 잘못을 저지른 사람처럼 작은 손으로 입을 가렸다.

두 아이가 초등학교에 입학할 무렵, 채희주는 김회장과 헤어져 아이들을 데리고 나왔다. 유영에 대한 김회장의 애착은 대단했지만 엄마 손이 필요한 나이라는 것에 어쩔 수 없이 동의했다. 김회장은 유영이 조금 더 자라면 데려가겠노라고 단단히 엄포를 놓았지만, 그의 재혼과 유한의 출생, 유영의 사춘기가 이어지면서 점점 요원한 일이 되고 말았다.

준희가 이모를 만난 건 거의 일 년 만이었다. 만날 때마다 완벽한 배우의 모습이었던 채희주는 지금 불행에 기습당한 얼굴로 준희 앞에 앉아 있었다. 준희는 이모에게 연민을 느낄 수도 있다는 사실이 낯설었다. 이 순간 가장 힘든 사람은 이모일지도 몰랐다. 어쩌면 의식 없는 유영보다도 더.

커피가 완전히 식어버렸을 무렵, 개통식 행사를 마친 김회장이 마침내 병원에 도착했다. 행사용으로 맞춘 듯한 고급 정장 차림이었다. 땀에 젖어 반질반질한 이마가 끈끈이처럼 머리카락을 붙잡고 있었다.

"유, 유영이는?"

그렇게 물으면서 김회장이 주먹으로 가슴께를 눌렀다. 마치 급하게 먹다가 체한 사람처럼.

준희는 김회장과 채희주를 한자리에서 본 게 몇 년 만인지 헤아리기도 힘들었다. 셋을 엮어주는 유일한 구심점인 유영이 이 순간 몹시도 그리웠다.

준희는 유영을 부모에게 맡겨두고 병원을 나섰다. 수술은 앞으로도 몇 시간 더 걸릴 예정이었고, 준희에게는 알아봐야 할 것이 있었다. 경찰은 유영이 서울군내고속도로에서 발견되었다고 했다. 비슷한 시간에 유한이 같은 장소에서 사고를 냈다. 이게 우연일 수 있을까? 병원에서 경찰이 수거해간 물건 중에는 준희가 잘 아는 옷이 있었다. 양 소매가 날개처럼 펼쳐지는 붉은색 케이프 카디건, 그것은 준희가 지난봄 유영에게 선물한 옷이었다.

코르사정비소에 도착해보니 누군가가 준희를 기다리고 있었다. 황금 해골 볼캡을 쓴 남자였다. 그는 정비소 직원 주건과 어느새 호형호제하며 대화를 나누고 있었다. 제멋에 사는 건이 인성에게 찰싹 붙어 있는 것이 의외였다. 새벽의 조우에서 차인성의 넉살을 알아채긴 했지만, 그는 준희의 짐작보다 훨씬 수완이 좋아 보였다. 인성이 준희에게 손을 흔들었다.

“신박사님, 이제 오셨네요.”

“하루에 두 번을 보네요.”

준희의 이 말을 반갑다는 뜻으로 들었는지 인성은 반죽 좋게 웃었다.

“대장, 이거 봤어요? 왜 나 안 깨웠어요?”

건이 신나 있는 건 아벨 때문이었다. 건은 스물아홉 살 카푸어였다. 최근 부활한 포르셰 6기통의 노란색 718 스파이더를 장기 렌트한 후, 집세가 밀려 정비소 창고로 짐을 싸들고 들어왔다. 차는 허세로 사는 게 아니라고 백날 말해봐야 귓등으로 흘려듣고, 되레 차는 용기로 사는 거라고 맞서기도 했다. 삼시 세끼 라면만 먹고도 행복해하는 게 건이 말하는 용기였다.

준희가 건을 채용한 이유는 차에 대한 그의 열성 때문이었다. 건은 자동차를 추앙했다. 차에 영혼이 있다고 믿었고, 정비 일도 열심히 배웠다. 일찍부터 밥벌이의 경건함을 알았다. 다만 자신이 원하는 것을 갖기에는 벌이가 한참 부족하다는 것이 문제였다. 애초에 돈 벌 궁리를 했다면 정비 일을 배우지는 않았을 것이다. 준희는 건의 인생을 간섭하지 않는 방식으로 존중했다. 타인의 삶에 왈가왈부하지 않는 건 유영에게서 배운 태도였다.

건은 당장이라도 아벤의 품으로 뛰어들어 그 심장을 느끼고 싶어했다. 그러나 고객이 맡긴 차량은 함부로 승차하는 것도, 이유 없이 시동을 켜는 것도 금지였다. 원칙을 알면서도 건은 아벤의 주위를 뱅뱅 돌면서 준희가 오기만을 눈 빠지게 기다렸을 것이다. 준희가 정비용 장갑을 끼고 아벤의 운전석 문을 열자, 건이 차의 내부를 보려고 머리를 들이밀었다. 준희는 블랙박스의 SD 카드 삽입구를 조심스럽게 더듬었다. 카드가 없는 것을 육안으로 재차 확인한 준희는 차 문을 닫고 건에게 지시했다.

"지금부터 이 차는 유리에 붙은 날벌레조차 손대면 안 돼. 안전 개러지 문 내려."

안전 개러지는 정비를 마친 차량을 보호하기 위해 준희가 고안한 특별 공간이었다. 천장에서부터 네 방향으로 셔터가 내려와 한 대의 자동차를 완전히 가두는 시스템이었다. 차주가 데리러 올 때까지 자동차는 그 안에서 안전하게 기다렸다.

"수리 안 해요?"

건이 물었다.

"사고 차량이야. 경찰 조사를 마치기 전까지 아무것도 손대면 안 돼."

건이 낙담한 채 준희의 말에 따랐다. 건이 벽에 붙은 버튼을 누르자 천장에서 셔터가 내려와 아벤을 감추기 시작했다. 아벤 옆에 멀뚱히 서 있던 인성이 후다닥 몸을 낮춰 셔터 아래로 빠져나왔다. 준희는 황금 해골을 단 남자를 빤히 바라보았다.

"그런데 무슨 용건으로?"

"경찰 조사라니 그게 무슨 말씀이십니까? 조사하고 말 게 있나요?"

"펜더와 차량 하부에서 흔적을 발견했어요."

인성은 새벽에 그가 보낸 이모티콘처럼 괴상하게 얼굴을 찌푸렸다. 그게 연기라면 배우를 해도 좋을 정도였다. 준희가 인성의 눈을 똑바로 보고 물었다.

"도로에서 다른 건 못 보셨나요?"

"갓길에 아벤과 유한뿐이었어요. 물론 도로 전체를 살펴본 건 아니지만요. 어두워서 잘 보이지도 않았고요. 아무리 미개통이라지만 고속도로를 오밤중에 걸어다닐 수는 없잖습니까?"

"유한이 사고에 대해 뭐라고 얘기하던가요?"

"중앙분리대를 긁었다고 했습니다."

인성은 취조당하는 기분에 언짢아 보였지만 순순히 대답

했고, 문득 생각난 듯 이렇게 덧붙였다.

"아, 커다란 불사조가 차를 덮쳤다고 했어요."

"불사조요?"

"터널에서 나오면서 뭔가 헛것을 봤나봐요. 놀라서 급하게 핸들을 꺾다가 사고를 낸 거죠."

준희는 아벤에 남은 흔적들을 떠올렸다. 벽을 스치면서 생긴 스크래치는 뚜렷했지만 앞 범퍼와 중앙 하부가 보행자를 치었다고 하기에는 너무 멀쩡했다. 자세히 보지 않았다면 붉은 섬유조직도 발견하지 못했을 가능성이 컸다.

"설마 사람을 친 건 아니겠지요? 고속도로를 걸어다니는 사람이 있었을 리도 없고."

인성이 확신 없는 말투로 물었다.

"피해자로 추정되는 사람이 사경을 헤매고 있어요. 붉은색 케이프 카디건을 입고 있었죠. 오늘 새벽 서울군내고속도로 성달산터널 부근에 의식을 잃고 쓰러져 있었어요. 그 시간에 그곳을 지나간 자동차는 제가 알기로는 두 대뿐입니다. 아벤과 세이프티로더."

이 말에 인성이 경악실색했다.

"지금 저를 의심하는 겁니까? 다른 차가 더 있었을지도 모르잖아요."

"그 도로는 과속 단속 카메라도 CCTV도 아직 작동하지 않아서 입증할 수가 없어요."

"그 사람은 대체 왜 오밤중에 개통도 되지 않은 고속도로 위에 있었답니까? 거기까지 걸어가지는 않았을 텐데요. 차량은 발견됐나요?"

준희는 두 손으로 뺨을 비볐다.

"지금부터 그걸 알아봐야겠죠."

"경찰에 신고는 하셨나요?"

인성의 질문에 준희는 대답하지 못했다. 유한이 유영을 치었다고 고하는 일에 선뜻 나설 수가 없었다. 준희는 대화의 방향을 바꿨다.

"어쨌든, 우리에겐 아벤을 폐차하면 안 되는 합리적 이유가 생긴 셈이에요. 김회장에게는 불합리한 처사겠지만."

"그런데 피해자는 누굽니까?"

인성의 마지막 질문에 준희는 대답하지 않았다. 유한을 경찰들에게 먹잇감 던지듯 넘겨주기 전에 사건의 정황을 제대로 알고 싶었다. 지금 상황으로는 유한의 짓인 게 너무 뻔해 보였지만 인성의 말대로 이상한 점이 많았다. 유영은 그 새벽에 왜 고속도로에 있었을까. 유한은 유영을 친 것을 알면서도 그대로 달아난 걸까. 그건 아닐 거라고 믿고 싶었다. 어렸을 때부터 유한은 유영을 많이 따르고 좋아했다. 하지만 유한과 유영도 자라면서 얼마간 다른 사람이 되었고, 둘 사이에 어떤 사정이 있었는지는 준희도 알 길이 없었다.

준희는 인성의 표정을 살피며 스스로에게 물었다. 이 사람을 믿어도 될까. 인성에 대해서는 아는 바가 거의 없었다. 믿어야 할 것은 이 남자가 아니라 준희 자신의 직관이었다.

깊은 숲속 방화 금고

서울군내고속도로 사무소는 목문IC 근처의 언덕바지에 있었다. 오층 대표실에서는 양방향으로 곧게 뻗은 도로가 환히 내려다보였다. 차량이 요금소를 지날 때마다 김상진 회장의 곳간은 차곡하게 쌓여갔다. 김회장은 창밖으로 도로를 지켜보는 일이 좋았다. 같은 장면이 끝없이 반복되는 도로에서 시선을 거둘 수 없었다. 그가 사무소에 일주일에 서너번씩 나오는 이유였다.

며칠 전만 해도 매끈하게 뚫린 고속도로처럼 탄탄대로를 달리던 김회장은 지금 무저갱으로 향하는 낭떠러지에 선 심정이었다. 연장 36킬로미터 도로를 건설하는 데 착공한 날로부터 육 년, 처음 사업 제안서를 제출한 날로부터는 장장 십오 년이 걸렸다. 그동안의 파란을 생각하면, 다시는 못할 짓이라는 생각이 들었다. 투자비만 이조원이 넘게 투입된 사업이었다. 큰돈이 움직이는 일에는 격랑이 따르기 마련이었다. 오십대에 시작해서 이제 칠십이 되었다. 생애 마지막 열정이었다.

36킬로미터에 십오 년이면 일 년에 고작 2킬로미터 남짓 달린 셈이었다. 인생도 이렇게 천천히 흘러가면 좋을 텐데. 언제부턴가 일은 지체되어도 시간은 빨리 흘렀다. 흙수저로 태어나 이만큼 일궜으니 이제 좀 쉬어도 되지 않나 싶다가도 자식들을 생각하면 그만둘 수가 없었다. 무능했던 자신의 아비와는 다르게 살고 싶었다.

그 결과가 고작 이것인가. 큰 녀석은 중환자실에서 사경을 헤매고 있고, 둘째는 기막힌 사고를 쳤다. 이 나이가 되면 잔잔한 물너울을 타고 평온하게 살 줄 알았지만, 세상 풍파에는 경로 우대가 없었다.

김회장에게 유영은 특별한 아이였다. 유영이 태어난 후 그의 인생 궤도가 달라졌다. 그런 아이가 삶과 죽음의 기로에 있고, 그렇게 만든 것이 유한이라니, 믿을 수가 없었다. 자기가 무슨 짓을 저질렀는지도 모르고 밥상머리에 앉아 있는 유한을 보면 화가 치밀었다. 그러다 분노가 사그라들면 그 자리에 비애감이 차올랐다.

곰곰이 생각해보면 이 일에는 여러모로 석연치 않은 구석이 있었다. 유한이 유영을 치었다면 차에도 분명 그에 상응하는 손상이 있어야 했다. 더 기이한 것은 유영이 왜 고속도로 위에 있었느냐 하는 점이었다. 유영은 대체 거기까지 어떻게, 왜 간 것일까. 생각이 여기에 미치자 수십 년간 사업을 하면서 얻은 감이랄까, 촉 같은 것이 발동했다.

이 일은 단순한 사고가 아니다. 어쩌면 유한이도 이 일에 억울하게 얽혀든 것인지도 모른다.

김회장이 평생 두려워했던 것은, 인간에 대한 믿음이었다. 세상에 믿을 만한 기계는 있어도 믿을 만한 인간은 없었다. 김회장의 부친은 평생 친구를 믿고, 형제를 믿고, 사돈의 팔촌까지 믿었다. 그 결과 무지막지한 빚더미에 앉았고, 그로 인해 알코올중독자가 되었으며, 당연하게도 간암에 걸려 마땅히 요절하였다. 결국 사람을 믿은 대가로 일찍 죽은 것이나 다름없었다. 김회장이 부친에게 받은 유일한 유산은 '사람을 믿지 말라'는 깨우침이었다.

김회장은 자식들에게 다른 것을 물려주고 싶었다. 깨우침보다 현실적이며, 눈에 보이고 손에 잡히는 것, 물성이 있는 것.

김회장은 자식들을 위해 착실하게 곳간을 채워갔다. 말년에 민자 고속도로 유치에 성공하면서 그 일은 조금 수월해졌다. 투자받은 금액의 백분의 일쯤은 어렵지 않게 비밀 금고에 넣을 수 있었다. 그동안 쌓아둔 재산과 합치니 제법 묵직해졌다. 문제는 그게 금전이라는 데 있었다. 깨우침처럼 조용히 물려줄 수 있는 게 아니었다. 깨달음에는 누구도 세금을 물리지 않았다. 대체 국가가 해준 게 뭐 있다고, 그 많은 증여세와 상속세를 뜯어가는지 김회장은 납득할 수 없었다.

출처를 밝힐 수 없는 재산을 무탈하게 증여하기 위한 김회장의 노력은 가상했다. 삼 년 전 그는 테헤란에 건설업체를 설립했고, 검은돈은 자본금 명목으로 이란으로 옮겨졌다. 여기까지는 합법적으로 이루어진 일이었다. 그 돈을 이란의 건설업체에서 두바이를 거쳐 케이맨제도에 있는 페이퍼 컴퍼니로 옮기는 일은 더 간단했다. 케이맨제도에는 그런 일을 전문적으로 처리해주는 로펌이 택시만큼이나 많았다. 소득세도 법인세도 없는 나라에서 김회장은 비트파이넥스라는 거래소를 통해 이더리움을 샀다. 이더리움은 고스란히 메타마스크라는 블록체인 지갑으로 옮겨졌고, 암호 화폐 시장에서 기축통화 역할을 하는 테더코인으로 환전되었다. 그렇게 검은돈은 봉인되었다.

페이퍼 컴퍼니를 세우고 자금을 옮기는 일은 조강희 상무와 최정 부장, 외부 로펌과 회계 법인에 분담시켰다. 김회장은 그들에게 제한된 정보를 제공했고 꼭 필요한 경우에만 협업하도록 지시했다. 큰 그림은 김회장만 알고, 부려야 할 이들에게는 퍼즐 조각만 쥐여주는 식이었다. 누구도 믿지 않는다는 철칙은 확고했다.

윤실장은 관련자들 사이를 잇는 메신저이자 감시책으로 활용했다. 그는 김회장의 세번째 팔이었다. 윤실장이 경영이나 회계 분야를 전혀 모른다는 점이 오히려 그를 믿을 수 있게 했다. 메신저는 전달하는 사람일 뿐 내용을 알 필요가 없었다.

일련의 과정이 끝난 후 김회장은 태블릿에 설치했던 메타마스크 앱을 삭제해버렸다. 그 편이 훨씬 안전했다. 앱은 비밀번호만 알면 누구든 로그인이 가능했고, 로그인만 하면 암호 화폐를 빼내는 일도 간단했다. 김회장이 원하는 것은 화폐를 사고팔아 차익을 남기는 것이 아니라 그저 안전하게 보관했다가 세금 없이 출금하는 것이었다.

금고를 열기 위해서는 메타마스크 앱을 다운로드한 후, 열두 개의 '시드 문구'라는 것을 입력해야 했다. 처음 가입할 때 무작위로 주어지는 영어 단어들이었다. 각 단어의 철자도 중요하지만 배열도 정확해야 했다. 암호 화폐 지갑을 여는 방법치고는 꽤나 고전적이었다.

그 단어와 배열을 잊어버린다면 누구도 지갑에 접근할 수 없었다. 개발자든 운영자든 구세주든 어느 누구든. 그렇게 되면 김회장의 자산은 길 잃은 별처럼 사이버공간을 영원히 떠돌게 될 것이다. 전자 지갑은 그토록 안전했고 동시에 허술했다.

김회장은 이 시드 문구 열두 단어 중 열한 단어를 그가 유일하게 믿는 사람에게 주었다. 평생에 걸쳐 착실하게 조성한 비자금의 키가 유영의 손에 있었다. 사실 그 돈은 유영에게 주려고 마련한 것이었으므로 믿고 말고 할 것도 없었다. 주인에게 맡긴 것이니까.

시드 문구의 첫번째 단어만은 김회장이 모처에 숨겨두었다. 언젠가 때가 되면 유영에게 얼마간 생색을 내며 알려줄 생각이었다. 아비로서 그 정도 위신은 세우고 싶었다. 그런데 이제 유영이 깨어나지 않는 한, 나머지 열한 단어는 알아낼 방법이 없었다. 유영은 그 단어들이 어떤 가치를 갖고 있는지 몰랐지만, 김회장이 시키는 대로 하겠다고 했다. 절대 어디에도 기록하지 말 것. 만약 기록해야 한다면 본인만이 풀 수 있는 수수께끼나 암호로 만들어둘 것.

김회장은 CCTV가 설치된 곳에서는 휴대폰 비밀번호도 누르지 않을 만큼 보안에 신경을 쓰는 사람이었다. 가장 안전한 방법은 머릿속에 저장하는 것이었는데, 이제 제일 믿지 못할 것이 나날이 감퇴되는 자신의 기억력이었다.

김회장에게 유영은 비밀번호를 잊어버리지도, 잃어버리지도 않을 유일한 사람이었다. 항상 최악의 상황을 고려하는 김회장이었음에도 지금의 사태는 상상조차 할 수 없었다. 유영은 깊은 숲속의 방화 금고였는데, 지금 그 숲은 아무도 들어갈 수 없게 활활 타오르는 중이었다.

김회장은 고심 끝에 신준희와 차인성을 회사로 불렀다. 사업을 할 때 제일 중요한 것은 사람을 적재적소에 쓰는 일이었다. 지금 김회장에게는 두 사람이 필요했다.

약속한 시각에 맞춰 윤실장이 두 사람의 도착을 알렸다. 김회장은 자신의 책상 앞에 창을 등지고 앉아 손님을 맞았다. 역광에 묻힌 그는 검은 그림자로 보였다. 회장실은 적막했고 기울어가는 초가을 해가 창가에 걸려 있었다. 준희와 인성이 맞은편 소파에 앉자, 윤실장이 차를 내왔다. 김회장이 준희와 인성을 향해 물었다.

“만약에 자네들에게 백억이 생긴다면 무엇을 하겠나?”

인성은 저 양반이 드디어 돌아버렸군, 하고 생각했다. 금지옥엽 아껴왔던 자식의 목숨이 경각에 달려 있으니 그럴 만도 했다.

"백억이 생길 리가 없어서 생각해본 적이 없는데요."

한참 만에 인성이 대답했다. 침묵이 숨막힐 정도가 되자 입에서 나오는 대로 주워섬긴 것이지만 사실이기도 했다. 김회장의 머리가 수긋하게 기울어졌다.

"내 질문이 틀렸군. 만약 자네들에게 백억의 보수가 주어진다면 무슨 일까지 할 수 있겠나?"

준희는 묵묵히 듣고만 있었다. 아니 듣기나 하는 건지, 한결같은 자세로 미동이 없었다. 몸과는 달리 준희의 머릿속은 직소 퍼즐을 흩어놓은 것처럼 어지러웠다. 유영이 당한 사고로 준희도 김회장만큼이나 충격을 받았다. 유영은 준희가 진정으로, 어쩌면 유일하게 아끼는 사람이었다. 김회장이 말을 이었다.

"내가 말일세, 깊디깊은 숲속에 이백억을 넣어둔 금고를 숨겨두었다네. 그 금고로 가는 지도를 유영이에게 주었지."

김회장은 회한하듯 말을 멈췄다가 다시 이었다.

"그 지도를 찾아서 내게 가져오게. 그러면 자네들에게 절반을 주겠네."

인성은 벌어진 입을 다물지 못했다. 곁눈으로 준희를 흘깃 보았는데 역시나 여일한 자세로 꿈쩍하지 않았다. 도대체가 속을 알 수 없는 여자였다.

"유영씨가 그 지도를 숨기기라도 했다는 말씀이십니까?"

호기심을 참지 못하고 인성이 물었다.

"내가 아무도 모르는 곳에 숨기라고 했네. 아무래도 나는 유영이가 저렇게 된 것이 그 지도 때문이 아닐까 싶어. 누군가 가로채기 전에 한시가 급해."

마침내 준희가 입을 열었다.

"회장님, 자세히 말씀해주시겠어요?"

김회장은 마호가니 책상의 서랍을 열고 작은 나무상자를 꺼냈다. 상자는 다이얼 자물쇠로 잠겨 있었다. 비밀번호를 맞추고 상자의 뚜껑을 열었다. 안에서 쿠바산 시가라도 꺼내 물면 딱 어울릴 법했는데, 거기에는 종이 한 장이 들어 있을 뿐이었다.

"이 종이에 단어 하나가 있어. 숲으로 가는 첫 열쇠지. 지금부터 내가 하는 얘길 두 사람 다 주의깊게 들어주게."

김회장은 그가 지난 십오 년간 계획해왔던 일에 대해 털어놓기 시작했다. 김회장이 말을 마쳤을 때 해가 기울어 사무실은 더욱 어두워졌고, 창밖으로 보이는 서울군내고속도로

요금소에 눈이 시릴 만큼 호화로운 조명이 점등되었다. 퇴근길 자동차들은 곧게 뻗은 신도로를 요나하게 달려나갔다.

"해보겠습니다."

순간 인성은 그 말이 제 입에서 튀어나왔나 싶어 놀랐다. 다행히도 그렇게 말한 것은 신준희였는데, 그녀가 뒤에 붙인 말이 가관이었다.

"백억은 필요 없습니다. 대신 람보르기니 아벤타도르S를 제게 주세요."

인성은 기가 찼다. 백억이면 아벤타도르 몇 대를 살 수 있는데, 저 여자도 돌아버린 걸까.

"자네는 어쩔 텐가?"

김회장이 인성에게 물었다. 인성은 침을 꿀꺽 삼켰다. 이게 영화라면 지금이 바로 결정적 장면이었다.

"저도 당연히 하겠습니다. 회장님, 제가 누굽니까? 어디선가 누군가에 무슨 일이 생기면 반드시 나타나는 차반장 아닙니까. 꼭 백억 때문이 아니라, 회장님은 제 VIP 고객이시니까 고객을 위하는 마음으로……"

"그럼, 됐네."

김회장이 인성의 말을 싹둑 잘랐다. 인성은 입을 다무는 대신 방향을 틀었다.

"그런데, 회장님."

"뭔가?"

"왜 하필 저희 두 사람입니까? 회장님 주변에는 무슨 일이든 처리해줄 해결사들이 넘쳐날 텐데요."

인성은 가까스로 '돈만 주면'이라는 말을 삼켰다. 김회장은 인성을 한심하다는 듯 바라보았다.

"내가 유영이 다음으로 믿는 사람과, 제 고객에게 충성을 다하는 사람이기 때문일세. 게다가 자네들은 이미 이 사건에 개입해 있지 않나."

인성은 자신이 전자인지 후자인지 잠시 헷갈렸지만, 이내 헷갈렸다는 사실조차 머쓱해졌다. 김회장이 전자 담배를 꺼내 물었다. 인성은 쿠바산 시가와 토치 라이터를 꺼내는 편이 좋았겠다고 생각했다. 그래야 이 상황의 비현실성이 완성될 수 있을 것 같았다.

"자네들이 찾아올 지도에 이 열쇠를 끼우면 금고로 가는 길이 열린다네."

김회장은 상자에서 꺼낸 종이를 다시 집어넣고 자물쇠를 채웠다. 자세히 보니 그건 나무상자가 아니라 우드 톤으로 도장된 철제 금고였다. 김회장은 두 사람에게 종이를 보여주지는 않았다. 의심 많은 김회장이 그럴 리가 없었다.

사무실을 걸어나오면서 인성은 제 뺨을 슬쩍 꼬집어보았다. 아팠다. 백억이라니. 금고로 가는 지도를 어떻게 찾느냐는 나중 문제였고, 일단은 백억을 제안받았다는 사실에 흥분이 가라앉지 않았다. 신준희와 반으로 나눈다고 해도 오십억이다. 백 살까지 벌어도 못 모을 돈이었다. 신준희가 보수를 거부하면 백억이 다 내 몫이 되는 걸까? 이제 어쩌지? 신준희라면 무슨 묘안이 있지 않을까. 내심 기대하며 그녀를 돌아보았지만, 그녀는 간다는 말도 없이 잘빠진 은색 포르셰 911 GT2 RS를 타고 바람처럼 사라져버렸다.

두 사람이 떠난 후 김회장은 유영을 보러 병원으로 갈 채비를 했다. 자동차 뒷좌석 문을 열어주는 윤실장의 정수리가 하얗게 세어 있었다. 뒷모습만 보면 김회장보다 나이가 더 들어 보였다.

"앞으로 차인성과 신준희를 잘 지켜봐. 무슨 뜻인지 알지?"

차에 올라타면서 김회장이 윤실장에게 다짐을 두었다. 윤실장은 말없이 묵례로 답했다. 김회장이 양복 안주머니에서 봉투를 꺼내 윤실장에게 건넸다.

"내일이 자네 집사람 기일 아닌가?"

"회장님, 매년 이렇게 챙겨주시지 않아도 괜찮습니다. 요즘 아드님 일로 심려가 크실 텐데."

윤실장이 얼굴을 붉혔다.

"내가 우리 애들 생일은 기억 못해도 그날만은 안 잊기로 마음을 먹었네. 그 일도 벌써 이십 년이 되어가는군. 제사상은 섭섭하지 않게 차려드려. 다른 가족 없다고 대충 지나가지 말고."

윤실장이 머리를 숙이며 봉투를 받았다.

"자네, 올해 몇인가?"

병원으로 가는 길에 김회장이 물었다.

"쉰둘입니다."

"내 밑에서 일한 지는 얼마나 됐지?"

"제가 스물일곱에 왔으니까, 이제 이십오 년 됐습니다."

"그렇군. 내가 유영이 엄마랑 헤어진 다음이었지."

외환 위기로 나라가 어수선하던 때였다. 김회장은 쌍용자동차에서 출시된 대형 세단 체어맨을 몰고 가다가 윤철중이라는 스물일곱 살 청년이 몰던 활어 수송차를 뒤에서 들이받았다. 그는 새벽에 동해 산지에서 활어를 받아 서울의 횟집에 납품하는 일을 하고 있었다. 그것이 윤실장과의 첫 만남이었고, 그 인연이 여태껏 이어져오고 있었다.

"자네는 최근에 유영이를 가까이서 본 적이 별로 없겠군."

"어릴 때 제가 주말마다 회장님 댁으로 모셔오고, 모셔다 드리고 했습니다. 예의바르고 반듯했지요."

"그렇지. 그런 녀석이 저렇게 되다니."

김회장은 통탄에 가까운 숨을 뱉었다. 그후로는 차가 병원에 도착할 때까지 입을 열지 않았다. 윤실장도 묵묵히 운전만 했다.

병원에는 채희주가 와 있었다. 중환자실은 하루에 한 번, 보호자 한 명만 이십 분간 면회가 허용된다고 했다. 김회장은 난처해졌다.

"들어가봐."

채희주가 순순히 면회를 양보했다. 그녀는 아마 어제도 그제도 다녀갔으리라. 어쩌면 의식 없는 자식을 바라보는 일이 곤혹스러운지도 몰랐다. 그렇다고 보러 오지 않으면 더 괴로웠을 것이다. 그래선지 채희주가 김회장을 대하는 태도에 늘 있던 것이 오늘은 빠져 있었다. 끓어오르는 열불이.

김회장은 직원의 안내에 따라 보호자 방문증을 받고 소독제로 양손을 문질러 닦았다. 비닐 재질의 가운을 입자 갑갑해서 몸에 열꽃이 올랐다. 붉은 바탕에 흰 글씨로 '제한구역'이라고 쓰여 있는 문 너머에 유영이 있었다. 자식을 보러 가는 길이 겹겹이 장벽이었다.

유영은, 유영이 아니었다. 김회장은 병실에 누워 있는 유영을 보다가 두 눈을 감았다. 저게 내 아들 유영이란 말인가. 아니 딸인가. 그래, 딸이면 어떻고 아들이면 어떤가. 깨어나 주기만 한다면.

투명한 호흡기 아래로 유영의 벌어진 입이 보였다. 김회장은 유영이 무슨 말이라도 할 것 같아서 두 귀를 곤두세웠지만 기계음만 사납게 울려댔다. 귀가 멍해지고 이내 시야가 흐려졌다. 유영이 두 개로 나뉘었다 겹쳐졌다 했다. 백내장 수술을 해야지. 유영이를 제대로 보려면. 유영을 한번 만져보고 싶었지만 어쩐지 손이 움직이질 않았다. 만지는 순간 무언가가 회생될 수 없을 만큼 손상될 것 같았다.

유영은 태어나자마자 신생아 집중치료실에 들어갔었다. 3.35킬로그램으로 건강하게 태어난 아이가 갑자기 숨을 쉬지 못했다. 빨갛고 쪼글쪼글한 몸에 전극을 매달고 살겠다고 버티는 모습이 사람의 형상 같지 않아서 김회장은 경외감에 빠져들었다. 오 일을 꼬박, 만질 수도 없는 아이를 유리창 너머에서 지켰다. 살면서 이토록 간절한 마음이 든 적은 없었다. 인간을 이만큼 사랑할 수 있다는 사실에 김회장은 공포를 느꼈다. 아이를 지키고 있는 동안은 배가 고프지도 잠이 오지도 않았다.

아버지의 절절한 염원이 닿았는지 아이는 건강을 회복했다. 동시에 김회장과 채희주의 관계는 돌이킬 수 없는 파국에 이르렀다. 그는 아내의 신임과 애정을 영영 잃었다. 출산 직후 채희주가 양수 색전증으로 두 번이나 죽을 고비를 넘기는 동안 김회장이 한 번도 다녀가지 않았기 때문이었다. 그는 자신이 아이에게 홀렸던 것 같다고 돌이켰다. 그게 아니라면 아이를 낳아준 아내가 다 죽게 생겼는데, 아이만 바라보며 넋을 놓고 있지는 않았을 것이었다.

“형부, 언니에게 아기를 보여주세요.”

이런 말을 해준 것은 오 일 동안 채희주의 병실을 지켰던 그녀의 여동생이었다. 처제는 출산한 지 오 개월 된 산모였다. 볼이 통통한 갓난아기를 업고 와 언니 곁을 지켰다. 어린 준희는 모든 상황을 이해한다는 듯 순하게 엄마 등에 매달려 있었다.

아이를 보여주라는 처제의 말에 김회장은 그제야 정신이 들었다. 유영을 낳은 여자였다. 유영의 엄마였다. 그녀가 실로 위대해 보였다. 김회장은 아내의 마음을 얻기 위해 부단히 노력했지만 채희주는 면피용 제스처라고 일축해버렸다. 고작 오 일이었는데, 아내는 김회장이 결코 닿을 수 없는 심해로 가라앉아버린 듯했다. 그런 아내를 김회장은 끝내 이해하지 못했고, 결국 용서받지도 못했다.

면회 시간 이십 분은 금세 지나갔다. 김회장이 중환자실에서 나왔을 때, 채희주는 보호자 대기실에 그대로 앉아 있었다. 모자와 선글라스로 얼굴의 대부분을 가리고 있었다. 김회장은 그녀가 존재를 드러내기 싫은 게 아니라 감정을 숨기고 싶은 거라고 생각했다.

"유영이 말이야. 이 병원 원무과장이 H건설 송대표 동생이더라고. 그래서 내가……"

김회장이 채 말을 끝내기도 전에, 채희주의 목소리가 매섭게 날아들었다.

"내 새끼 내가 알아서 해."

"내 자식이기도 해!"

채희주의 서슬에 김회장도 언성을 높이고 말았다. 그러나 불같은 성미도 이제 뿜을 기력이 없었다. 허망하고 바보 같은 말이 나왔다.

"당신은 내가 그렇게 싫은가?"

그러자 채희주가 김회장을 올려다보았다. 선글라스에 가려진 눈동자가 어디를 향하는지 알 수 없었지만, 어차피 눈이 흐려 그녀를 제대로 마주보기도 힘들었다.

"저기 있잖아. 그 당신 소리 좀 그만할 수 없어? 이제 좀 징그러."

"지금 그게 할 소리야?"

"주말에는 오지 마. 준희가 오니까. 앞으로 면회할 거면 미리 연락해."

채희주가 가방을 들고 일어섰다. 군더더기 없이 말끔한 동작이었다. 어쩐지 이 장면을 어디서 본 것 같았다. 그래, 채희주가 출연한 드라마에서 봤지. 우연히 TV를 켰는데 채희주가 나와서 이렇게 외쳤다. 이 소시오패스 같은 인간!

한숨이 올라와 뒷골에 고였다. 시야가 뿌예졌지만 여기서 정신을 놓을 수는 없었다. 언 땅을 맨손으로 파헤쳤던 젊은 시절의 오기가 다시 차오르고 있었다.

심증

김상진 회장을 만나고 온 다음날 준희는 정비소 휴게실 벽면의 화이트보드에 이렇게 적었다.

1. 유한을 만나서 사고에 대해 자세히 들어볼 것.
2. 경찰 신고는 그후에.
3. 유영의 최근 행적 조사.

김회장이 은밀히 지시를 내리지 않았더라도 준희는 이 사건을 파헤칠 생각이었다. 유영의 일이면 자신의 일이나 마찬가지였다. 이 일에 차인성이 끼어야 하는지는 의문이었지만, 아벤을 실어나른 그도 이 사건의 관련자였다.

준희는 줄곧 어림짐작으로 이 상황을 이해해왔다. 이제부터라도 확실한 근거를 바탕으로 현실을 읽어야 했다. 이 수수께끼들을 던져놓고 유영은 이렇게 말하며 웃고 있을 것만 같았다. 준희야, 네가 한번 풀어볼래?

김회장의 요구는 시드 문구를 찾아오라는 것이었지만 준희가 정말 알고 싶은 건, 누가 무엇 때문에 유영을 저렇게 만들었는가 하는 거였다. 김회장은 유영의 사고와 자신의 비자금 계좌를 연결시켜 생각하고 있었다. 유한이 이 계좌의 존재를 알고 유영에게서 돈을 가로채려 했던 걸까? 아니라고 믿고 싶었지만 백 퍼센트의 확신은 없었다. 돈 때문이 아니라도, 김회장의 총애를 독차지하는 유영이 미웠을 수도 있었다. 사고 경위를 밝혀줄 블랙박스에 메모리 카드가 없는 것도 우연이라고 보기는 힘들었다. 너무 가까운 사이여서 종종 잊었지만 유영은 재력가의 상속자였고, 유한은 그의 배다른 동생이었다. 유한을 만나봐야 한다는 생각은 확고해졌다.

유한이 아닌 다른 누군가가 유영의 이백억을 빼앗으려고 했다면, 그 계좌의 존재를 알고 있어야 하고, 유영이 시드 문구를 가지고 있다는 사실도 알아야 했다. 그런데 왜 굳이 유영을 저렇게 만들었을까? 이미 돈을 훔쳤다면 조용히 사라지면 될 일이었다. 돈을 훔치지 못했다면 유영을 의식불명으로 만들어서 득이 될 게 없었다. 어쩌면 유영을 협박하다가 뜻대로 되지 않자 위해를 가한 것일 수도 있었다. 돈은 이미 그자의 손에 들어갔을지도 몰랐다. 그러나 이런 추정은 차인성에게 말하지 않기로 했다. 시작도 하기 전에 그의 의지를 꺾을 수는 없는 노릇이었다.

유영은 자신의 이름을 여기저기 흘러다닌다는 뜻의 '유영游泳'으로 의미 지었다. 실제로는 넉넉할 유에 경영할 영을 썼다. 김상진 회장다운 작명이었다. 유영이 경영학과가 아닌 미대를 간다고 했을 때, 아니, 그보다 훨씬 전부터 김회장의 설계도는 보기 좋게 틀어져버렸다.

지금 유영은 어디를 유영하고 있을까.

수술은 잘 끝났지만 의식을 회복할지는 장담할 수 없습니다. 의사는 이 모순된 말을 기계적인 예의를 갖추어 말했다. 수술실에서 나온 그는 전장에서 돌아온 장수처럼 피로해 보였다. 두개 내 혈종과 전신의 다발성 골절, 신장 손상, 다발성 열상, 찰과상, 타박상…… 유영이 깨어난다고 해도 정상적인 삶이 가능할지는 미지수였다.

유영의 진단명들은 준희의 가슴에 수인처럼 박혀들었고, 어딘지 집어 말할 수 없는 신체 부위들이 저릿저릿 아파왔다. 인간의 육체가 감당할 수 있는 손상은 어디까지일까. 전에도 이런 생각을 해본 적이 있었다. 유영이 성전환 수술을 받기로 결심했을 때였다. 수술 방법과 치료 과정, 혹시 발생할지도 모를 합병증에 대해 설명을 들은 후에도 유영은 차분하게 수술을 준비했다. 도리어 지나치게 걱정하는 준희를 안심시키며 유영은 이렇게 말했다.

"나는 나를 해치려는 게 아니라 지키려는 거야."

준희는 몸이 없는 삶을 꿈꾼 적이 있었다. 육체는 영혼과 정신을 가두는 감옥이라고 생각했다. 육체를 통해 얻는 쾌락과 고통도 결국은 정신의 작용일 뿐이라면, 굳이 몸이 필요할 이유가 있을까. 몸은 쉽게 피로해지고 끊임없이 에너지를 요구했으며 필연적으로 정신에 한계를 가져왔다. 몸이 없다면 누군가에게 거두어져 길러지고 먹여질 일도 없었을 것이다.

유영은 달랐다. 자신의 몸을 소중하게 아꼈다. 그런 애착은 아름다웠다. 다만 자신의 의지와 어긋나게 주어진 신체를 바꾸고 싶어했다. 그것이 몸과 정신을 조화롭게 잇는 길이라고 했다.

김회장과 채희주가 유영이 꾀하는 조화를 부조화로 대하는 방식은 제각각이었다. 지리멸렬한 불화가 계속되던 어느 날 채희주는 체념을, 김회장은 절연을 택했다. 유영은 차라리 홀가분하다고 했다. 부모에게 진심으로 이해받기를 기대하지 않는 것 같았다. 유영과 준희는 나름의 입장에서 환대받지 못하는 삶을 살았고, 그것이 두 사람의 결속을 단단하게 만들었다. 준희에게 유영은 유일한 가족이었고, 유영에게 준희는 가족보다 더 가까운 사람이었다. 이를테면 이런 말을 할 수 있는 사람이었다.

—네가 날 좀 죽여줘.

준희는 유영과 나눈 마지막 메시지를 열어보았다. 사고가 난 새벽으로부터 이틀 전이었다. 준희는 이렇게 대답했다.

—그럴까.

"뭐라고요? 대장, 방금 뭐랬어요?"

준희는 휴대폰을 멍하게 들여다보느라 건이 다가온 줄도 몰랐다.

"뭐가?"

"방금 그랬잖아요. 나 좀 죽여달라고."

"내가 그랬어?"

건은 머리를 절레절레 흔들며 워크베이 쪽으로 걸어갔다.

"오전에 입고된 벤츠 GLE는 뭐가 문제야?"

준희가 휴게실 의자에 앉은 채로 물었다.

"주행중에 시동이 자꾸 꺼진대요."

"에러 코드 확인해봐."

건이 스캐너를 자동차에 연결해 상태를 점검했다.

"연료압이 너무 낮아요. 연료펌프 출력도 안 좋고요."

건은 연료펌프를 강제 구동시켰다. 준대형 SUV가 기운찬 소리를 내며 시동을 걸었다. 의사 앞에만 가면 감쪽같이 병증이 사라지는 환자 같았다. 건이 고개를 갸웃거렸다. 휴게실에서 준희의 목소리가 날아왔다.

"지난주 내내 폭우가 쏟아졌어."

"그래서요?"

"연료펌프 우는 소리 안 들려? 습기 잔뜩 먹었을 거야."

준희 말대로 저압 펌프 컨트롤 유닛이 부식되어 있었다.

"이제 차를 안 보고도 고치시네."

"고치지 말고 교체해."

"와, 이제 손도 안 대고 고치네."

"나는 잠깐 다녀올 데가 있어. 오후에 정비소 잘 지켜."

"나를 그 정도로 믿는 거예요?"

"그 정도로 긴급한 거야."

준희는 정비소를 빠져나가 이층으로 향하는 옥외 계단을 올랐다. 지난밤 남겨둔 피로와 긴장이 빈집을 지키고 있었다. 사무실 용도였던 이층을 주거용으로 개조했는데, 직장과 주거지가 붙어 있으니 편하기는 했지만 곤란한 일들도 생겼다. 일과 생활이 분리되지 않는 느낌이었고, 늘 일의 연장선 어딘가에 머무는 느낌이었다. 워커 홀릭 증세도 심해졌다. 한밤중이든 새벽이든 잠이 오지 않거나 머리가 복잡할 때면 정비소에 내려가 자동차를 만졌다. 한번은 안전 개러지에 접이식 침대를 펴고 누워 있다가 잠들어버린 적도 있었다. 막힌 공간이 의외로 편안했다. 알에서 부화하지 못한 병아리가 되는 꿈을 꾸었다. 영원히 껍데기를 깨지 못하는.

준희는 토마토와 계란으로 간단히 점심을 해먹었다. 오후 일정을 소화하기 위해서는 체력을 보충해둬야 했다. 편한 티셔츠와 청바지로 갈아입고 집을 나섰다. 정비소 뒤편 차고에서 윈디가 기다리고 있었다. 은색 포르셰 GT2 RS는 준희가 십 년간의 독일 생활을 정리하고 한국으로 들어올 때 직접 구입해 온 자동차였다. 보자마자 '윈디'라는 이름을 떠올렸다. '바람이 많이 분다'는 의미가 좋았다.

"미쳤다."

준희가 윈디를 타고 나타나자 유영은 그렇게 말했다. 멋지다는 뜻의 미쳤다가 아니라, 말 그대로 진짜 미쳤냐는 뜻이었다.

"너 정말 괜찮겠어?"

그 말속에 숨은 뜻을 준희도 알고 있었다. 이 차는 위도메이커*라는 오명을 쓴 포르셰 GT2의 후예였다. 준희에게 자동차 정비를 가르쳐준 사수이자 연인이었던 사람을 죽음으로 몰고 간 자동차였다.

윈디의 첫 오너는 준희가 독일에서 일했던 대형 정비업체의 대표였다. 사 년 된 중고였지만 차 상태는 완벽에 가까웠다. 그는 준희에게 기꺼이 차를 넘겼다. 준희에게는 가볍지 않은 금액이었지만 시세를 고려하면 헐값이었다. 그는 윈디를 한국으로 보내는 통관절차까지 도와주었다. 차를 넘기는 데는 조건이 있었다. 차 상태를 완벽하게 유지할 것, 절대로 팔지 말 것, 정 팔아야 한다면 본인에게 되팔 것. 준희는 아무런 토도 달지 않고 계약서에 서명했다.

'차량 자체에 결함이 없다면 사고는 오롯이 운전자의 잘못이다.'

생전에 그의 사수가 준희에게 했던 말이었다. 차의 성능과 특징, 그리고 단점까지도 제대로 알고 다뤄야 한다는 뜻이었다. 그가 몰던 GT2는 커브에서 미끄러져 360도 회전했고, 그 한 바퀴는 그를 영원히 돌아오지 못할 곳으로 데려갔다.

---

* 과부 제조기(widow-maker). 숱한 운전자를 죽음에 이르게 해 그들의 아내를 과부로 만든다는 의미로, 그만큼 위험한 자동차라는 뜻.

포르셰는 차의 뒷부분에 엔진을 싣고 뒷바퀴를 굴리는 RR Rear-engine Rear-wheel drive 구동 방식의 차였다. 하중이 뒤에 실려 뒷바퀴가 접지력을 잃으면 엉덩이가 경로 밖으로 미끄러지는 오버스티어링 현상이 일어났다. 이때 순간적으로 브레이크를 밟거나 가속페달에서 발을 떼면 차의 뒷부분이 앞으로 훅 돌아갈 수 있었다. 오히려 액셀을 더 밟아줘야 뒷바퀴에 하중이 전달되어 접지력을 회복할 수 있었다. 결국 운전자의 핸들링 능력만이 안전을 담보했다.

그가 이 사실을 몰랐을 리 없었다. 준희에게 자동차 구동 방식과 엔진 기통별 특징까지 세세하게 가르쳐준 사람이었다. 하지만 아는 것과 실천하는 일은 달랐다. 그는 준희가 아는 최고의 드라이버였다. 그가 운전하는 GT2는 코너링에서 한 치의 흔들림도 없었고, 네 바퀴는 맹수의 발톱처럼 지면을 꽉 움켜쥐었다. 그를 죽인 것은 자동차가 아니라, 그가 저지른 단 한 번의 실수였다.

오버스티어링을 제대로 다룰 수만 있다면, GT2 RS는 완벽한 차였다. 이보다 더 운전의 즐거움을 주는 차를 준희는 여태껏 만나지 못했다. 누군가에게는 위험한 차였고, 누군가에게는 스릴 넘치는 차였다. 준희는 지난 팔 년을 윈디와 함께했다. 준희에게 운전은 생활하는 데 필요한 수단이 아니라 인생을 즐기기 위한 여가 활동이었다. 쉬는 날 윈디를 타고 트랙을 돌거나 한적한 공도에서 드라이브를 즐겼다. 돌아온 뒤에는 정성껏 닦고 정비했다.

리모컨 키를 누르자 윈디가 두 눈을 반짝이며 인사를 건넸다. 차문을 열고 유연하게 몸을 낮춰 승차했다. 구름이 흘러가듯 자연스러운 동작이었다. 시동을 켜자 돌풍 같은 엔진음이 울렸다. 차 안에서 듣는 배기음은 밖으로 울리는 것보다 그윽한 음역이었다. 엔진이 달궈지는 동안 차인성에게 메시지를 보냈다.

—지금 출발합니다.

윈디

인성은 한남동의 한적한 카페에서 준희를 기다렸다. 천장부터 바닥까지 이어진 기다란 통창으로 포르셰 GT2 RS가 미끄러져 들어오는 모습이 보였다. 한낮의 자연광 아래서 은색 피사체가 은은하게 빛났다. 엔진소리가 배음으로 깔리니 한 편의 자동차 광고를 보는 듯했다. 눈을 뗄 수가 없었다. 그리고 멋진 장면을 보았을 때 눈을 돌리는 것은 예의가 아니었다. 그건 자격지심이거나 질시일 뿐이었다.

인성도 한때 슈퍼카를 보면 애써 무심한 척 딴청을 부렸다. 그런 차를 가질 수 없을 때였다. 그 차의 가격과 자신의 벌이를 저울질해보고, 저런 차를 타는 인간은 부정 축재자거나 사기꾼이거나 졸부의 자식이라고 치부해버렸다.

자동차 업계에 진출한 지 십여 년이 지난 지금은, 거리에서 슈퍼카를 만나면 대놓고 엄지 척을 하거나 휘파람을 불었다. 운전자에 대한 부러움보다는 자동차에 대한 찬사의 표현이었다. 1885년 카를 벤츠가 자기 동력으로 움직이는 탈것을 발명한 이후 백여 년간 끊임없이 자동차를 발전시켜온 엔지니어들에 대한 존경도 담겨 있었다.

그 멋진 발명품에서 바람처럼 엽렵하게 준희가 내렸다. 차체가 낮은 스포츠카에서 보기 좋게 하차하기란 어려운 일이었다. 자동차 동호회 게시판에는 하차감을 완성하기 위해 유연성을 길러야 한다는 웃지 못할 얘기도 올라왔다.

창밖에서 펼쳐지는 신준희의 완전무결한 퍼포먼스는 사람들의 시선을 강탈했다. 대놓고 보느냐, 곁눈으로 보느냐의 차이일 뿐이었다. 그들은 지금 이 광고의 클라이맥스를 보고 있었다. 에어로 파츠aero parts*를 요란하게 튜닝한 포르셰에서 부티라고는 눈곱만큼도 찾아보기 힘든 여자가 내리는 장면이었다.

포르셰 911 라인업 중 최고 성능과 주행 능력을 가진 GT2 RS는 아무나 다룰 수 있는 자동차가 아니었다. 공도 주행이

---

* 차량의 범퍼에 장착해 고속 주행시 공기의 저항을 줄여주는 용품.

아예 불가능한 것은 아니었지만, 모터스포츠를 목적으로 고안된 후륜구동 시스템을 일반 운전자가 컨트롤하기는 쉽지 않았다. 목숨을 담보하면 극강의 스릴을 주는 차이지만, 구태여 목숨을 걸고 자동차를 타겠다는 사람이 얼마나 있을까.

신준희가 귀여운 박스터나 카레라를 타고 왔다면 이 정도로 놀랍지는 않았을 거다. 그녀는 단순히 GT2에서 내린 게 아니라, 몰고 왔다. 구름을 몰고 다니는 바람처럼 자연스럽게. 저 차로 공도를 달려오다니, 듣던 대로 보통내기가 아니었다. 운전깨나 한다는 남자들도 열패감에 빠져들게 할 모습이었다. 카페의 주차 요원이 주차 금지 표지판을 치우고 빈자리를 만들어주었다. 직접 주차하라는 뜻이었다.

"오묘하단 말이지."

인성이 준희에게 시선을 고정한 채 중얼거렸다. 대충 빗어 넘긴 머리에 화장을 한 건지 만 건지 모르겠는 얼굴, 각진 턱선과 도드라진 광대, 좌우로 가늘고 긴 눈매. 확실히 이 시대의 미인상은 아니었다. 자동차 정비사처럼 보이지도 않았다. 개성파 배우나 거리의 예술가라면 어울릴 법했다. 준희는 긴 몸피로 성큼성큼 다가왔다.

"유한이는요?"

악수나 포옹을 기대한 건 아니었지만 인성은 마음이 상했다. 이 여자는 인사할 줄 모르나.

"아직 안 왔어요."

준희가 인성의 맞은편에 앉았다.

"뭐 마실 거라도?"

인성은 자동으로 엉덩이를 들며 물었다.

"에스프레소 한 잔 부탁해요."

인성은 계산대로 걸어가면서 몹쓸 '차반장' 습성이 나오는 자신이 한심해졌다. 신준희는 엄밀히 말해 고객도 아니잖나. 잠재 고객이긴 했지만, 준희의 성격으로 봤을 때 절대 차를 바꿀 것 같지가 않았다. 아마도 늙어 죽을 때까지 저 차를 고수하겠지. 심장이 멎으면 이식수술이라도 시켜가면서. 본인이 주치의인데 뭔들 못하겠는가.

인성이 준희 앞에 앙증맞은 커피잔을 내려놓을 때까지 준희는 아무 말이 없었다. 고마운 기색은커녕 무심한 자세로 팔짱을 끼고 앉아만 있었다. 가끔 시간을 체크하고 출입문 쪽을 건너다볼 뿐이었다. 두 사람이 김회장의 비밀 지령을 받은 후 처음으로 함께하는 일이었다. 역시 신준희와 팀워크를 이루기란 만만한 일이 아니었다.

준희는 사고 현장에 있었던 두 사람, 유한과 인성을 불러서 수수께끼 같은 사건의 퍼즐을 맞춰보고 싶어했다. 약속 장소는 유한의 동네였는데, 녀석은 만나기로 한 시간에서 십오 분이 지나도록 모습을 보이지 않았다. 준희와 둘이 마주보고 있자니 반죽 좋은 인성도 말 트기가 쉽지 않았다. 이럴 때는 역시 자동차 이야기가 최고였다.

"6기통 수평 대향, 3800cc, 트윈 터보, 700마력, 제로백 2.7초, 최고속 340킬로미터, 2010년식. 진정한 레어템인데 직수하신 건가요?"

읊고 보니 꿀 매물이 따로 없었다. 시장에 뜨는 순간 슈퍼카 마니아들 사이에서 경매라도 붙을 판이었다. 준희의 표정이 조금 풀어졌다.

"윈디예요."

"뭐요?"

"제 차 이름이요."

"아, 네."

자동차에 이름을 붙여주다니. 이 여자는 의외로 유아적인 면이 있었다. 오로지 이름 하나로 그 차의 모든 것을 설명할 수 있다는 투였다.

"차대표님은 뭘 좋아하세요?"

"네? 저요?"

인성은 잠시 생각하다가 환하게 답했다.

"저는 볼캡을 좋아합니다!"

인성이 모자를 벗어 준희에게 번쩍거리는 해골 장식을 보여주었다.

"스냅백도 좋지만 역시 모자는 볼캡이죠. 이 큐빅들은 수작업으로 하나씩 찡 박은 거예요. 페라리 엔진을 조립하듯 일일이 손으로 말이죠."

"뭘 박아요? 찡?"

"네, 찡. 찡 박는 거 몰라요?"

인성이 막 '찡 박는' 것을 설명하려는 순간 준희가 말을 잘랐다.

"무슨 차를 좋아하냐고 물은 거였어요."

"아……"

준희가 무안해하는 인성을 빤히 보았다. '마음껏 더 무안해해도 돼요'라고 말하는 듯한 표정이었다. 적절한 타이밍에 준희의 전화벨이 울렸다. 주건이었다. 통화를 하던 준희의 눈동자가 가늘게 떨리더니 급작스럽게 커졌다. 계기판의 RPM 수치가 순식간에 치솟는 것 같았다. 준희가 의자를 박차고 일어나며 인성에게 말했다.

"따라와요."

준희가 차로 달려가며 엉겁결에 따라나선 인성을 향해 다시 외쳤다.

"타요!"

인성이 조수석에 오르고 차문을 채 닫을 새도 없이 윈디가 거세게 그르릉거렸다. 졸고 있던 주차 요원이 번쩍 눈을 떴다. 준희는 침착하게 드라이브 기어를 넣고 윈디를 출발시켰다. 주차장을 나가자 인도와 차도의 구분이 없는 좁은 길목이 나왔다. 윈디는 무질서하게 오고가는 보행자들과 맞은편에서 오는 차들을 비껴가며 서행했다. 골목길에서 우회전을 하자 곧장 왕복 6차선 대로로 이어졌다.

인성의 주먹에 공연히 힘이 들어갔다. 이제부터 뭔가 엄청난 일이 벌어질 것 같은 느낌이었다. 그러나 인성의 기대와는 다르게 윈디는 발톱을 감춘 맹수처럼 고요히 달릴 뿐이었다. 인성은 준희가 윈디를 얼마나 완벽하게 다루는지 단번에 알 수 있었다. 마치 브레이크와 액셀을 하나로 연결한 듯한 완급 조절과 정확한 핸들링이었다. 트랙용 스포츠카에서 느끼기 힘든 승차감이었다. 준희는 윈디의 성능을 완벽하게 파악하고 있었고, 지금 달리는 도로의 환경까지 빈틈없이 읽어냈다.

안전벨트를 붙잡고 있던 인성의 손에서 슬그머니 힘이 빠졌다. 신준희가 자신의 이런 모습을 봤을까봐 눈동자를 굴려

보니, 그녀는 앞만 똑바로 보고 있었다.

"대체 무슨 일입니까? 유한이가 올 텐데 이렇게 가버려도 됩니까?"

차 안까지 배기음이 울려서 인성은 거의 고함치다시피 말해야 했다.

"유한이가 정비소에서 아벤을 빼내서 달아났어요."

"뭐라고요?"

"차 안에 뭘 두고 왔다고 해서 키를 내줬더니 그대로 내뺐대요. 건, 물러터진 녀석."

"그래서 지금 어디로 가는 겁니까?"

"잡으러 가야죠. 유력한 용의자가 물증을 가지고 달아나고 있잖아요. 유한이에게 아벤은 무기나 다름없어요. 자신은 물론 타인까지 위협하는."

"그렇긴 하지만, 걔가 어디로 가는 줄 알고 잡으러 간단 말입니까?"

준희는 말없이 가속하기 시작했다. 카페에서 코르사정비소까지는 기껏해야 차로 십 분 거리였다. 정비소는 대로변에서 세 블록 떨어진 곳에 있었으므로, 유한이 아벤을 방금 훔쳐 달아났다면 아직 한남대로를 타지는 못했을 것이었다. 좁고 복잡한 골목에서는 제아무리 람보르기니라고 해도 속력을 낼 수 없다. 울퉁불퉁한 노면 때문에 굼벵이가 되기 십상이다. 남부러울 것 없는 유한이지만 차만큼은 신줏단지 모시듯 하니까, 아무리 위급 상황이라도 아벤을 다치게 하면서 운전하지는 않을 것이다.

윈디는 한남오거리에서 유턴해서 좁은 길들이 사슬처럼 얽혀 있는 독서당로 방향으로 진입했다. 인성에게는 난해한 미로처럼 보이는 길들을 준희는 물길에 훤한 물고기처럼 헤쳐나갔다. 갑자기 윈디가 속도를 바짝 줄였다. 준희는 차를 완전히 멈추고 비상등을 켰다. 1초, 2초, 3초. 오른쪽 골목에서 낮은 배기음이 퍼져왔다. 아벤이 떠들썩하게 자신의 등장을 알리고 있었다. 준희가 다시 차를 몰아 오른쪽 골목을 살짝 지나치며 핸들을 왼쪽으로 꺾더니 후진 기어를 넣고 아벤이 달려오는 방향으로 윈디의 엉덩이를 틀었다.

"여기 일방통행인데요?"

"그래서 후진으로 들어갔잖아요."

인성의 말을 준희가 받아쳤다. 차의 위치로 봤을 때 맞는 방향이긴 했다. 자동차가 모로 비껴서 도로를 막았다는 점이 문제긴 했지만.

"내려요!"

"네?"

"가서 아벤 회수하라고요!"

인성이 떠밀리듯 내렸을 때, 일방통행로를 신나게 달려오던 아벤이 윈디를 발견하고 급브레이크를 잡았다. 당황한 유한이 후진으로 달아나기 시작했다. 인성이 "어, 어!" 소리치며 달려갔고, 때마침 아벤의 뒤에서 골목으로 진입하던 차량이 급하게 경적을 울려댔다. 진퇴양난에 빠진 아벤이 결국 멈춰 섰다. 거친 배기음은 여전했다. 인성이 다가가 아벤의 운전석 창문을 톡톡 두드렸다.

"얌마, 내려."

유한이 주차 기어를 넣은 상태로 액셀을 밟았다. 폭약이 터지는 듯한 엄청난 굉음이 배기구에서 폭발했다. 머플러에 확성기라도 달아놓은 것 같았다.

"아이 씨, 깜짝이야!"

인성은 저도 모르게 욕을 내뱉었다. 어느샌가 준희가 내려서 아벤 앞에 똑바로 서 있었다. 눈빛에 날이 서 있었다. 유한은 준희의 시선을 피했다. 이 난장을 관람하던 뒤차 운전자가 창문으로 고개를 내밀고 육두문자를 퍼붓기 시작했다. 인성이 뚜벅뚜벅 뒤차로 걸어갔다.

"아니, 길을 그렇게 막고……"

"죄송합니다. 선생님. 범죄자가 현장을 탈출하려고 해서 본의 아니게 민폐를 끼쳤네요."

인성이 허리를 굽히며 사과했다. 모자에서 해골이 번쩍번쩍 빛을 냈다.

"범죄자요? 그럼 그쪽이 경찰입니까?"

인성은 말없이 준희와 유한을 손으로 가리켰다. 준희가 유한의 팔을 잡아채서 윈디에 태우고 있었다.

"지금 바로 차 빼겠습니다. 협조해주셔서 감사합니다."

"네, 수고하세요."

남자는 단호해 보이는 준희의 태도에 의심을 누그러뜨리고 손까지 흔들었다. 준희가 이 와중에 경찰놀이라니, 하는 표정으로 인성을 바라봤다. 인성은 남자가 더 의심하기 전에 준희가 차를 좀 빼줬으면 싶었다.

"아벤을 정비소로 가져와주세요."

준희가 유한에게 넘겨받은 차 키를 인성에게 건넸다. 어린애를 달래는 말투로 이렇게 덧붙였다.

"보행자도 많고 상가가 밀집한 지역이에요. 최대한 소음 없이 운전해주세요."

"람보를 소음 없이 타라고요? 아예 시동 걸지 말고 뒤에서 밀고 오라고 하시죠?"

인성은 투덜거리면서도 군말 없이 아벤에 올랐다. 준희의 윈디가 바람처럼 길목을 빠져나갔다. 인성은 아벤에 시동을 걸고 잠시 심호흡을 했다. 세이프티로더에 실어나르기만 해 봤지 직접 운전하는 것은 처음이었다.

"오케이, 한번 가보자고!"

재시동이 걸린 황소가 차츰 진정을 찾았고, 인성은 액셀러레이터에 올린 발바닥에 온몸의 감각을 그러모았다.

불사조

코르사정비소로 끌려온 유한은 휴게실 소파에 비 맞은 강아지처럼 몸을 늘어뜨렸다. 준희 누나가 이렇게 빨리 나타날 줄이야. 카페에서 나를 기다리고 있어야 할 시간이었는데. 만날 장소를 더 먼 곳으로 정했어야 했다는 후회가 밀려왔다. 어디선가 누군가에 무슨 일이 생기면 어김없이 나타나는 차반장까지 가세해서 일을 그르쳤다. 인성이 형은 내 편인 줄 알았는데, 역시 세상에 믿을 만한 차는 있어도 믿을 만한 사람은 없구나, 유한은 생각했다. 이번만큼은 아버지 말이 맞았다. 아니, 아버지 말은 항상 언젠가는 맞아떨어졌고, 그건 저주의 실현과도 같았다.

아벤은 다시 안전 개러지에 갇혔다. 말이 좋아 안전이지,

감옥이나 마찬가지였다. 유한의 눈에는 건장한 황소를 잡아 가두는 창살로 보였다. 주건은 개러지 셔터를 내리면서 유한에게 눈을 흘겼다. 준희에게 제대로 한소리 들었을 것이다. 셔터가 내려갈 때 유한은 아벤에게 속으로 말을 건넸다. 조금만 기다려. 내가 곧 꺼내줄게.

"수리도 안 끝난 차를 위험하게 왜 빼갔니?"

준희의 목소리가 싸늘했다. 유한은 준희가 어려웠다. 그녀에게는 사람을 불편하게 하는 분위기가 있었다. 어릴 때부터 알고 지냈지만 편한 관계는 끝내 되지 못했다. 준희가 유영에게 하는 것의 반만이라도, 아니 반의반만이라도 자신에게 친절해줬으면. 그런 마음이 커질수록 준희는 유한을 밀어내는 것 같았고 사이는 더 어색해졌다. 형에서 누나가 되어버린 유영도 언제부턴가 연락을 해오지 않았는데, 준희와는 여전히 잘 지내는 것도 이상하게 샘이 났다. 어렸을 때부터 두 사람은 유한을 끼워주지 않았다. 둘이 한 쌍의 열대어처럼 물속을 헤엄쳐 다닐 때 유한은 물위를 떠다니는 부표처럼 겉돌기만 했다.

"아빠가 폐차한다고 해서요."

유한은 쥐어짜듯 말했다.

처음에는 그냥 작별 인사나 할까 했는데 와보니까 차가

너무 멀쩡했다. 건강한 동물을 안락사시키는 것과 마찬가지였다.

"걱정 마. 아벤은 당분간 폐차하지 않아. 저건 범죄의 증거니까."

유한의 눈이 동그래졌다. 누나는 뭘 알고 있는 걸까. 인성에게도 말하지 않았는데. 아버지가 다 처리하겠다고 했고, 아버지가 그렇게 말했으니 틀림없이 그렇게 될 것이었다.

"김유한, 우리에게 말하지 않은 게 있으면 지금 다 털어놔. 그날 어떻게 사고가 났는지."

아벤을 몰고 오면서 한껏 고조되었던 인성이 겨우 정신을 차리고 말했다. 유한은 망설였다. 마음속에서 천사와 악마가 다투고 있는데, 둘 중 누가 더 해로운지 알 수 없었다. 전부 다 털어놓고 싶은 마음도 있었다. 아버지가 입다물라고 호통을 치지 않았다면 인성에게든, 준희에게든, 아니면 경찰에게라도 말했을지 모른다. 유한에게는 그 엄청난 비밀을 감당할 만한 뚝심이 없었다. 하지만 사실대로 말한다고 해도 믿어줄 것 같지가 않았다. 인성에게 불사조 이야기를 꺼냈을 때도 어이없다는 반응만 돌아왔었다.

침묵이 길어지자 준희가 휴대폰을 꺼내 유한의 눈앞에 들이밀었다. 온라인 신문에 실린 기사가 화면에 떠 있었다.

서울군내고속도로 성달산터널 부근에서 트랜스젠더 유튜버 A씨(34세)가 전신에 심각한 부상을 입은 채 발견됐다.

성안경찰서에 따르면 19일 새벽 5시경 고속도로에 사람이 쓰러져 있다는 신고가 접수돼 119 구조대가 A씨를 구조, 인근 병원으로 이송했다. A씨는 응급수술을 마쳤지만 현재 의식을 되찾지 못한 상태다.

경찰은 당시 미개통 상태였던 서울군내고속도로에 A씨가 쓰러져 있었던 이유 등을 조사중이다. A씨는 남성에서 여성으로 성전환 수술을 받은 트랜스젠더 유튜버로 자동차 관련 채널을 운영하고 있다. 한편, 영화 〈세련된 잡담〉과 드라마 〈콩 볶는 시간〉으로 최근 재조명되고 있는 중견 배우 채희주씨가 A씨의 어머니로 밝혀져 충격을 더하고 있다.

유한은 돌처럼 굳어버렸다. 준희는 유한의 충격이 누그러지길 기다렸다. 하지만 시간이 흐를수록 충격은 뼛속까지 흡수되어 유한의 머리를 마비시켰다. 기사에는 사고를 당한 사람이 '김유영'이라고 특정할 만한 정보가 차고도 넘쳤다.

"유, 유영이 누나 괜찮은 거예요? 지금 어디 있어요?"

준희는 유영이 아직 깨어나지 못했다고 전했다. 뉴스에 보도된 대로였다.

유영이 누나였다고? 말도 안 돼. 어떻게 그런 기막힌 일이 있을 수가.

준희는 잠자코 유한을 지켜보는 것으로 그 일에 대한 설명을 요구했다.

생각을 하자, 생각을. 유한은 두 손으로 머리를 싸맸다. 아니, 차라리 기도를 할까. 지난번에 생각을 해서 일을 이 지경으로 만들었잖아. 아무리 생각을 해봐도 생각만큼 좋은 생각은 떠오르지 않았다. 마침내 준희의 무거운 침묵이 유한의 불안한 침묵을 깨뜨렸다.

"롤링 레이싱을 하기로 한 날이었어요. 멤버 중에 한 명이 F8 스파이더를 새로 뽑았거든요. 으스대는 꼴이 보기 싫어서 기를 꺾어주고 싶었어요. 마침 아빠 회사에서 건설한 고속도로가 개통을 앞두고 있어서 장소를 거기로 정했어요. 완공한 지 얼마 안 된 새 도로라서 완벽한 레이싱 코스였거든요. 며칠 폭우가 쏟아져서 미루고 미루다가 결국 개통식 하루 전날이 디데이가 되었어요. 남성안IC부터는 정말 끝내줬어요. 아벤을 그렇게 밟아본 건 처음이었어요. 성달산터널까지 제가 선두로 치고 나갔는데 터널을 빠져나오자마자……"

유한은 눈을 감고 그 일을 떠올렸다. 그 순간으로 되돌아간 것처럼 몸서리가 쳐졌다. 준희와 인성은 묵묵히 유한의 다음 말을 기다렸다.

"정말 커다란 붉은 새가 고가에서 아래로 떨어지고 있었어요."

유한은 떨리는 목소리로 악몽을 되돌렸다. 터널 입구를 에워싼 서늘한 기운과 붉은 새가 아벤을 엄습하던 순간의 몸소름이 생생했다.

"새와 부딪혔다는 거야?"

준희가 물었다.

"떨어지면서 아벤을 스친 것 같기도 하고."

유한은 확신 없는 말투로 말했다.

"그래서 어떻게 했어?"

준희가 다음 말을 재촉했다.

"바로 브레이크를 잡았어요."

유한의 오른쪽 발목에 힘이 들어갔다. 유한이 다시 입을 열 때까지 준희와 인성은 인내심을 갖고 기다려야 했다.

"그리고 핸들을 꺾다가 벽을 긁었어요. 그대로 몇 미터 더 가다 멈췄고요."

준희는 미간을 찡그린 채 눈을 감고 있었다. 유한의 이야기를 머릿속으로 재현하는 것 같았다.

"차 앞에 떨어진 게 뭔지 내려서 확인해봤니?"

유한은 고개를 저었다.

"그러려고 했는데, 너무 무서웠어요."

"무서워서 도망쳤다고? 네가 바로 신고했다면 유영이 지금보다는 나았을 수도 있어."

준희의 말에 유한이 울음을 터뜨렸다. 인성이 그의 어깨를 다독였다.

"유한이의 말대로라면, 김유영씨는 다리 위에서 추락해 도로에 떨어진 것 같네요. 전신에 입은 치명상은 추락으로 생겼을 테고요."

준희가 동의한다는 의미로 고개를 끄덕였다.

"어쩌면 아벤에 부딪혀서 바닥에 떨어질 때 충격이 덜했을 수도 있어."

인성이 유한을 보며 말했다. 근거는 없었지만 유한을 위로하기 위한 말이었다.

"유한아, 네가 본 붉은 새는 아마 유영이였을 거야. 그날 빨간 케이프 카디건을 입고 있었거든. 브레이크 제어가 조금만 늦었어도 유영이는 물론 너도 무사하지 못했을 거야."

준희가 유한을 똑바로 바라보며 말했다. 유한이 몸을 떨었다.

"아버지도 알고 있나요?"

"알고 있겠지. 가장 먼저 상황을 파악했을 테니까."

사고 현장을 처리한 이들이 도로에 사람이 쓰러져 있었다는 사실을 보고했을 것이다. 그러나 그는 경찰에 아무 말도 하지 않았다. 대신 준희와 인성을 불러 기이한 부탁을 했다.

유한은 아버지가 당분간 미국 외삼촌 댁에 가 있으라고 한 이유를 이제야 납득했다. 유한이 거부하자 강원도에 있는 별장으로 보내려고 했다. 말이 좋아 별장이지 첩첩산중의 유배지나 다름없었다. 그 와중에 자신은 집에서 빠져나와 아벤을 빼돌리려 한 것이었다.

아버지 생각을 하자 온몸이 바들바들 떨려 정신을 차리기 힘들었다. 내가 유영이 누나를 저렇게 만든 걸 알고도 나를 숨겨주려 한 것일까. 어쩌면 강원도 산속에 영영 가둬버리거나, 미국으로 보내서 누군가를 사주해 죽이려고 한 것일지 모른다.

유영이 대신 네가 저 꼴이 되었어야 했다고 말하는 아버지의 목소리가 들리는 듯했다. 냉혈한 사업가 김회장이 사랑하는 유일한 사람은 엄마도, 유한도 아닌 유영이었다. 유영이 여자가 되겠다고 선언하지만 않았다면 지금쯤 유영에게 사업의 절반쯤은 넘겨주었을지도 몰랐다. 김회장이 결국 유영을 받아들일 수밖에 없다는 것도 유한은 알고 있었다.

유한은 이제 갈 곳이 없었다. 집으로 돌아가기도, 밖을 나돌아다니기도 힘들어졌다. 유한의 마음을 읽었는지 준희가 이렇게 말했다.

"네 말이 사실이라면 유영이가 입은 치명상은 네 탓이 아니야. 어쨌든 유영이가 왜 추락했는지 밝히려면 네가 경찰에 진술해야 돼. 그래야 유영이가 저렇게 된 이유를 밝혀낼 수 있어."

유한은 힘없이 시선을 떨궜다.

"자수하기 전에 유영이 누나 한 번만 보고 가게 해줘요."

준희는 유영이 입원한 병원을 알려주려다가, 보러 가지 않는 게 좋겠다고 조언했다. 유한을 위해서였다. 중환자실에 처참한 꼴로 누워 있는 유영을 본다고 나아질 것은 없었다.

유한이 자수하기로 하면서 준희가 세워둔 세 가지 계획 중 두 개—1. 유한에게 사고 경위에 대해 들어볼 것, 2. 경찰 신고—가 동시에 해결된 셈이었다. 신고하는 부담을 덜게 되어 준희는 안도했다. 그렇다면, 이제 유영의 최근 행적을 조사하는 일만 남아 있었다.

노트북

준희는 유영의 오피스텔 창문을 열었다. 열린 틈은 폭이 기껏해야 팔꿈치부터 손바닥까지 정도였다. 출입문과 마주 보는 벽면 전체가 창이었는데도 활짝 열리지 않아 갑갑한 느낌이 들었다. 준희는 쪽창을 힘껏 밀쳐 열었다.

"체구가 어지간히 작지 않으면 저 창으로는 탈출도 못하겠네."

뒤에서 인성이 중얼거렸다.

"뛰어내리시게요?"

준희가 창밖으로 아래를 내려다보며 물었다. 유영의 방은 이십일층이었다. 정신이 아뜩했다.

"무슨 끔찍한 말씀을. 혹시 화재가 발생하거나 침입자가 있거나, 암튼 유사시에 탈출해야 할 수 있잖아요. 여기 비상용 밧줄도 있네요."

인성이 창문 아래 놓인 완강기 박스를 가리켰다. 사용법이 그려진 라벨지가 누렇게 떠 있었다. 그 안에 든 밧줄은 과연 멀쩡할지 의심스러웠다.

"김유영씨 허락 없이 우리가 이 방을 막 뒤져도 될까요? 아무리 김회장 사주를 받았다지만."

"방을 뒤지라는 사주를 받은 적은 없는데요? 차인성씨는 그냥 참관만 하세요. 엎든 뒤지든 제가 알아서 할 테니까."

"아, 네네."

인성이 팔짱을 끼고 창틀에 걸터앉았다. 약장수의 속임수를 찾아내려는 구경꾼 같은 태도였다. 준희가 어젯밤 인성에게 유영의 오피스텔 주소를 일러준 건 그에게 어떤 도움을 바라서가 아니었다. 오히려 그가 혼자 움직이지 않도록 견제하는 차원이었다.

준희는 오피스텔 내부를 주의깊게 둘러보았다. 마치 방금 전까지 유영이 머물렀던 것처럼 적당히 어질러져 있었다. 얼마 전까지 준희가 제집처럼 드나들던 공간이었다. 이곳에서 유영과 먹고, 자고, 웃고, 아무 말이나 떠들던 날들이 무수했다. 초여름 무렵부터 유영의 집에 가는 일이 뜸해졌다. 이 집에 마지막으로 다녀간 게 벌써 삼 개월 전이었다. 그즈음 유영의 일상에 변화가 생기기 시작한 걸까.

유영이 육 년 전 채희주의 집을 나와 자기만의 공간을 꾸리면서, 모녀는 긴 갈등에 종지부를 찍었다. 유영과 채희주의 의견이 그렇게 척척 맞은 적은 처음이었다. 채희주는 유영에게 오피스텔 보증금의 절반을 빌려주었다. 유영은 수모라도 당한 듯이 곧 갚겠다고 큰소리를 치며 그 돈을 받았다. 김회장에게 달라고 했으면 내주었을지도 모르지만 유영은 그러지 않았다.

"이미 새 가정을 꾸리셨잖아."

김회장에 대해 이야기할 때면 유영은 늘 그런 식으로 거리를 두었다. 유한과 그의 어머니에게 눈엣가시 같은 존재가 되고 싶지 않다고 했다.

유영은 독립한 후로 경제적인 여유가 없었다. 오전에는 구에서 운영하는 문화센터에서 데생과 파스텔화를 가르쳤고, 오후에는 어린이 미술학원 교사로 일했다. 비정기적으로 상담 센터에서 미술치료사로 일했지만 보수가 적어 재능 기부에 가까웠다.

유튜브를 시작하면서부터 그녀는 한시도 쉴 틈이 없었다. 콘텐츠를 구상하고, 촬영하고, 편집하고, 구독자를 상대하는 일은 초보 유튜버인 유영에게 만만치 않은 일이었다. 준희는 유영이 박기진의 도움을 꽤 받았으리라 짐작했다. 유튜브 활동으로 얼마나 수익을 올렸는지는 알 수 없지만 유영은 그렇게 번 돈으로 오피스텔 월세를 내고, 음식을 사 먹고, 심리상담을 받고, 시즌 특가 쇼핑을 즐겼다.

만약 김회장이 자신을 위해 이백억을 숨겨둔 걸 알았다면 유영은 어떤 반응을 보였을까. 더구나 그 돈이 불법적으로 착복한 비자금이라는 것을 알았다면? 일이억도 아니고 이백억이었다. 그것은 준희의 삶과는 너무 동떨어진 액수라서 돈이라기보다는 어떤 기호처럼 느껴졌다.

김회장이 그렇게 힘들게 돈을 세탁한 건 떳떳이 출처를 밝힐 수도 없거니와, 아내 염지연에게 들키지 않고 유영에게 주고 싶었기 때문이었을 것이다. 염지연은 김회장의 돈이 채희주와 유영에게 흘러갈까봐 전전긍긍했고, 그런 염려를 애써 숨기지도 않았다. 자동차 외엔 별다른 관심이 없는 준희가 눈치챌 정도였으니 채희주도 모를 리 없을 텐데, 부러 그러는 것인지 채희주는 시도 때도 없이 김회장에게 전화를 걸어 돈 얘기를 꺼냈다. 세심한 성격인 유영이 중간에서 마음고생을 했다.

준희는 유영의 침대에서 홑겹 이불과 침대보를 걷어냈다.

아침저녁으로 선선한 공기가 밀려오기 시작하는데, 유영의 침대는 아직 여름에 머물러 있었다. 베갯잇까지 벗겨내 커다란 타포린 가방에 담았다.

"이불은 왜 싸시는 겁니까? 국과수에 의뢰라도 하시게?"

미심쩍은 눈길로 준희를 지켜보던 인성이 물었다. 준희가 타포린 가방을 인성에게 내밀었다.

"일층 내려가시면 오른쪽 코너에 코인 세탁소가 있어요. 부탁드려요. 저는 방 정리 좀 할게요."

준희가 지갑에서 만원짜리 두 장을 꺼내 인성에게 건넸다.

"지금 저한테 이불 빨아오라는 겁니까? 신박사님, 여기 청소하러 오셨어요?"

인성은 도토리 묻어둔 곳을 까먹은 다람쥐처럼 맹하게 눈을 끔뻑였다.

"어디부터 찾아야 할지 차대표님도 모르잖아요. 청소를 하다보면 뭔가 나올 수도 있죠. 그런 적 없어요?"

"남의 집 와서 이불 빨래 한 적이요?"

"청소하다가 잃어버린 물건 찾은 적이요."

묘하게 설득당하는 기분이 싫어서 인성은 이불이 담긴 가방을 건네받았다. 준희와 얘기를 길게 나눠봤자 득될 게 없었다. 사실 맞는 말이긴 했다. 유영이 시드 문구를 보란듯이 적어서 벽에 걸어두기라도 했으면 모를까, 어디서부터 어떻게 찾아야 할지 영 감이 잡히질 않았다.

인성이 빨랫감을 들고 방을 나가자 준희는 청소기를 꺼냈다. 유영이 집에 왔을 때 깨끗하게 정돈된 공간이 그녀를 맞아주길 바랐다. 일주일에 한 번쯤 찾아와서 정리를 해야겠다고 생각했다. 사람의 온기가 완전히 빠져버린 공간이 얼마나 쓸쓸한지 준희는 알고 있었다.

개수대에는 머그컵과 와인 잔이 하나씩 있었다. 준희는 바짝 마른 수세미를 적셔 그것들을 씻었다. 개수대와 나란히 놓인 아일랜드 식탁 위에 유영이 읽다 만 듯한 소설책이 있었다. 책등이 위쪽으로 오게 펼쳐진 상태였다. 준희는 책을 뒤집어 유영이 읽던 페이지를 보았다. 밑줄이 그어진 문장들이 있었다.

"엄마는 마녀가 된 걸 후회한 적 없어?"

"후회는 자신이 결정한 일에 대해서 하는 거야. 내가 마녀가 된 것은 물이 흘러든 자리에 강이 생기고, 발길이 닿은 곳에 길이 나는 것처럼 지극히 자연스러운 일이었어. 네가 너로 태어난 것처럼."

처음 보는 책이었는데도 준희는 이 문장들에 기시감을 느꼈다. 곰곰이 생각해볼 필요도 없이 그것은 유영과 나눈 대화였다.

너는 여자가 된 걸 후회한 적 없니?

성전환 수술을 받고 후유증으로 고생하는 유영에게 준희는 물었었다. 어리석은 질문이었다. 아마도 유영이 저런 비슷한 대답을 했었던 것 같았다. '마녀' 대신 '여자'라는 단어를 써서.

준희는 책을 원래대로 펼쳐서 엎어두려다가 동작을 멈췄다. 문득 시선을 끄는 게 있었다.

이단은 노트북을 덮고 일어났다.

밑줄이 그어진 문장은 아니었지만 '노트북'이라는 단어에 노란 형광펜이 칠해져 있었다. 중요하지도, 어렵지도 않은 단어에 굳이 하이라이트를 해놓은 이유가 뭘까. 혹시 시드 문구는 아닐까? 준희는 책을 펼쳐 첫 장부터 빠르게 넘겨보기 시작했다. 밑줄이 그어진 문장이 드물게 보였지만 형광펜을 칠해둔 곳은 거기 하나뿐이었다. 마지막 밑줄이 그어진 페이지가 소설의 끝부분인 걸로 봐서 유영은 이 책을 다 읽은 것 같았다. 그런데도 마치 읽다 만 것처럼 이 페이지를 펼쳐 뒤집어둔 것이었다.

준희는 어린 시절 유영과 했던 놀이가 떠올랐다. 준희에게 선물이나 편지를 줄 때 유영은 그것을 숨겨놓고 준희가 찾아내길 바랐는데, 주로 동화책을 이용했다. 유영이 갑작스레 내민 동화책을 넘기다보면 유영이 동그라미 쳐둔 단어를 발견하게 되었다. '벽장' 'TV' '필통' '창틀' 같은 단어였다. 책을 좋아했던 유영과 달리 토미카만 손에 쥐고 살았던 준희는 책은 읽지 않고 책장만 휘리릭 넘겨 동그라미를 찾아냈다. 준희는 벽장 속에서 초콜릿 봉지를, TV 위에서 손편지를, 필통 안에서 새 마커 펜을 찾아냈고, 유영이 창틀에 꽂아놓은 팝 스티커를 끄집어냈다. '노트북'이 시드 문구가 아니라 시드 문구를 숨겨둔 위치라면?

유영은 노트북 안에 무엇을 숨겨두었을까. 창문과 침대 사이, 거의 빈틈없이 놓여 있는 긴 테이블 위에 유영의 맥북 프로가 있었다. 유영이 독립한 후에 구입한 것 중 가장 고가의 물건이었다. 위쪽 벽면에 설치된 고정식 선반에는 소설책과 에세이집, 심리학 서적, 유튜브 영상 편집에 관한 책들이 누운 채로 쌓여 있었다. 모든 정보는 유튜브에서 얻을 수 있다고 말했으면서, 유영은 여전히 책에서 무언가를 찾고 있었던 듯했다.

준희는 키보드의 아무 키나 눌러 잠든 모니터를 깨웠다. 짐작대로 전원은 켜져 있었고, 비밀번호 입력 창이 떴다. 준희는 망설이지 않고 키패드를 눌렀다.

dbdud0518&

영문 입력 모드에서 타이핑한 '유영'과 그녀의 생일 네 자리 숫자, 그리고 앰퍼샌드. 이 단순한 조합을 유영은 거의 모든 사이트의 비밀번호로 사용했다. 이보다 더 긴 글자수를 요구하면 '&'만 몇 개씩 더 붙이는 식이었다. 왜 하필 앰퍼샌드냐고 물었더니 무언가가 계속 이어질 것 같은 느낌이 좋아서라고 했다.

예상대로 로그인이 되었다. 화면에 동영상 편집 프로그램이 띄워져 있었다. 다음 창은 유영의 유튜브 채널이었고, 그 다음은 구글 검색창이었다. 그리고, 그다음은 없었다. 바탕화면에는 아이클라우드 드라이브 하나만 덩그마니 떠 있었고 그 안에는 유튜브를 제작하기 위해 찍어둔 영상들밖에 없었다.

유영의 맥북에는 저장된 것이 거의 없었다. 일부러 지웠나 싶을 만큼. 처음부터 이상하긴 했다. 김회장이 신신당부하며 맡겨두었다는 '지도'를 랩톱에 저장해놓는 건 현명한 선택이 아니었다. 그런 생각을 하다가 준희는 불현듯 무릎을 탁 치고 일어났다.

'노트북'이라는 단어를 보고 왜 맥북을 떠올린 것일까. 노트북은 공책이지 랩톱이 아니었다. 유영이 가장 아끼는 공책은 준희가 독일에서 돌아올 때 유영을 위해 사온 선물이었다. 오랫동안 훼손되지 않길 바라는 마음으로 두툼한 두께의 양장 표지를 골랐었다. 유영은 책을 좋아하는 만큼 글쓰는 것도 좋아했다. 준희는 선반을 눈으로 훑었다. 노트는 보이지 않았다. 다시 한번 선반의 끝에서 끝까지 훑어가며 일일이 확인했다.

없었다.

책들 사이에 늘 무심히 끼워져 있던 유영의 노트가 사라진 것이었다. 유영이 들고 나간 게 아니라면, 누군가가 이 집에 들어와 노트를 가져갔다는 얘기였다. 준희가 알기로 유영에게는 집을 드나들 만큼 가까운 친구도, 사귀는 사람도 없었다. 하지만 지난 삼 개월 사이 유영의 신변에 어떤 변화가 생겼을지도 몰랐다. 잠시 생각에 잠긴 준희는 테이블 한쪽에 가지런히 나열된 토미카로 시선을 옮겼다. 페라리, 랜드로버, 벤츠, 도요타, 닛산이 투명한 플라스틱 케이스에 담겨 있었다. 어쩐지 이 장난감 자동차들은 유영이 준희에게 건네는 비밀스러운 메시지 같았다. 그것들은 단순한 장난감이 아니라, 두 사람이 함께한 시절의 애틋한 아이콘이었다. 준희는 다섯 개의 토미카를 하나씩 배낭에 담았다. 도요타를 들어올리자 그 뒤에 있던 둥글고 하얀 알약이 보였다. 처음 보는 약이었다. 유영이 먹는 약은 수면제와 항우울제뿐이었는데, 그 둘 다 아니었다. 그때 초인종이 울렸고, 준희는 반사적으로 알약을 주머니에 넣었다. 인터폰 모니터에 빈 타포린 백을 흔드는 인성이 보였다.

"뭐 좀 알아냈어요?"

문을 열어주자 인성이 물었다. 준희는 말없이 어깨를 으쓱했다. 아직 가설일 뿐인 공책 얘기는 잠시 접어두기로 했다.

"건조까지 다 하려면 한 시간은 더 기다려야 되는데, 어디 가서 밥이라도 먹읍시다."

"여기 일층에 베트남 쌀국수가 맛있어요. 제가 살게요."

준희가 한쪽 어깨에 배낭을 걸치며 말했다. 인성이 군말없이 뒤를 따랐다.

유영hada

작은 장난감 자동차가 화면을 사선으로 지나갔다. 자동차가 굴러간 자리에 '유영hada'라는 글자가 바큇자국 대신 한 글자씩 찍혀 나왔다. 유영의 유튜브 채널 인트로 영상이었다.

"안녕하세요. 여러분, '유영hada'의 유영입니다."

청바지에 하늘색 셔츠를 받쳐 입은 유영이 양손을 경쾌하게 흔들었다. 사람들이 오가는 대낮의 보도블록 위였다. 삼각대를 설치했거나 누군가 대신 촬영해주고 있는 것 같았다.

"저는 지금 카 스포팅* 성지인 도산대로에 나와 있어요.

---

* car spotting. 희귀한 수입차나 스포츠카 등을 촬영하는 행위.

정말이지, 날씨가 완벽하게 화창하네요."

유영이 빙그르르 맴을 돈다. 풍성한 단발머리가 찰랑찰랑 나부낀다. 유영은 촬영을 진심으로 즐기는 듯 보였다. 준희가 처음 들어보는 경쾌한 K팝이 배경음악으로 깔린다. 앳된 여성 보컬의 목소리였다.

"지금 시각은 오후 2시예요. 카 스포팅을 즐기기에는 이른 시각인데 벌써부터 사람들이 정말 많네요."

카메라가 주변을 한 바퀴 비춘다. 삼각대가 아니라 촬영자가 따로 있는 것이 확실해졌다. 십대로 보이는 청소년들과 고가의 카메라를 들고 나온 카 스포터들이 삼삼오오 모여 있었다.

"수입차 전시장이 몰려 있는 이 도로는 슈퍼카가 많이 지나다니기로 유명한데요. 직진 신호에서 순간적인 고속 질주가 가능한, 서울에서 보기 드문 구간 중 한 곳이에요. 오늘 여러분에게 '천사의 울음'이라고 불리는 자연 흡기 엔진소리를 직접 들려드리기 위해 유영이 출동했습니다. 끝까지 함께 해주세요."

유영은 눈꼬리를 살짝 내렸다가 치켜뜨는 특유의 미소를 지어 보였다. 준희가 익히 알고 있는 표정이었다. 준희는 인성과 함께 유영의 유튜브를 시청하고 있었다. 유영의 영상을 보는 건 처음이었다.

"이걸 처음 본다고요? 사촌이고 절친이라면서 너무 무심하시네."

인성이 핀잔을 주었다. 준희는 자신이 정말 무심했던 걸까 잠시 고민했다. 유영도 알고 있었을 것이다. SNS를 하기는 커녕 TV도 보지 않는 준희가 자신의 채널을 볼 리 없다는 것을. 그 시간에 엔진룸이나 한번 더 들여다볼 사람이라는 것을. 준희를 누구보다 잘 아는 유영이니까 서운하지는 않았을 것 같았다. 이렇게 결론 내리자 마음이 한결 가벼워졌다.

그보다 지금 준희의 집 소파에 세상 편한 자세로 드러누워 있는 인성이 더 불편했다. 도움이 필요해서 집(그래봤자 정비소의 위층이었지만)으로 데려온 것이긴 한데, 어지간히 눈치 없이 굴었다. 아마도 이곳을 준희의 사적인 공간이 아니라 직원 숙소쯤으로 여기는 것 같았다.

유튜버 유영에 대해서는 인성이 준희보다 더 많이 알고 있었다. 인성은 '유영hada' 채널의 구독자였다. 준희가 인성을 기꺼이 집으로 데리고 온 이유기도 했다.

준희는 유영이 왜 그 새벽에 고속도로 위에 있었는지 알고 싶었다. 그러기 위해서는 준희가 알지 못하는 유영에 대해 알아내야 했다. 준희가 아는 유영은 그런 위험한 무대에 자발적으로 오르는 사람이 아니었다. 유영은 스스로를 아꼈다. 제 삶을 사랑했고 소중히 가꾸려고 애쓰는 사람이었다. 여려 보이는 겉모습과 다르게 사람들의 이목과 구설수에도 초연하게 대응했다. 말랑한 과육 안에 단단한 씨를 감춘 잘 여문 열매 같았다. 그래서 준희는 유영이 트랜스젠더라는 사실을 밝히고 유튜브를 한다고 했을 때 놀라지 않았다.

유영의 말처럼 화면 속에서는 고가의 수입차들이 고속으로 질주하며 데시벨 경쟁을 벌였다. 인근 상가와 주민들에게 소음 공해가 될 것이 분명했다. 그 모습을 차도까지 내려가 앞다투어 촬영하는 청소년들의 모습은 위험천만해 보였다.

“이게 대체 뭐하는 짓인가요?”

“이런 거 처음 봐요?”

인성은 카 스포팅을 놀이처럼 즐기는 문화에 대해 준희에게 설명했다. 서울 시내 곳곳에서 이런 일들이 벌어지는데 도산대로도 그중 하나였다.

“도대체 이걸 찍어서 뭐에 쓴다는 거죠?”

“이런 슈퍼카들을 사진이나 영상이 아니라 직접 보는 것이 즐거운 거죠. 유튜브나 SNS에 올려서 자랑하기도 하고요. 이걸 보겠다고 지방에서 올라오는 아이들도 있어요. 더 가까이서 촬영하려고 도로로 뛰어들기도 하고요. 맞아요, 위험하죠. 대부분 처벌도 안 받아요."

"스포츠카를 몰고 오는 사람들은 누구예요?"

"허세꾼들이겠죠. 여기 오면 관람객이 있다는 것을 아니까 고의로 굉음을 내면서 달리는 거예요."

그때였다. 영상 속에서 낯익은 차 한 대가 귀에 익은 배기음을 고성으로 내뿜으며 쏜살같이 지나갔다. 대형 화포의 발사 장치가 잇달아 터지는 듯한 소리, 인위성을 찾아볼 수 없는 원초적 소음. 준희는 그 차가 유한의 아벤타도르S임을 단번에 알아챘다. 인성이 말한 허세꾼이 바로 유한이었다. 인성도 알아챘는지 어어, 참, 하고 혀를 찼다. 아벤의 뒤를 이어 노란색 718 스파이더가 이어달리기 하듯 질주했다. 이번에는 준희가 저도 모르게 아! 하고 소리쳤다.

"건, 이 자식!"

준희는 자신이 차에 대해서만 알았지 차주에 대해서는 아무것도 모르고 있었다는 사실을 깨달았다. 언젠가 유영이 말했었다. 기계를 이해하듯 인간을 좀 이해해보라고. 웃으며 한 말이었지만 말속에 뼈가 있었다.

"떵작이네요."

영상을 보던 인성이 말했다.

"떵, 뭐요?"

준희가 뜨악한 눈길을 던졌다. 지난번엔 찡인가 뭔가를 박는다더니. 이번에는 떵작? 갑자기 어색해진 두 사람은 다시 영상으로 시선을 돌렸다. 영상에는 총 열여섯 대의 수입차가 배기음을 날리며 성치하는 모습이 편집되어 있었다. 전체 분량은 팔 분 남짓이었지만, 촬영하는 데는 한나절이 족히 걸렸을 것이었다. 영상 말미에 유영은 이렇게 말했다.

"여러분, '천사의 울음' 어떠셨나요? 오늘 뜻하지 않은 횡재도 있었네요. 12기통 자연 흡기 엔진, 정말 대단했죠? 이 영상은 열다섯 살 차희웅군의 요청으로 제작했어요. 희웅이는 소아 루푸스라는 희소병을 앓고 있지만, 장래에 카레이서를 꿈꾸는 씩씩한 친구랍니다. 희웅이에게 즐거운 꿈을 상기시키는 소중한 시간이 되었기를 바라요. 희웅아! 누나가 곧 놀러갈게. 그때까지 건강하게 잘 지내. 지금까지 '천사의 울음'이었고요. 마지막으로 천사의 웃음소리 들려드릴게요. 쓰리, 투, 원!"

유영이 검지로 카메라 정면을 가리켰다. 그리고 희미한 웃음소리가 들리더니 그대로 영상이 끝났다. 카메라를 잡고 있는 사람의 웃음소리였다. 귀청을 흔드는 배기음과 대비되어 나긋하게 느껴졌다.

"카메라를 잡은 사람은 누굴까요?"

영상이 끝난 후 인성이 물었다.

준희의 머릿속에 한 남자가 그려졌다. 준희보다 먼저 유영에게 달려왔던 사람. 유영의 긴급 연락처에 등록되어 있던 사람. 자신을 유영의 동료 유튜버라고 소개했던 박기진이었다.

유영이 사고를 당하기 이틀 전, 준희는 정비소 근처의 작은 펍에서 그녀를 만났다. 기분좋게 취한 유영은 슬며시 풀어진 표정으로 한 남자에 대해 이야기했었다.

"가만히 있으면 시크하고 웃을 땐 엄청 귀여워. 그 반전을 처음 봤을 때의 기분은 뭐랄까, 네가 아벤타도르S를 처음 봤을 때 느꼈던 기분이랑 비슷할 거야."

준희는 아벤타도르S를 처음 봤던 제네바 모터쇼를 떠올렸다. 그날 유영에게 전화를 걸어 '옴 파탈'을 만났다고 한 게 기억났다. 하지만 람보르기니는 대립되는 기질을 동시에 가진 차가 아니었다. 탁월한 질주 본능 하나만을 가진 차였다. 달리고, 또 달리고, 그저 달리기 위한 차였다. 유영의 말에 빗댄다면 시크하고 시크하고 시크하거나, 귀엽고 귀엽고 귀엽거나 둘 중 하나여야 했다.

대신 준희는 포르셰가 앗아가버린 자신의 사수를 생각했다. 자동차를 다룰 때는 가혹할 정도로 냉철했지만, 준희 앞에서는 쇳덩이도 녹일 만큼 뜨거워지는 사람이었다. 아마도 유영은 그런 누군가를 찾은 모양이었다. 준희는 당장이라도 그에게 고백하겠다는 유영을 뜯어말려야 했다.

"너 지금 급발진 상태야. 무턱대고 직진하지 말고 좀 우회해서 접근해봐."

"지금 누가 누구한테 조언을 하는 거야. 웃겨서 말이 안 나온다. 연애가 운전인 줄 아나봐."

유영이 손뼉까지 치며 웃는 바람에 다른 손님들이 흘끔댔다. 준희도 이 상황이 웃기긴 했다. 단 한 번 사랑에 빠진 적은 있었지만 다른 이들처럼 평범한 연애를 해본 기억이 없었다. 그 사랑은 최고 속도에서 그대로 멈춰버린 느낌이 들었다. 격렬한 사랑 후에 오는 애틋함이나 혹은 지겨워지는 마음을 준희는 알지 못했다.

반면 유영의 연애사는 로맨스 소설 한 질은 나올 법했다. 대부분 갑자기 시작해서 돌연히 시들해져버렸지만, 유영은 지치지 않고 사랑을 찾았고, 열심히 사랑했다.

"준희야, 너야말로 마음속 바리케이드 좀 치워. 아우토반 앞에 성벽을 쳐놨으니, 부가티가 온들 달릴 수 있겠어? 제발 연애 좀 해. 손에 기름만 묻히지 말고."

"부가티고 범블비고 다 필요 없어. 난 윈디 하나면 돼."

"어휴, 순정파 납셨네."

그때 그런 시답잖은 대화만 나눌 것이 아니라, 그 사람에 대해 진지하게 물어봤어야 했다는 자책이 들었다.

"혹시 자동차 유튜버 박기진씨 아세요?"

준희가 인성에게 물었다.

"알죠. 구독자가 백만 명쯤 될 겁니다. 이 바닥에서 그만큼 전문성을 갖춘 유튜버는 드물거든요. 자동차 칼럼니스트였다고 들었어요. 그 사람은 왜요?"

인성이 박기진의 채널을 찾아주었다. 유영과 마찬가지로 자동차, 그중에서도 슈퍼카를 소재로 했는데, 콘텐츠의 분위기는 전혀 달랐다. 유영은 자동차에 얽힌 스토리에 감성적으로 접근했지만, 기진은 자동차 산업과 기술에 대한 해박한 지식을 밑천으로 했다. 영상 속 박기진은 병원에서 봤을 때와는 영 딴판이었다. 그의 시승기는 한 편의 웰메이드 영화 같았다.

"차인성씨."

갑자기 준희가 목소리를 낮췄다.

"네?"

"저 사람 시크해요?"

"뭐요?"

"웃을 때 귀여워요?"

준희는 화면 속 박기진을 골똘하게 쳐다보며 물었고, 인성은 그런 준희를 거의 노려보았다.

"신박사님, 저런 스타일 좋아해요? 좀 의외네."

"뭐가요?"

"딱 기생오라비처럼 생겼고만, 귀엽기는."

인성이 혀를 끌끌 차더니 벌떡 일어났다.

"가시게요?"

준희가 화면에 시선을 둔 채 건성으로 물었다.

"누가요? 가긴 어딜 가요? 우리 2인 1조 수사팀 아닌가? 마실 거 좀 없어요? 뭘 좀 먹여가면서 일을 시키든가."

"냉장고에 물 있어요."

"물 말고 시원한 맥주 같은 거 없어요?"

준희는 건에게 전화를 걸었다. 잠시 후 건이 캔맥주와 육포가 든 비닐봉투를 들고 건들거리며 올라왔다. 준희의 방에서 인성을 만난 건은 반가운 내색을 했다.

"형이 왜 여기 있어요? 대장이 웬일로 술을 사오라고 하나 했네."

"둘이 형, 동생 하는 사이야?"

준희가 묻자 건이 헤벌쭉 웃으며 캔맥주를 따서 인성에게 건넸다. 두 사람은 소리도 나지 않는 알루미늄 캔을 맞부딪치며 맥주를 들이켰다.

"어, 쓸진남이다!"

건이 유튜브 영상 속 기진을 보고 알은체를 했다. 준희는 또 나만 몰랐구나 하는 생각이 들었다.

"쓸진남이 뭐야?"

"기진이 형님 별칭이에요. 자동차에 대해서 '쓸데없이 진지한 남자'. 근데 쓸데없지가 않거든요. 듣다보면 다 맞는 말씀만 하시니까."

"기진이 형님? 아는 사람이야?"

"저야 잘 알죠. 이 형님이 나를 모를 뿐이지."

유영의 조언대로 기계를 이해하듯 사람을 이해하기란 참 힘든 일이었다. 그러나 그뒤에 이어진 건의 말은 준희의 머릿속에 쏙쏙 들어와 박혔다. 기계처럼 정확하고 명료했다.

"기진이 형님, 지난주에 롤링 레이싱 잠복 취재 예고 떴었는데 불발됐더라고요. 아벤하고 F8이었나? 암튼 거물급 모델들이었는데 아쉽게 됐어요. 진짜 볼만했을 텐데."

준희와 인성의 시선이 공중에서 빠르게 부딪쳤다. 건에게 기진의 채널에서 롤링 레이싱 예고편을 찾아보라고 했지만 영상은 이미 삭제된 후였다. 건의 말대로라면 기진은 유한이 사고를 낸 그날 롤링 레이싱이 벌어질 것을 미리 알았고, 이를 촬영해 유튜브에 공개할 예정이었다.

"불발 이유는?"

인성이 물었다.

"모르죠. 그런 이벤트는 워낙 변수가 많으니까요. 갑자기 취소되거나 장소를 바꿀 수도 있고요. 예정대로 레이싱이 열린다고 해도 취재하는 게 쉽지는 않아요. 미리 잠복해 있다가 순간 포착하거나 차로 따라가면서 찍어야 하는데, 시속 300킬로미터로 쏘는 차를 무슨 수로 따라가요? 워낙 위험하기도 하고. 그래도 기진이 형님이니까 무슨 묘안이 있겠지 하고 기대했던 거죠."

"어쩌면 찍었는데 공개하지 못하는 건지도 모르지."

준희의 말에 건이 어리둥절한 표정을 했다. 인성은 저만의 생각에 잠긴 듯했다. 준희에게는 유영의 목소리가 들려왔다. 준희야, 마음속 바리케이드 좀 치워라.

"차대표님, 유한이 남성안IC에 진입했을 때 바리케이드가 있었다고 하던가요? 미개통 도로니까 분명 막아놨을 텐데."

"그런 말은 없었어요."

"누가 이미 치웠다는 얘기네요. 아벤과 세이프티로더가

지나가기 전에 누군가 그 길을 먼저 지나간 거죠. 친절하게 바리케이드를 치워놓고."

"그건 김유영씨 아닐까요? 그날 거기 있었던 게 분명하니까."

"롤링 레이싱을 취재하려면 두 명이 팀으로 움직이는 게 유리하겠죠? 한 명은 운전을, 한 명은 촬영을 해야 할 테니까."

"그렇겠네요."

인성이 이렇게 말하며 마지막 한 모금의 맥주를 넘겼다. 그러고는 빈 캔을 가볍게 구겨 쓰레기통으로 던졌다. 행운의 뱅크 슛이었다. 동시에 준희의 전화벨이 울렸다. 준희가 휴대폰을 확인하고 고개를 들더니 말했다.

"박기진씨네요."

"아, 소오름."

인성은 농담처럼 말했지만 표정이 굳어 있었다.

토미카

준희는 코르사정비소의 셔터를 내렸다. 사위는 적막했고, 휴게실 테이블 위를 비추는 작은 조명등이 어둠을 갉아먹었다. 건은 일찍 잠이 들었는지 창고 쪽에서는 인기척이 없었다. 무언가를 궁리하기에 적절한 분위기였다.

준희는 유영의 집에서 가져온 알약을 주머니에서 꺼냈다. 휴대폰으로 인터넷 의약품 사전을 검색했다. 한쪽은 알파벳 DK, 반대면에는 숫자 10이 적혀진 백색의 정제. 그것은 인데놀정이었다. 발작성 빈맥이나 심방세동에 쓰는 약이었다.

병원에서 박기진을 처음 만났을 때가 떠올랐다. 그의 스마트 워치가 부르르 떨자 "제가 심장이 좋지가 않아서"라며 말끝을 흐리던 박기진의 모습이. 유영에게는 심장 질환이 없었다. 그 약은 박기진이 흘렸을 거라고 생각하는 게 타당해 보였다. 유영이 그를 집으로 초대한 것일까. 병원에 누워 있는 동안 박기진이 무단으로 침입한 것은 아닐까? 사라진 유영의 노트는 박기진이 가져간 것일까? 생각이 이어질수록 의심은 깊어졌다.

준희는 백팩을 열어 유영의 집에서 가져온 토미카들을 하나씩 꺼냈다. 테이블 위에 그것들을 가지런히 늘어놓았다.

페라리, 랜드로버, 벤츠, 도요타, 닛산.

모두 1990년대에 제작된 모델로, 김회장이 일본 출장길에서 어린 유영을 위해 하나씩 사온 것들이었다. 정작 유영은 토미카에 별 관심이 없었다. 준희의 생일날 채희주가 고민 없이 골라온 마론 인형이나 헤어밴드에 더 흥미를 가졌다. 김회장은 원래 남의 떡이 커 보이는 법이라며 유영의 태도를 웃어넘겼다. 어느 날 그 작은 자동차로 유영의 동심을 바스러뜨리기 전까지는.

장난감 차들은 이제 보니 앙증맞다못해 빈약했다. 한 손에 올려놓고 움켜쥘 수 있을 만큼 작았다. 그 시절의 유영과 준희 같았다. 캄캄한 데 붙어앉아 무슨 기척이라도 날까봐 숨을 참던 시간들이 있었다. 김회장과 채희주의 전쟁이 시작되면 두 아이는 책상 밑이든, 벽장 속이든 가장 어둡고 좁은 공간에 숨어들어 서로의 손을 찾아 쥐었다. 의지할 것은 병아리처럼 말랑한 서로의 주먹뿐이었다.

나는 네가 제일 좋아. 한번은 어둠 속에서 유영이 준희의 귀에 대고 말했다. 준희는 손바닥으로 유영의 입을 막았다. 지금 말하면 안 돼.

어째서 아무 소리도 내지 말아야 한다고 생각했을까. 그 미력한 소리들은 김회장의 호통과 채희주의 고함에 묻혀 아무 힘도 갖지 못했을 텐데. 아이답게 울면서 떼를 써볼 수도 있었다. 그런데도 준희는 자신을 꽉꽉 감춰야 그 전쟁이 끝날 것 같았다.

준희가 제일 좋다는 유영의 말은 어쩐지 옳지 않다는 생각이 들었다. 세상에서 제일 좋은 사람은 엄마거나 아빠여야 하지 않을까. 다들 그러니까. 유영은 '엄마가 좋아, 아빠가 좋아?'라는 난제를 가볍게 털어버리고 천진하게 준희의 어깨에 머리를 기댔다.

성인이 된 후 유영과 준희는 재미삼아 그때 일을 떠올리곤 했다.

사실 나는 너랑 숨어 있는 게 재미있었어. 유영이 이렇게 말했을 때, 준희는 당황했다.

너랑 같이 있으면 하나도 무섭지 않았거든.

김회장과 이모가 싸울 때면 준희는 까닭 모를 죄의식을 느꼈고, 유영에 대한 어설픈 보호 본능에 사로잡혔다. 고작 한 뼘 정도 더 컸던 준희에게 유영은 무턱대고 의지했다. 숨어 있는 게 재미있었다는 유영의 말은 다행스러우면서도 준희의 상처를 건드렸다.

정작 눈에 보이는 흉터를 달고 산 건 유영이었다. 김회장이 어린 준희의 멱살을 잡고 휘두른 날, 그의 키만큼 끌어올려진 준희는 두 눈을 질끈 감았다. 본능적으로 눈을 마주보면 안 된다는 걸 알았다. 감정을 품은 눈빛만큼 잊기 힘든 건 없었다. 김회장을 말린 건 이모 채희주가 아니라 여덟 살 유영이었다.

아빠, 내가 그랬어요. 잘못했어요!

유영은 김회장의 다리에 매달려 서럽게 울었다. 투정 한 번 안 부리던 유영이 숨넘어가게 울어대자 김회장의 손에서 힘이 빠졌다. 준희는 감은 눈을 차마 뜨지 못했다. 준희를 내려놓은 김회장은 잠시 화를 못 이겨 어찌할 바를 몰랐다. 그러더니 토미카를 집어들어 유영의 이마에 난폭하게 내리꽂았다. 설명할 길 없는 광기였다. 순간 유영이 울음을 뚝 그쳤다. 무슨 영문인지도 모르고 학대당하는 순진한 고양이 같았다. 봉긋한 이마에서 붉은 피가 꽃송이처럼 피어났다. 이마

한복판의 상처는 열두 땀으로 봉합되었지만, 가느다란 지네 모양의 흉터가 유영의 얼굴에 남았다.

이모, 제가 안 그랬어요.

준희는 이 말을 한 것을 오래 후회했다. 유영을 배신한 기분이 들었다. 배신의 대가로 평생 잊히지 않을 말을 들었다.

알아. 네가 안 그런 거. 그렇지만 이 집에서 살고 싶으면 참아.

참지 못하고 집을 떠난 건 이모였다. 유영의 상처가 다 아물기도 전이었다. 유영과 준희도 딸려 나왔다. 독일로 떠밀리듯 보내져 하루하루 버티던 시절에 종종 그 말이 귓전에 맴돌았다. 그렇지만, 참아, 이 집에서 살고 싶으면. 준희는 날 때부터 자신을 잃어버린 사람 같았다. 어쩌면 그녀는 전혀 다른 사람이 되었을 수도 있었다. 엄마가 좋아, 아빠가 좋아? 같은 질문을 받을 수 있는 사람이.

유영이 '내가 그랬어요'라고 고백했기 때문에 김회장은 광포해졌다. 준희 때문이 아니라, 준희가 시킨 것이 아니라 유영 스스로 그랬다는 말에 김회장은 두려움을 느꼈다. 유영은 죄를 인정해서는 안 됐다. 준희를 감싸서도 안 됐다.

준희가 토미카에 정이 떨어진 건 그 일을 겪고 난 후부터였다. 토미카를 볼 때마다 그 일이 떠올랐고 애써 관심을 주지 않으려 했다. 유영은 왜 이토록 오래 이것들을 간직했을까. 그날의 상흔과는 상관없이 작은 자동차들은 투명한 플라스틱 케이스 안에 무심히 정차해 있었다.

준희는 페라리 F-1을 케이스에서 꺼냈다. 빨간 차체에 검은색 바퀴를 단 이 경주용자동차 모형은 1992년에 출시된 모델이었다. 지금은 단종된 모델로 중고 거래 사이트에서 몇십만원을 호가하고 있었다. 어린 준희가 제일 좋아했던 토미카였다.

랜드로버 레인지로버와 벤츠 C클래스도 꺼냈다. 문도, 트렁크도 열리지 않는, 그저 외형 모사에 충실한 모델들이었다. 도요타 퀵 딜리버리 밴은 유영이 좋아하던 차였다. 준희는 이 깜찍한 밴의 백도어를 조심스럽게 열었다. 앞선 차들과 달리 문이 열렸다. 소인국에 온 걸리버처럼 실눈을 뜨고 안을 들여다보았지만 아무것도 찾을 수 없었다.

초록색 닛산 스테이지아는 유영의 마지막 토미카였다. 이모가 김회장과 헤어진 후 유영이 주말에 아빠를 보러 갔다가 받아온 선물이었다. 이 차는 양쪽 도어가 모두 열렸다. 역시 내부는 텅 비어 있었다.

닛산 스테이지아를 테이블에 내려놓고 준희는 고민에 빠졌다. 이제 다섯 대의 토미카는 테이블 위에 앞줄을 맞춰 나란히 도열해 있었다. 마치 출발 신호를 기다리는 선수들처럼.

출발, 이라고 생각하는 순간 입에서 그 소리가 새어나왔다. 자동차는 달리기 위해 발명된 기계였다. 아무리 모형이라지만 이것들은 관상용이 아니라 굴리면서 가지고 노는 장난감이었다.

바퀴가 굴러간 자리에 '유영hada'가 그려지는 인트로 영상이 떠올랐다. 준희는 페라리를 뒤집어 바퀴를 들여다보았다. 엄지로 왼쪽 앞바퀴를 문지르자 오돌토돌한 감각이 느껴졌다. 이거였구나. 그녀는 자동차 유리를 닦는 보드라운 극세사 타월을 가져와 테이블 위에 깔았다. 페라리 타이어에 붉은 페인트를 도색용 붓펜으로 꼼꼼히 칠하고, 페인트가 마르기 전에 타월 위에 바퀴를 꾹 눌러 굴렸다.

wise

하얀 바탕 위에 붉은 글자가 한 자씩 찍혀 나왔다. 나머지 토미카들도 흰 타월 위에 시드 문구를 하나씩 그려냈다. 준희는 소리 없이 웃었다. 동전만한 바퀴 안에 작은 문자들을 볼록새김하는 유영의 모습이 그려졌다. 유영은 그 작업이 재미있었을 것이다. 유영의 미대 졸업 작품은 인체를 오마주한 판화였다.

수수께끼 하나가 풀렸다. 어린 시절 가지고 놀던 토미카 중 유영이 여태 간직하고 있는 건 이 다섯 대뿐이었고, 그렇다면 남은 시드 문구는 다른 방법으로 보관해두었을 가능성이 컸다. 나머지 단어들의 행방은 여전히 묘연했다. 준희는 다섯 개의 단어를 품은 타월을 돌돌 말아 토미카와 함께 배낭에 넣었다.

자동차를 운전하는 법

"준희야, 나 차 사야겠다."

휴대폰 너머에서 들려오는 채희주의 말을 준희는 바로 알아듣지 못했다. 이모가 차를 산다고? 설마 홍차, 허브차 이런 거?

준희는 이모가 운전하는 모습을 본 적이 없었다. 김상진 회장과 살 때는 주로 택시를 이용했고, 드라마가 흥행하자 소속사에서 매니저와 차량을 배정해주었다.

채희주는 김회장의 자동차에 대한 집착과 난폭한 운전에 치를 떨었다. 이모는 별거 아닌 일에 감정을 과도하게 부풀리는 경향이 있었다. 수시로 치가 떨리고, 오만 정이 떨어지고, 학을 떼고, 혀를 내둘렀다.

그녀는 심각한 기계치이기도 했다. 라디오의 AM과 FM을 바꾸는 것도 헷갈려하는 사람이었다. 그런 이모가 차를 사겠다니 뭔가 편치 않은 마음이 들었다.

"이모, 운전면허는 있어?"

"있으니까 산다는 거지. 나를 천치로 아니? 전에 유영이가 시켜서 땄어. 그땐 이 나이에 운전할 일이 있겠나 싶었는데 이렇게 쓰게 되네."

"운전해서 어디를 가려고?"

"어디긴. 유영이 병원이지. 매번 택시 타고 면회 시간 맞춰 가는 거 힘들어. 어디를 출근 도장 찍듯이 다녀본 적이 없어서."

이모는 유영이 깨어나려면 꽤나 시간이 걸릴 거라고 예감한 듯했다. 갑자기 상태가 나빠지리라는 생각은 아예 하지도 않는 것이다. 병원에 누워 있는 딸을 보러 가기 위해 육십 줄에 처음 자동차를 사겠다는 이모의 말투에서는 약간의 흥분마저 느껴졌다.

이모는 면허가 있으니 운전을 할 수 있다고 생각하는 것 같았다. 물론 운전을 하려면 면허가 필수지만, 기계를 잘 다루지 못하고, 길눈이 어둡고, 주변 상황을 인지하는 감각도 부족한 이모(그녀는 자기 자신 외에는 별 관심이 없는 사람이었다)가 과연 서울 시내를 운전해서 다닐 수 있을지 걱정이 앞섰다. 도로 주행 코스와 서울 도심의 교통 상황은 사파리 놀이공원과 세렝게티만큼이나 다르다는 것을 이모는 알고 있을까.

하지만 자동차를 몰고 유영을 보러 가겠다는 이모의 의지를 꺾을 수는 없는 노릇이었다. 준희는 이모를 라프모터스 중고차 전시장이 있는 서울오토갤러리로 불러냈다. 우선 차가 있어야 연습을 시작할 테니까.

이만 평 규모의 서울오토갤러리에는 지하 오층부터 지상 사층까지 삼천여 대의 중고 자동차가 전시되어 있었다. 슈퍼카를 뛰어넘는 몇 십억짜리 하이퍼카부터 실용적인 경차에 이르기까지 거의 모든 브랜드의 수입차가 거래되는 곳이었다.

이모는 라프모터스 전시장 앞에서 차인성과 대화를 나누고 있었다. 검정 보닛 해트와 선글라스는 여전했다. 그녀는 준희에게 "이제 왔니?"라고 했는데, 준희 귀에는 "왜 늦었니?"로 들렸다. 아직 약속 시각 칠 분 전이었다. 매번 약속에 늦던 이모가 이렇게 일찍 도착한 건 극히 드문 일이었다.

"여기가 자동차 백화점이구나. 차가 이렇게 많은 건 처음 봤어."

이모는 감명을 받은 듯했다. '백화점'이라고 말할 때는 들떠 보이기까지 했다. 준희는 차인성에게 눈인사를 건넸다. 미리 전화해서 이모가 탈 차를 보러 가겠다고 언질을 해둔 터였다. 준희는 인성에게 원하는 차에 대해 설명했다.

"일단은 견고하고 안전한 차 위주로 보여주세요. 기계 조작이 직관적이고 쉽게 설계된 차량으로요. 디자인은 전장이 짧고 차체가 높은 게 좋겠어요. 요즘은 후방 카메라와 전후방 감지 센서는 다 있죠? 자동 주차 시스템은 이모가 사용하기 불편할 수도 있으니까 그 정도면 되겠네요."

준희의 말을 듣던 인성은 점점 난처한 표정이 되어갔다.

"저, 이모님께서 이미 차를 선택하셨어요."

"벌써요? 여기 온 지 몇 분이나 됐다고요?"

차인성은 반질반질 광이 나는 검은색 2018년식 재규어 F-타입을 가리켰다. 준희는 말문이 막혔다. 이 차는 세단이 아니라 쿠페형 스포츠카였다. 납작한 차체에 보닛은 드러누워도 될 만큼 길었고, 시트는 딱딱해서 부드러운 승차감은 기대할 수도 없었다. 한마디로 초보자가 운전하기 쉽지 않은 차였다.

"그래도 후방 카메라와 감지 센서는 장착되어 있습니다."

차인성이 위로조로 말했다.

이모는 재규어가 벌써 자기 차인 양 운전석에 들어가 앉았다. 인성이 준희의 귀에 대고 속삭였다.

"절대 제가 권한 게 아닙니다. 오시자마자 콕 찍어서 저 차로 하시겠다고 했어요. 저도 말렸습니다. 근데 다른 차는 볼 생각도 안 하세요. 저 차가 워낙 간지 작렬이잖아요. 이모님이 미감이 뛰어나셔서."

이모의 유미주의적 취향은 두말하면 입만 아팠다. 이모는 차 안에서 핸들을 좌우로 몇 번 돌려보고, 변속레버를 만져보더니 선바이저를 내려 거기 달린 거울에 자신의 얼굴을 요리조리 비춰보았다. 그러다가 도어 트림 쪽을 유심히 살폈다. 창문 개폐 버튼을 찾는 것 같았다. 한참 만에 이모는 뭔가를 눌렀고 사이드미러가 접혔다 펴졌다.

"차대표! 잠깐 이리 와보세요."

마침내 창문 개폐 버튼을 찾아낸 이모가 운전석 창문을 내리고 차대표를 불렀다.

"네! 고객님."

차인성이 쏜살같이 달려가 조수석에 올랐다. 이모는 인성에게 이것저것 물었고, 그가 대답할 때마다 대시보드에 있는 무언가를 만지거나 고개를 끄덕끄덕했다. 준희의 예상보다 더 큰 난관이 눈앞에서 상연되고 있었다.

그때 손지갑만한 크로스백을 멘 여자가 손에 서류 뭉치를 들고 나타났다. 키가 작고 양 갈래로 머리를 땋아내려 초등학생 같았는데, 가까이서 보니 서른은 훌쩍 넘은 성인이었다.

"안녕하세요. 정실장이에요."

말끝에 악센트를 줘서 '정실 짱'으로 들렸다. 그녀는 채희주에게 자동차 매매계약서를 내밀었다. 이모는 팬에게 사인해주듯이 계약서에 서명을 그려넣고, 곧바로 대금을 입금한 뒤 차 키를 넘겨받았다. 보험 가입까지 일사천리로 진행되었다. 무슨 일이 이렇게 수월하게 풀리는지, 마트에서 토미카를 사는 듯했다.

준희는 어쩐지 이 상황이 낯설지 않았는데 지금 벌어지고 있는 일 때문이 아니라 이모의 태도 때문이었다. 이모는 힘든 일이 있을 때마다 정신이 나간 게 아닐까 싶을 정도로 철부지처럼 굴었다. 김회장과 이혼하고 집을 나왔을 때, 유영을 정신병원에 입원시켰을 때, 도박 때문에 여론의 뭇매를 맞았을 때도 그랬다.

"준희야, 타."

이모는 재규어에 시동을 걸고 금방이라도 출발할 기세였다. 준희는 연습할 만한 안전한 장소로 이모를 데리고 가 시운전을 시켜봐야 하는 것 아닐까 생각했다. 준희의 마음을 읽었는지 옆에서 인성이 끼어들었다.

"그냥 천천히 몰고 가시게 해보세요. 매도 먼저 맞는 게 낫다고, 어차피 겪을 일이잖아요. 또 압니까? 집에 가는 길에 다시 여기로 돌아오실지. 그러면 제가 우리 정실장 일당 정도만 받고 깔끔하게 재매입해드릴게요."

"참 위로가 되네요."

준희는 애매하게 웃고 있는 차인성과 시종일관 방긋 웃는 표정인 정실장을 뒤로하고 재규어의 조수석에 올랐다. 이모는 준희가 타자마자 기어에 손을 뻗어 D로 옮겼다.

"이모, 안전벨트부터 매고."

"아, 깜빡했네."

깜빡할 게 따로 있지. 차라리 시동 거는 걸 깜빡하세요. 준희는 마음의 소리가 튀어나오지 않도록 입단속을 했다.

"이모, 사이드미러 확인해봐. 옆, 뒤 시야 확보되는지."

"얘, 아까 차대표가 시켜서 다 확인했어. 자, 출발합니다아."

이모는 어린이집 셔틀버스를 출발시키는 운전기사처럼 말했다. 재규어의 매끈한 몸체가 쿨렁대며 첫걸음을 뗐다. 차체의 둔중한 느낌이 준희에게까지 전달되었다.

출발할 때는 액셀러레이터를 좀 지긋하게 밟아. 시작부터

잔소리를 해봐야 이모의 짜증만 돋울 것 같아서 이 말도 입 밖으로 내지 않았다. 앞으로 목격할 중대한 문제들을 지적하기 위해 참기로 했다. 액셀을 밟는 감각 정도는 운전을 하다 보면 스스로 터득할 거라고 믿고 싶었다.

라프모터스 전시장을 빠져나갈 때, 차인성이 90도로 허리를 굽혀 인사했다. 옆에서 정실장이 팔랑팔랑 손을 흔들었다. 깍듯한 차인성과 명랑한 정실장이 완벽한 부조화를 이뤘다.

핸들을 잡은 이모의 손에 얇은 힘줄이 도드라졌다. 각종 시술로 나이를 감출 수 있는 얼굴과 달리 손은 노화를 숨기기 힘들었다. 준희를 먹이고 입히고 재우고, 가끔씩 유영과 준희의 등짝을 후려치던 손이었다.

"이모, 일단 고객 주차장으로 가."

준희는 이모를 주차장으로 안내했다. 주차장 끄트머리에서 나란히 세 칸이 비어 있는 주차 공간을 찾아냈다.

"양쪽에 모두 차가 있다고 생각하고, 가운데 딱 맞게 전진으로 넣어봐."

이모는 첫번째 주차 공간을 지나쳐 ㄱ자 모양으로 과하게 핸들을 꺾었다. 준희의 머릿속 시뮬레이션에서 재규어의 운전석 문이 왼편에 주차된 차량의 전면부를 긁었다.

"차문 열어서 차선 확인해봐요."

이모는 잠자코 준희가 시키는 대로 했다.

"어머, 금 밟았네."

이모가 멋쩍게 웃었다. 준희는 가방에서 접착식 메모지를 꺼냈다. 차를 후진으로 빼게 한 뒤 전방 주차 라인에 맞춰서 앞유리 양쪽에 메모지를 붙였다.

"우선 차폭 감을 잡아야 해. 이 스티커의 간격이 차의 좌우 간격이야. 주차할 때도 그렇고 도로에서도."

이모는 세 번 만에 전진 주차를 그럴듯하게 해냈다.

"잘했어, 이모. 이제 후진으로 들어가봐."

이모는 끙 하는 소리를 내더니 기어에 손을 뻗었다. 이번에는 두 번 만에 직사각형 주차 공간의 중앙에 후진으로 차를 세우는 데 성공했다. 후방 카메라가 꽤 쓸모 있었다. 이모에게 전진과 후진으로 주차하는 연습을 두 번씩 더 시킨 후에 주차장을 빠져나왔다.

재규어는 곧 양재대로에 들어섰다. 이모는 핸들을 양손으로 꼭 쥐고 인상을 쓰고 있었다. 처음의 기세는 어디 가고 긴장한 모습이었다. 주름이 생긴다며 얼굴을 찌푸리지 않는 이모가 지금 거울을 본다면 화들짝 놀랄 것이었다.

"이모, 전방을 주시하는 건 좋은데, 너무 앞만 보지 말고 좌우도 좀 살펴. 운전은 단순한 기계 조작이 아니야. 도로의 흐름을 읽어야 해. 다른 차들의 움직임을 보면서 주변 상황을 파악하는 게 중요해."

"얘, 정신 산만하다. 제일 중요한 거 하나만 말해봐."

"제일 중요한 건 이모의 목적지겠지. 어디로 가고 있는지."

이모가 헛 하고 혀를 찼다.

"인생이란 무엇인가, 나는 누구인가, 어디로 가고 있는가. 이런 거니? 얘가 왜 늙은이 같은 소리를 해."

이모는 그렇게 말하면서도 뚫어져라 앞만 보았다. 긴장이 지나쳐 겁을 먹은 것 같았다. F-타입은 핸들링이 편한 차는 아니었는데, 이모는 다른 차를 운전해본 적이 없어서 그 점은 못 느끼는 것 같았고, 그게 다행이라면 다행이었다.

"그리고, 설마 내가 어디로 가는지 모를까봐 그러니? 마포 우리집으로 갑니다아. 길은 내비게이션이 다 알려줍니다아."

이모의 말을 듣기라도 한 것처럼 내비게이션에서 올림픽대로에 진입하라는 안내 멘트가 나왔다. 입구에서부터 정체였다. 서울 시내는 출퇴근 시간과 상관없이 수시로 길이 막혔다.

"이모, 천천히 1차선으로 붙어볼래?"

이모는 왼쪽 방향 지시등을 켜고 사이드미러를 흘깃댔다. 너무 열중한 나머지 미간에 주름이 깊어졌다. 이모가 계속 운전을 한다면 보톡스 시술을 더 자주 받아야 할지도 몰랐다. 차선 두 개를 건너는 동안 서너 대의 자동차가 성마르게 경적을 울렸다. 이모는 움찔움찔 놀라기는 했지만 크게 개의하지는 않았다. 다른 사람을 신경쓰지 않는 성격이 오히려 도움이 됐다. 운전을 할 때는 지나치게 과감해도 안 되지만 너무 소심해져도 좋지 않았다.

"힘들게 왜 1차선으로 붙으래. 차선 변경 테스트니?"

"길 막혔을 땐 1차로가 편해. 끼어드는 차들이 오른쪽에만 있으니까."

가다 서다를 반복하는 도로 위에서 이모는 상념에 빠진 얼굴이 되었다. 그래도 성질을 부리지 않고 고분고분 말을 잘 들었다. 준희는 주말에 시간을 내서 운전 연수를 시켜줘야겠다고 생각했다.

"이모, 차에 브레이크가 없다고 생각하고 운전해봐."

급출발과 급제동을 반복하는 이모에게 준희가 말했다.

"그게 무슨 말이야? 무섭게."

"브레이크가 없다고 생각하면 액셀러레이터를 그렇게 콱콱 밟을 수는 없을 거야. 주변 상황도 더 잘 살필 거고. 웬만

하면 가속페달을 밟지 말고 탄력으로 가봐. 그러면 연료도 아낄 수 있어."

이모는 대답하지 않았지만 주행은 한결 부드러워졌다.

"이모, 집중하는 거 보니까 운전 빨리 배우겠다."

"빨리 배워야지. 자식 보러 가는 길인데."

이모가 언제부터 자식 일에 이렇게 열성이었을까. 유영이 위태롭게 누워 있지 않았다면 이모의 이런 모습은 볼 수 없었을 것이다. 준희는 씁쓸해졌다. 이모는 조카인 준희는 물론이고, 친자식인 유영마저도 인생에 붙은 혹처럼 여겨왔었다.

어린 시절의 유영과 준희는 늘 둘뿐이었다. 이모는 촬영을 핑계로 며칠 혹은 몇 달씩 집을 비웠다. 그중 대부분의 날들은 촬영장이 아닌 도박장이나 카지노에 있었다. 채권자들이 수시로 집에 들이닥쳤고, 마침내 경찰이 온 날 두 아이는 오히려 안도했다. 여배우 채희주의 삶은 너무 쉽게 나락으로 떨어졌다. 그녀의 얼굴은 연예 뉴스 1면을 장식했고, 배우 생활 이십 년 만에 최고의 스포트라이트를 받았다. 자식을 생각했다면 그럴 수 있었을까.

"이모, 유영이랑 나 짐처럼 생각하지 않았어?"

무심코 이렇게 묻고 나서, 유영이 아니라 너만 짐이었다는 말을 듣게 될까봐 준희는 긴장했다.

"짐이지. 자식들은 전부 부모한테 짐이야."

"자식이 어떻게 짐이야?"

"자식이니까 짐이지. 자식이니까 힘들어도 이고 지고 가잖아. 내 자식 아니면 다 팽개치고 혼자 가지."

"나는 이모 자식 아니어서 그랬어?"

이모가 처음으로 정면에서 고개를 틀어 준희를 일별했다.

"내가 뭘 어쨌는데? 난 너희 둘 차별한 적 없어."

내비게이션이 오른쪽 출구로 빠져야 한다고 알려주었다. 이모는 방향 지시등을 켜고 한 차선씩 오른쪽으로 끼어들었다. 길이 꽉 막혀 있어서 준희가 창문을 내리고 수신호를 보내 겨우 차선을 바꿨다.

"나를 독일로 보냈잖아. 김회장님한테 돈까지 구걸해가면서."

"구걸이라니? 당연히 받아야 할 돈 미리 당겨쓴 거지. 그 덕에 너 자동차 배워와서 지금 잘 먹고 잘살잖아."

재규어는 양화대교에 올라섰다. 한강 물빛은 늘 그렇듯 부옇게 흐렸지만 지는 햇살을 받아 윤슬이 반짝거렸다. 준희는 눈을 감고 도나우강을 떠올렸다. 그곳에서 몰래 삼켰던 눈물 때문에 가슴에 찬 습기는 여전히 마르지 않았다.

"유영이 때문에 그랬다. 걔가 너랑 붙어 지내면서 너 하는 대로 다 따라 하고, 네 말투, 네 행동, 너 입는 옷까지 탐냈잖아. 나는 너희 둘을 떼놓으면 유영이가 안 그럴 줄 알았어. 여자처럼 구는 게 너 때문인 것 같았어."

재규어는 이미 한강을 건너 강변북로에 있었다. 이모가 운전하는 차를 타고 한강 다리를 건너는 건 며칠 전만 해도 상상할 수 없는 일이었다. 이모는 자신의 무지를 인정했지만 끝내 미안하다고 하지는 않았다.

"그랬으면 유영이라도 잘 돌봤어야지. 열아홉 살 애를 정신병원에 가두는 엄마가 어디 있어?"

"그렇게라도 고칠 수 있는 병이면 고쳐줘야지. 엄마니까."

"이모, 아직도 그게 병이라고 생각해?"

이모는 대답하지 않았다. 이후 두 사람은 내비게이션이 목적지에 도착했다고 알려주기 전까지 입을 열지 않았다. 좁은 자동차 안에서 팽창된 적막이 금방이라도 폭발할 것 같았다. 준희는 조수석 창문을 조금 내렸다.

아직 퇴근시간 전인데도 아파트 주차장은 가득차 있었다. 엘리베이터 출입구와 가장 먼 곳에 빈자리가 하나 보였다. 끝자리라서 후진으로 주차하기가 힘든 위치였다. 준희가 무슨 말을 꺼내기도 전에 이모가 핸들을 꺾었고, 재규어가 주차된 싼타페의 전면부를 들이받았다. 한 시간 전 준희가 머릿속으로 시뮬레이션 했던 바로 그 상황이었다. 준희는 이상한 가책을 느꼈다.

"이모, 괜찮아?"

준희가 이모를 돌아보며 물었다. 이모는 울 것처럼 얼굴을 일그러뜨렸다. 보닛이 조금 짧은 차를 샀으면, 하고 생각해봤자 이미 벌어진 일이었다. 준희는 스스로가 좋은 운전 선생은 아니라고 자인했고 이모가 그 생각에 쐐기를 박았다.

"너는 차 고치는 일이나 열심히 해. 운전 연수는 전문가에게 받을게."

용의자

짙푸른 상어를 닮은 매끈한 스포츠카가 코르사정비소로 미끄러져 들어왔다. 아우디 R8이었다. 10기통 자연 흡기 엔진에 610마력, 토크와 제로백 수치 또한 무시할 수 없는 스펙을 지닌 자동차였다. 박기진이 시동을 켜둔 채 차에서 내렸다.

“오, 죽인다.”

R8의 등장에 건이 호들갑을 떨었다.

“아이언맨이야, 뭐야?”

그 모습을 지켜보던 인성이 구시렁거렸다.

“근데 형은 왜 맨날 와요?”

건이 퉁명스럽게 물었다. 인성은 사흘 연속 코르사정비소로 출근 도장을 찍고 있었다.

기진이 준희에게 전화를 걸어온 날, 그는 병원에서 집으로 돌아가는 길에 포트홀을 밟았다고 했다. 기진은 코르사정비소의 멤버십 고객이 아니었지만 준희는 제 발로 오겠다는 그를 거절할 이유가 없었다. 그게 인성이 오늘도 코르사정비소에 출동한 이유였다. 인성은 이제 어디선가 누군가에 무슨 일이 생길 때만이 아니라, 자신의 호기심이 향하는 곳에도 모습을 드러냈다.

"타이어 바꾸면 되지, 뭘 여기까지……"

인성이 중얼거리자, 준희가 인성에게 눈치를 주었다. 유영의 오피스텔에서 알약을 발견한 준희는 기진에 대한 의혹을 떨칠 수가 없었고, 그의 방문은 두 사람의 관계에 대해 물어보기 좋은 기회였다. 인성이 어깃장을 놓아 망쳐버리면 곤란했다. 준희 앞으로 다가온 기진이 상태를 설명했다.

"서스펜션을 봐야 할 것 같아요. 꽤 빨리 달리고 있었거든요."

준희는 '꽤 빨리 달렸다'는 말이 유영이 누워 있는 병원으로부터 빨리 멀어지고 싶었다는 뜻으로 들렸다. 준희는 워크베이에 R8을 입고시키고 타이어와 휠을 살폈다.

"핸들이 떨리지는 않았나요?"

박기진이 고개를 저었다. R8의 타이어는 심하게 부풀었고, 휠에도 크랙이 보였다. 포트홀이 상당히 컸거나 속도가 굉장히 빨랐을 것이다. 대부분의 포트홀은 눈에 잘 띄지만 눈에 보인다고 다 피할 수 있는 건 아니었다. 무리하게 핸들을 꺾거나 급정거를 하면 더 큰 사고가 일어날 수도 있었다. 뻔히 보이는 위험 앞에서도 멈출 수 없다는 게 포트홀이 무서운 이유였다.

"타이어는 교체해야겠네요. 서스펜션 한번 볼게요."

이렇게 말하며 준희는 자동차 후드 너머로 박기진을 살폈다. 긴 눈매와 살짝 휘어진 콧날 때문에 차가워 보이는 인상이었다. 한동안 햇볕을 못 봤는지 피부색이 밝았다. 어쩐지 자동차보다는 골치 아픈 서류 더미와 어울리는 외모였다.

기진은 준희에게 R8을 전체적으로 점검해달라고 요청했다. 건이 그를 고객휴게실로 안내하고 음료를 내왔다. 인플루언서 '쓸진남'의 방문에 건은 꽤나 들떠 있었다.

"형님, 차가 몇 대예요? 자차 시승기 올린 것만 대여섯 편은 본 거 같은데. R8은 아직 안 올리셨죠?"

"아, 네. 구독자시군요. 감사합니다."

"저 형님 유튜브 보고 718 스파이더 샀잖아요. 제 차 엔진 개조 살짝 하면 어떨까요? 워낙 슈퍼카를 많이 봐서 그런지 뭔가 부족한 느낌이 들어요. 근데 우리 대장이 튜닝은 절대 못하게 해서요."

"튜닝의 끝은 순정이지. 안녕하세요. 라프모터스 차인성입니다. 차 사거나 파실 때 연락주세요."

인성이 기진에게 명함을 건네며 끼어들었다. 기진은 명함을 유심히 보더니 재킷 안주머니에 넣었다.

"저도 차대표님 말씀에 동의합니다. 튜닝이라는 게 결국 조율한다는 뜻인데 튠 업tune up을 하다보면 오히려 밸런스가 깨지거든요. 브레이크를 강화하면 서스펜션이 못 받쳐주고, 타이어를 바꾸면 엔진이 접지력을 못 이겨내죠. 엔진에 손을 대면 다른 모든 부분을 건드려야 해요. 결국 한 등급 위의 순정이 되는 겁니다. 튜닝하지 말고 업그레이드 버전을 사세요."

"그렇긴 한데, 결국 쩐이 문제죠."

건이 엄지와 검지를 동그랗게 말아 붙였다. 인성이 건에게도 명함을 내밀며 너스레를 떨었다.

"고객님, 라프모터스로 오십쇼. 럭셔리카, 슈퍼카를 지극히 온당한 가격에 판매하고 있습니다."

"형님들, 솔직히 말해봐요. 차 튜닝해본 적 없어요?"

건이 볼멘소리를 냈다.

"해봤으니까 하는 말이지. 그리고 누가 포르셰를 튜닝하냐? 그 차가 그렇게 세팅된 데는 다 이유가 있는 거야. 독일 애들이 대충 만들었을 것 같냐? 정 튜닝하고 싶으면 중고 아반떼 한 대 사서 아기자기하게 튜닝 파츠 부착하세요, 고객니임?"

인성이 언죽번죽 약을 올리자, 건이 "형, 회사 안 가요? 차 안 팔아요?" 하며 싫은 티를 팍팍 냈다. 인성은 기지개를 쭉 펴며 소파에 기대 누웠다.

"요즘 비수기라 장사가 안돼. 아, 굶어죽기 딱 좋은 계절이다."

"중고 수입차 시장도 비수기가 따로 있습니까?"

기진이 물었다.

"매물이 없을 때가 비수기죠. 사겠다는 사람은 줄 섰는데."

인성이 심드렁하게 대꾸했다. 그러더니 두 눈을 초롱 빛내며 기진에게 물었다.

"R8 파실 생각 있나?"

"아직 두 달밖에 안 탔습니다."

"두 달 만에 포트홀 밟았으면 진짜 속상하시겠네. 그래요. 그럼 한 육 개월 더 즐겁게 라이딩 하시다가 갈아타세요. 제가 우리 '쓸진남'님에게 잘 어울리는 녀석으로 리스트 좀 뽑아보겠습니다."

"말씀은 감사하지만, 저는 새 차만 삽니다."

"아, 새거 좋아하시는구나? 자동차라는 게 사는 순간 가치가 뚝 떨어지는 건데. 우리 라프모터스 모토가 '신차 같은 중고'거든요. 언제 우리 매장에 한번 오세요. 어마무시한 녀석들이 꽤 있으니까."

기진이 마지못해 고개를 끄덕거렸고, 때마침 준희가 고객 휴게실로 들어왔다.

"하부 충격이 꽤 강했네요. 스태빌라이저에 변형이 왔어요. 타이 로드 엔드 유격도 커졌고요. 손상된 파츠 탈거하고 나머지 부분들도 다시 세팅해야 돼요. 휠 얼라인먼트까지 조정하려면 시간이 좀 걸리겠어요."

준희가 건에게 주문해야 할 부품 목록을 일러주었다.

"차가 저 지경인데 운전해서 오셨네요. 보기보다 용감하시네."

인성의 은근히 비꼬는 말투에 기진이 정색하며 물었다.

"그런데, 몇 살이십니까?"

"갑자기요? 저는 삼삼한 나이 서른셋입니다만."

"저는 서른여섯입니다."

자신이 보기보다 어리지 않으니 말을 잘라먹지 말라는 뜻이었다. 인성은 형님, 동안이시네요, 라며 넉살을 부렸다. 기진은 웃음기 없는 어투로 그런 말 자주 듣습니다, 라고 응수했다. 두 사람의 티키타카가 더 과열되기 전에 준희가 끼어들었다.

"차를 두고 가셔야 하는데, 어떻게 돌아가실 건가요?"

"택시를 부르죠."

기진이 답했다.

"그러지 말고 제 차로 태워다드릴게요."

준희가 휴게실 행어에 걸려 있던 검은색 아노락을 집어들며 말했다.

"코르사정비소 끝내주네. 고객을 집까지 모셔다드리는 서비스가 있는 줄은 몰랐네요. 나도 벤치마킹 좀 해야겠네요."

인성은 뭐가 못마땅한지 계속 이죽거렸다.

그때 코르사정비소 앞마당으로 까만색 카니발이 들어왔고, 모두의 시선이 거기로 향했다. 운전석과 조수석에서 두 사람이 내렸다. 푸른 체크무늬 남방을 입은 호리호리한 남자와, 딱 붙는 운동복 상의를 입은 건장한 남자였다. 워크베이와 연결된 휴게실의 폴딩 도어는 앞마당을 향해 활짝 열려 있었다. 차에서 내린 두 남자는 노련한 사냥꾼들처럼 서두르지 않고 다가왔다. 호리호리한 남자가 기진과 인성, 건을 빠른 시선으로 훑어보며 신분증을 내밀었다.

"안녕하십니까, 성안경찰서 형사과에서 나왔습니다. 유정찬 경위라고 합니다."

기진이 다가가 신분증을 자세히 보았다. 그는 매사가 진지했다. 기진의 스마트 워치가 붉은 하트 모양을 표시하며 낮게 울었다. 심장이 뛴다는 증거였다.

인성은 올 게 왔다는 표정으로 기진을 곁눈질했다. 심증이 굳어지고 있었다. 박기진은 이제 윈디가 아니라 경찰서 관용차를 타고 가게 될 것이었다.

"김유영씨 사건 때문에 왔습니다."

유경위가 말을 이었다. 인성이 '그럼 그렇지' 하는 표정을 지었다. 이제 이중에 누가 박기진인지 물을 차례였다.

"여기 차인성씨 계십니까?"

"네?"

자기 이름이 불려서인지, 기진의 이름이 불리지 않아서인지 인성은 아무튼 놀랐다. 갑자기 고개를 쳐드는 바람에 볼캡 위에 있던 황금색 해골이 정면으로 햇빛을 받아 레이저 같은 광선을 쏘았다. 그의 앞에 있던 또다른 형사가 눈살을 찌푸렸다.

"제가 차인성입니다. 김유영씨 사건이라면, 혹시 제가 아벤을 실어날라서?"

"아벤을 실어날라요?"

유경위가 되물었다.

"그 차라면 사고 현장에서 옮겨온 후로 티끌 하나 건드리지 않고 잘 보관하고 있습니다."

준희가 나섰다.

"그러니까, 아벤이라면 김유한씨의 람보르기니 말씀입니까? 그 차가 여기 있고요?"

"네. 수리를 위해 입고되었는데, 사고 차량인 걸 알고는 손대지 않고 그대로 보관했습니다. CCTV가 있으니까 확인해보셔도 됩니다. 유한이가 말하지 않던가요?"

"김유한씨가 차의 행방에 대해서는 입을 꾹 다물었습니다. 제 발로 자수하러 온 사람이, 참 별나요."

유경위가 동의를 구하듯 준희를 빤히 보았다. 집요한 눈빛이었다.

"사고 차량인 줄 알았다면 왜 신고하지 않으셨습니까?"

"유한이 자수를 했으니까요. 조사가 시작되면 당연히 차를 압수해갈 거라고 생각했습니다. 그래서 안전하게 보관해두었고요."

준희가 건에게 눈짓을 보내자, 건이 안전 개러지의 셔터 문을 열었다. 아벤이 바퀴부터 서서히 모습을 드러냈다. 문이 완전히 개방되자 아벤은 날선 자태로 단숨에 워크베이를 레드 카펫으로 격상시켰다.

"하……"

건장한 형사가 심호흡을 했다. 한낱 기계가 인간을 졸아붙게 했다. 유경위는 두 마리 토끼를 한꺼번에 찾아내 흡족한 듯했다.

"차량은 감식을 의뢰하겠습니다. 차인성씨는 저희와 함께 가시죠. 김유영씨 사건으로 조사할 게 있습니다."

유경위는 이렇게 말하며 진술 거부권을 설명하기 시작했다. 인성은 불안해졌다. 분명 인성의 권리에 대해 이야기하는데 불안감만 가중되었다.

"아니, 체포도 아닌데 뭐 그런 걸 설명하십니까?"

"필요한 절차라서 그렇습니다."

"그런데 제가 여기 있는 건 어떻게 아셨습니까?"

"라프모터스에 갔었습니다. 정실장님이라는 분이 알려주셨습니다."

"하, 정실장. 친절도 병이다, 진짜."

인성이 정실장을 떠올리며 혀를 내둘렀다. 형사가 찾아왔는데 사장인 자신에게 전화 한 통 없이 행선지를 고스란히 알려주다니.

"그냥 전화를 하지 그러셨어요. 내가 직접 갈 수 있는데."

인성의 말에 두 형사가 의미심장한 눈길을 주고받았다.

"차인성씨, 당신은 참고인이 아니라 용의자로 임의동행하시는 겁니다."

"용의자요?"

"네. 김유한씨 진술과 여러 정황을 근거로 가해자를 찾고 있습니다. 자세한 건 서에 가서 이야기하시죠."

모두의 시선이 인성에게 모아졌다. 인성은 준희에게로 눈길을 돌렸다. 준희 역시 인성을 똑바로 바라보고 있었다. 자, 이제 당신이 말할 차례야, 하듯이.

눈먼 목격자

준희는 인성이 형사들과 함께 떠나는 것을 잠자코 지켜보았다. 인성이 쓴 볼캡의 황금빛 해골은 그 순간에도 광채를 번쩍이며 존재를 과시했다. 준희가 알아낸 모든 정황증거는 박기진을 향하고 있었다. 사건 현장에 레이싱을 취재하러 간 사람도, 유영의 책상 위에 인데놀을 흘린 사람도 박기진일 테다. 그러나 형사들은 차인성을 지목해서 데려갔다. 이 상황을 어떻게 받아들여야 할까.

준희는 약속대로 기진을 데려다주겠다며 윈디의 조수석에 태웠다. 그러나 차를 출발시킨 후 목적지도 묻지 않고 강변북로에 올랐다. 도로 위 초록색 표지판이 서울의 끝을 알릴 때쯤 기진이 입을 열었다.

"야생마를 준마로 길들여놨네요."

윈디 이야기였다.

"천성은 여전히 야생마죠. 기수가 리드하기 나름입니다."

"그런데 우리 어디로 가고 있는 겁니까?"

기진은 이제야 궁금한 듯 물었고, 윈디는 서울군내고속도로의 기점인 남성안IC로 진입했다. 그게 준희의 대답이었다. 준희는 곁눈으로 기진을 살폈다. 그는 잠자코 정면을 응시했고, 손목에 매달린 스마트 워치는 잠잠했다.

구불구불 이어지는 긴 램프 구간에서 윈디의 성능이 준희의 핸들링으로 빛을 발했다. 준희는 시트에 전해지는 감각으로 타이어의 접지 상태를 파악했다. 타이어가 지르는 비명을 들었고, 핸들이 튕기는 힘을 느꼈다. 준희의 사수는 포르셰가 정확하게 계산된 자동차라고 했다. 그렇다고 절대 미끄러지지 않는 차는 아니었다. 운전자의 철저한 계산과 노련한 감각이 이 차의 성능을 최대로 끌어낼 수 있었다. 만약 포르셰가 미끄러진다면, 그것은 안전 궤도 밖으로의 이탈을 의미했다. 단순 사고로 끝나지 않았다. 차는 복구할 수 없을 정도로 망가지고, 운전자의 안위는 말할 것도 없었다. 준희의 사수가 몸소 보여주었듯이.

"가끔 드리프트의 재미도 느껴보고 싶지 않으세요?"

기진이 물었다.

"드리프트를 원하면 다른 차를 타야죠."

준희가 명료하게 답했다.

평일 오전, 서울에서 성안으로 향하는 민자 고속도로는 한가했다. 이 도로는 통행료가 비싼 것으로 유명세를 치르는 중이었다. 아직은 인근 우회도로를 이용하는 차들이 더 많았다. 고속도로 초입에서 홍주IC와 양면톨게이트를 지나자, 곧이어 성안산생태교와 성안산터널이 연달아 나왔다. 윈디가 날 선 배기음을 터널 안에 토해내자, 긴 반향이 돌아왔다. 귀가 먹먹해졌다.

"배기량이 큰 스포츠카가 지나다니면 주변이 꽤나 시끄럽겠는데요."

기진이 고함치듯 말했다.

윈디는 쏜살같이 터널을 빠져나왔고, 곧이어 성달산터널을 만났다. 이번에는 두 사람 모두 입을 다물었다. 유한은 이 구간을 지금 윈디가 달리는 것의 두 배가 넘는 속도로 통과했을 것이다. 터널은 길지 않았다. 진입한 지 얼마 안 되어 이내 밝은 빛이 고여 있는 반원형의 종점이 보였다. 유한의 말에 따르면 붉은 새가 출현한 바로 그 지점이었다. 터널을 빠져나오자 시야가 밝아졌다. 가까운 하늘에 새털구름이 낮게 깔려 있었다. 준희는 구름이 뭉쳐져 한 마리의 새로 변하는 상상을 했다. 하얗고 긴 깃털을 가진, 하늘을 뒤덮을 만큼 큰 날개로 활공하는 새.

그런 생각을 하며 사고 지점을 지나버렸다. 한 사람의 목숨이 경각에 달려 있는데도, 아무 일 없었다는 듯 도로는 뻗어나갔고, 차들은 무심하게 달렸다.

준희가 저기였어요, 하고 말했다. 그렇게만 말했는데도 기진이 알아들었다. 고개를 돌려 현장을 보지는 않았다. 그래봐야 이미 지나버렸을 테지만. 그뒤로는 두 사람 다 말을 아꼈다.

끝 차선에 목문IC로 빠지는 길이 나왔고 요금소 옆으로 서울군내고속도로 사무실이 보였다. 신축건물 티가 나는 평범한 사무실이었다. 윈디는 고속도로를 빠져나와 시내로 접어들었다. 띄엄띄엄 보이는 창고형 가구점들과 공장 건물이 전부였다. 목문동은 성안시의 북쪽 끝자락으로 전통적인 농촌마을이었지만, 고속도로 입지로 정해지면서 창고와 공장 건물들이 우후죽순 들어서고 있었다.

속도를 잔뜩 줄인 윈디가 목문로에서 우회전을 했다. 애초에 목적지를 정하고 온 것은 아니었다. 목문IC에서 나올 때만 해도 적당한 위치에서 차를 돌려 돌아가려는 생각이었다.

요금소에서 사무실을 바라봤을 때, 위쪽으로 다리가 있었고 그 뒤로 마을이 보였다. 요금소와 고속도로가 훤히 내려다보일 위치였다. 준희는 그쪽으로 방향을 잡았다.

대로변에서 한번 꺾어 들어왔을 뿐인데 길은 쓸쓸할 정도로 호젓했다. 인도와 차도의 구분이 없는 길이었다. 마을 아래쪽에 고속도로가 뚫리면서 통행로가 육교처럼 보였다. 준희는 거기에 윈디를 세웠다. 두 사람은 약속이나 한 것처럼 차에서 내렸다. 시야가 트여 있어 서울군내고속도로가 한눈에 내려다보였다. 자동차들이 내뿜는 소음이 생생했다. 목문로를 지나올 때는 길의 경사가 심해 보이지 않았는데, 마을은 의외로 상당한 고지대에 있었다. 준희와 기진은 통행로 위에 나란히 서서 고속도로를 바라보았다.

"여기서 보니 장관이네요. 김상진 회장님이 뿌듯하시겠어요."

기진이 무심결에 뱉은 말을 준희는 흘려듣지 않았다. 일시에 여러 가지 사실을 알게 됐다. 박기진은 김상진 회장을 알고 있으며, 이 도로를 건설한 사실도 파악하고 있었다. 그가 유영의 부친임을 아는 건 너무나 당연해 보였다. 기진의 눈에는 이 사고가 어떻게 보일까. 아버지가 건설한 도로 위에서 사고를 당한 딸과, 사고를 낸 배다른 아들.

준희는 내면에서 차오르는 불안감을 검질기게 누르고 있었다. 그런 성격은 어떤 면에서는 재능이었지만, 스스로에게는 재앙에 가까웠다. 안에서 곪고 쌓인 것들이 어느 틈에 터져나올지 모를 일이었다.

통행로 난간 밑으로 엉클어진 덤불에 금계국 한 송이가 피어 있었다. 아주 작았지만 초록 수풀 사이에서 노란 꽃송이가 올돌하게 빛났다. 과하게 튀지 않으면서도 제 존재를 드러내는 게 유영을 닮았다고 생각했다.

금계국 위로는 자동차 번호판만한 이정표가 솟아 있었다. '서울군내 3-R03'이라고 쓰인 암호 같은 글자들, 그 아래 더 작은 서체로 '통로/목문IC 회차로 0.15킬로미터'라고 적혀 있었다. 길 이름이라기보다는 위치를 나타내는 좌표에 가까웠다. 그러나 아무리 작은 길에도 이름이 있었고, 이 길 역시 그랬다. 엉뚱하게도 그 옆에 세워진 다른 표지판이 이 길의 이름을 알려주었다. 화살표 모양으로 조악하게 깎은 널빤지에 흰색 마커로 적은 손글씨였다.

150m 앞 목문커피

목문로700번길 35

준희가 손끝으로 나무 화살표를 가리켰다.

"이런 곳에도 카페가 있네요."

두 사람은 화살표가 지시하는 방향으로 걸었다. 오른쪽 아래로는 고속도로가 지나갔고, 왼쪽 위로는 띄엄띄엄 인가가 보였다. 지은 지 얼마 안 된 전원주택들이었다.

목문커피는 쉽게 찾을 수 있었다. 어딜까, 하는 순간 금세 눈앞에 나타났다. 카페 앞 아담한 정원에 바둑알만한 백자갈이 깔려 있었다. 두 대의 차가 주차되어 있었는데, 하나는 말끔한 기아 K5였고, 다른 하나는 2019년식 마세라티 기블리였다. 전체적으로 뿌연 먼지가 내려앉아 본래의 색상이 죽어 있었지만, 섬세한 삼지창 엠블럼이 은빛으로 빛났다.

준희는 멈칫했다. 이 차는 원래 은은한 펄이 뿌려진 진한 청색으로 '블루 파시오네'라는 색상이었다. 듀폰사의 하이퍼코트프로 코팅이 되어 있고, 스미스클럽 필름지 T1이 틴팅되었으며, 차체를 낮추는 튜닝으로 최저 지상고가 출고할 때보다 5센티미터 낮았다. 송풍구에 꽂힌 벤볼릭의 석고형 방향제에서는 달달한 블랙체리향이 감돌고 있을 터였다. 준희는 그래도 혹시나 하는 마음에 번호판을 확인했다. 45서 9915. 유영의 차가 확실했다.

준희의 심장이 요동치기 시작했다. 가성비가 아니라 '감성

비'로 타는 차라고 말하던 유영의 목소리가 귓가에 울렸다. 유영이 애틋하게 아끼던 차가 왜 여기 있는 것일까. 사고를 당한 날 유영이 마세라티를 타고 이 카페에 들렀으리라는 짐작이 들었다. 여기서 고속도로가 내려다보이는 육교까지는 목문커피 이정표가 알려준 대로 150미터였다. 천천히 걸어도 몇 분이면 금세 도착할 위치였다.

유영의 차를 알아본 건 준희만이 아니었다. 기진이 차로 다가가 안쪽을 들여다보았다. 유영이 늘 메고 다니던 진밤색 백팩이 조수석에 놓여 있는 게 보였다. 두 사람은 목문커피의 유리문을 밀고 들어갔다. 짤랑하는 경쾌한 소리가 났고, 카운터에 있던 여자가 어서 오세요, 하고 고르지 못한 음정으로 외쳤다. 4인용 테이블이 대여섯 개 놓인 크지도 작지도 않은 카페였다. 창문에는 하얀 커튼이 나비 모양으로 드리워졌고, 테이블마다 야생화가 꽂힌 유리병이 놓여 있었다.

카페 한쪽 구석에 매끄러운 금빛 털을 가진 골든 레트리버가 두 귀를 늘어뜨린 채 얌전히 앉아 있었다. '안내견'이라고 적힌 노란색 조끼를 입은 개는 손님을 마중하듯이 두 사람의 동선을 따라 시선을 옮겼지만 제자리를 벗어나지는 않았다. 손님은 입구에서 제일 가까운 테이블에 앉아 있는 중년 여성 한 명뿐이었다. 아마도 K5의 차주일 터였다.

오픈형 주방에 서 있는 여자가 먼 곳을 응시하는 듯한 시선을 준희와 기진에게 던졌다. 기진은 카운터 앞 모니터에 띄워진 메뉴판에서 '오늘의 추천 메뉴'를 가리키며 말했다.

"푸른바다솔트커피 주세요."

준희도 같은 것을 주문했다. 기진이 값을 치르자 여자가 음료를 만들기 시작했다. 손놀림이 신중했다. 원두를 분쇄하고 필터 바스켓에 담은 후 탬퍼로 꾹꾹 누르는 일련의 과정을, 여자는 허리를 깊이 숙이고 조리 도구에 얼굴을 가까이 댄 채로 했다. 마치 무언가를 세밀하게 새기거나 깎는 것처럼.

"주문하신 음료 나왔습니다."

여자가 굽이 없는 유리잔 두 개를 내밀었다. 불룩한 중간 부분까지는 짙은 에스프레소가, 그 위로는 새하얀 크림이 담겨 있었다. 준희가 음료를 받아들며 여자에게 물었다.

"혹시 주차장에 세워진 파란색 자동차, 언제부터 저기 있었는지 아세요?"

여자가 잠시 생각에 잠긴 표정으로 허공을 바라보았다. 어쩌면 준희의 얼굴 어디쯤을.

"주차장에 파란 자동차가 있나요?"

"네, 모퉁이 쪽에요."

여자는 개수대에 걸려 있던 수건을 집어들어 두 손을 닦고 탁탁 소리 나게 털었다. 그녀가 주방 밖으로 걸어나오자, 골든 레트리버가 달려왔다. 여자는 개의 머리를 쓰다듬고 목줄을 쥐었다. 세 사람과 개 한 마리는 가게를 나와 유영의 마세라티 앞으로 갔다. 여자가 손을 뻗어 차를 만졌다. 가까이 다가가면 흐릿하게 형체를 볼 수 있는 것 같았다. 여자는 고개를 갸웃했다.

"글쎄요. 언제 누가 두고 갔는지는 모르겠네요. 무슨 일 때문에 그러세요?"

"제 사촌 차예요."

"그럼 그분에게 물어보시면 되겠네요."

"그애가 며칠 전 이 근처에서 사고를 당했어요. 아직 의식이 돌아오지 않았어요. 혹시 누구랑 같이 왔는지, CCTV를 확인할 수 있을까요?"

"우리 가게는 CCTV가 없어요. 저랑 루시뿐이에요."

여자가 안내견의 머리를 쓰다듬으며 말했다. 준희는 앞을 볼 수 없는 주인과 그의 눈이 되어주는 개가 CCTV 설치와 무슨 연관이 있을까 생각했다. 안전을 위해 더 필요한 것도 같았고, 확인할 수 없으니 쓸모가 없을 것도 같았다. 이 잠잠하고 평온한 주택가에 어울리지 않는 장치일 수도 있었다.

어쩌면 그래서 더 필요하거나. 여자가 이어서 물었다.

"혹시 차 시동을 걸어볼 수 있을까요?" 그러면 떠오르는 게 있을지도 모르겠어요.

이상한 요청이었지만 운전석 쪽에 서 있던 기진이 차문을 열어보았다. 잠겨 있지 않았다. 안을 들여다보니 차 키가 운전석과 조수석 사이 컵 홀더에 놓여 있었다. 유영은 키를 차 안에 둔 채 문을 잠그지 않고 내린 것이다. 금방 돌아올 생각이었던 걸까. 기진은 운전석 문을 열어둔 채로 차에 올라 시동을 걸었다. 중저음의 강렬한 배기음이 뿜어져나왔다. 마세라티는 배기음을 조율하기 위해 음악가를 섭외할 만큼 소리에 열성을 다하는 브랜드였다. 이 소리에는 도발적인 풍미가 있었다.

"기억났어요. 지난 일요일 저녁에 왔던 손님 차네요."

앞이 보이지 않는 여자가 말했다. 유영이 사고를 당한 건 월요일 새벽이었다.

"그걸 어떻게 확신하시죠?"

기진이 미심쩍은 듯 물었다.

"이 차 소리를 기억해요."

기진과 준희, 두 사람 다 믿기 어려운 말이었다. 마세라티의 배기음이 아무리 독특해도, 소리만으로 기억해낼 수 있을까? 이어지는 여자의 말은 더 놀라웠다.

"두 손님이 각자 따로 차를 타고 오셨어요. 한 분은 남자였고, 다른 한 분은 목소리만 듣고는 애매했어요. 어쨌든 둘 다 삼십대 중반의 젊은 사람이었던 건 확실해요. 창가 쪽 테이블에서 한 시간 정도 이야기를 나누다가 남자분이 먼저 떠났어요. 그분은 차체가 높은 큰 차를 타고 가셨어요."

이렇게 말하는 여자에게는 어딘지 신비로운 구석이 있었다. 분명 자신이 겪은 일을 설명하고 있는데, 미래를 암시하는 듯한 느낌이었다.

"SUV나 RV 차량을 말씀하시는 건가요? 그걸 어떻게 아셨죠?"

준희는 이 질문이 결례가 되지 않기를 바라며 어조에 신경을 썼다.

"요즘 날씨가 좋아서 폴딩 도어를 활짝 열어두니까 차가 오가는 소리가 잘 들리거든요. 손님이 오는지 알려면 귀를 예민하게 열어둬야 하니까요. 그 차는 자갈을 밟고 지날 때 바퀴가 묵직하게 끌리는 소리가 일반 승용차와는 달랐어요. 남자분이 내릴 때 바닥에 발을 딛는 소리와 강도가 컸고요."

"혹시 자동차와 관계된 일을 하셨나요?"

준희가 의심을 거두지 못하고 재차 물었다.

"저는 시력에 문제가 있어서 청각이 다른 사람보다 조금 예민할 뿐이에요."

"혹시 그 남자 손님에 대해 기억나는 게 있나요? 사소한 거라도 얘기해주세요."

여자는 잠시 눈을 감고 기억을 되살리려고 애썼다.

"반짝거렸어요. 머리 위에서 무언가 빛났던 것 같아요."

준희의 뇌리에 황금빛 해골 문양이 스쳐갔다. 무서운 괴담을 들은 것처럼 준희의 목덜미가 싸늘하게 굳어갔다. 준희는 기진을 보았다. 그의 표정은 의외로 차분했다.

"다른 손님은 언제 돌아갔는지 기억나세요?"

기진이 준희를 대신해서 여자에게 질문했다.

"그럼요. 카페 마감 시간까지 계셔서 제가 문 닫을 시간이라고 일러드리자 나가셨어요.."

"카페 마감이 몇 시인가요?"

"10시예요."

일요일 저녁 10시부터 사고가 일어난 이튿날 새벽 2시쯤까지는 대략 네 시간의 시차가 있었다. 마세라티를 그대로 둔 걸 보면 유영은 이 근처에 있었을 것이다. 준희가 주변을 둘러보았다. 고지대에 인가가 몇 있을 뿐 상가라고는 이 카페뿐이었다. 멀찍이 기독학교의 국기게양대가 보였고, 조회

대 아래 체육복을 입은 아이들이 옹기종기 모여 앉아 있었다. 저녁 10시에 이 카페마저 불이 꺼진다면 어둡고 적막할 동네였다.

"아, 참" 하고 여자가 떠오른 생각을 붙잡듯 눈을 가늘게 떴다.

"그날 밤 루시랑 산책을 하는데, 차 한 대가 이 길을 지나갔어요. 차가 아주 조용해서 헤드라이트가 없었다면 오는 줄도 몰랐을 거예요. 제가 어둠 속에서 비치는 불빛은 감지할 수 있거든요. 헤드라이트 높이가 높았고, 위잉 하고 바람 빠지는 소리가 났어요."

준희의 뇌리에 우주선 소음을 내며 지나가는 SUV 전기차가 그려졌다.

"카페에 왔던 남자 손님이 다시 돌아온 거 아닐까요?"

"그 손님의 차는 엔진소리가 훨씬 컸어요."

"혹시 이 근처에 전기차를 타는 분이 있나요?"

"그건 잘 모르겠지만 저는 처음 듣는 차 소리였어요. 제가 매일 그 시간에 산책을 하는데 자동차가 지나간 것은 처음이라 선명하게 기억나요."

"외람된 말씀이지만, 시력이 안 좋으신데 밤에 산책을 하시나요?"

"루시가 배변을 밖에서 하거든요. 매일 그 시간에 밖으로 나갑니다. 보이지 않으니까 낮이든 밤이든 저에게는 마찬가지죠. 그나마 불빛이 보이고, 인적이 드문 밤이 오히려 편해요."

"그게 몇 시쯤이었나요?"

"자정 무렵이었을 거예요."

여자가 평온한 표정으로 개의 머리를 쓰다듬었다. 개는 애교를 부리거나 보채지 않았고, 그저 충직하고 유능한 비서처럼 여자 곁을 지켰다.

여자의 말에 따르면 그날 유영은 중형 이상의 SUV를 탄 남자와 카페에서 만났고, 그 남자가 돌아간 후에는 이 근처 어딘가에서 롤링 레이싱 취재를 준비하고 있었을 것이다. 그러지 않고서야 하필 그 날짜와 그 시각에 유영이 이 낯선 동네를 올 이유가 떠오르지 않았다. 인근 분위기로 봐서 유영이 기다릴 만한 데라고는 그녀의 차뿐인 것 같았다.

준희의 머릿속으로 여러 장면들이 빠르게 스쳐갔다. 시동이 꺼진 마세라티 안에서 유영이 쉬고 있다. 눈이 어두운 여자와 안내견이 적요한 길을 따라 천천히 걸어가고, 소음 없는 SUV가 노란 헤드라이트를 켜고 그 옆을 지나간다. 그리고 마세라티 옆에 멈춘다. 누군가가 SUV에서 내린다. 유영이 앉아 있는 운전석 차창을 손으로 두드린다.

첫번째 SUV 사내가 차인성인 것은 명백해 보였다. 랜드로버 디펜더 110과 황금빛 해골. 두번째 SUV는 누구였을까. 준희가 기진의 두 눈을 응시했다. 텅 빈 동굴처럼 암울한 그의 눈에서는 아무것도 읽어낼 수가 없었다.

사라진 단어

저물녘 집에 도착한 기진은 준희의 침묵에 대해 생각했다. 기진을 집으로 데려다주는 내내 그녀는 매서운 추궁을 품은 듯한 묵비를 행사했다. 아무것도 묻지 않음으로써 기진을 불안하게 했고, 더하여 그녀가 쥔 것을 내놓지도 않겠다는 결기를 보여주었다. 기진은 책상 서랍에서 초록색 표지로 양장된 노트를 꺼냈다. 성경책만큼이나 도톰한 이 노트의 절반은 유영의 손글씨와 그림으로 채워져 있었다.

이 노트 안에 유영이 숨겨둔 다섯 개의 시드 문구가 있었다. 유영이 수술을 받고 있던 시각, 곧장 유영의 오피스텔로 향한 건 이 노트 때문이었다. 유영의 신변에 심각한 문제가 생긴 이상, 단어들을 그대로 둘 순 없었다. 다른 사람의 손에 들어가기 전에 기진이 챙겨야 했다. 단어를 밝혀내기 위해서가 아니라 감추기 위해 노트를 훔친 거였다.

지난 몇 달 동안 기진은 유영과 가까이 지내면서 그녀를 주의깊게 관찰해왔다. 유영은 노트를 어디든 들고 다녔고, 책장 위에 아무렇게나 던져두기도 했다. 그녀가 무신경하게 다루었기 때문에 기진은 별 관심을 두지 않았다.

기진이 노트를 처음 펼쳐본 건 유영의 오피스텔에서 함께 술을 마시며 자동차와 인생에 대한 긴 이야기를 나누던 밤이었다. 한참을 재잘대던 유영은 줄 끊어진 목각 인형처럼 침대맡에 쓰러져 잠들어버렸다. 기진은 유영을 침대에 눕히고 이불을 덮어주었다.

유영이 완전히 잠든 것을 확인한 후 그녀의 방을 뒤졌다. 죄책감은 느끼지 않았다. 그저 처리해야 할 일을 할 뿐이었다. 자신이 단어들을 찾아내지 못하면 유영은 더 큰 위험에 빠질 수도 있었다.

하지만 방안 어디에도 단서가 될 만한 것은 없었다. 그동안 기진이 살피지 못한 유영의 공간은 이 방뿐이었는데도. 영상 편집을 도와준다는 명목으로 유영의 랩톱을 엿볼 기회는 많았지만 별 성과는 없었다. 유영이 아끼는 차 마세라티를 수색하는 일은 더 쉬웠다. 유영은 기진이 청하면 언제든

흔쾌히 차 키를 건네주었으니까.

유영의 살림살이는 너무 단출해서 뒤지고 말고 할 것도 없었다. 책상 위에 무심하게 놓여 있는 노트가 눈에 띈 것은 그 때문이었다. 순전히 호기심으로 노트를 펼쳤다. 일기 같은 게 적혀 있다면 뭔가 실마리를 찾을 수도 있었다. 노트의 첫 장에 자동차 그림이 그려져 있었는데, 보닛이 짧고 바퀴가 비정상으로 커다란 차였다. 상상으로 그린 그림 같았다. 두 번째 페이지에는 두 여자아이가 손을 잡고 뛰어가는 그림이 있었다. 한 아이가 뒤처져서 앞선 아이가 돌아보고 있었다.

서너 장을 더 넘기자 일기 같기도 하고 에세이 같기도 한 일상의 기록들이 있었다. 제목이 붙은 글은 모두 다섯 개였고, 중간중간 제목 없이 적힌 글들이 섞여 있었다. 첫번째 글의 제목은 'classic'이었다.

classic

오늘 기진 선배가 자신의 차고를 구경시켜주었다. 오래전부터 보여달라고 졸랐는데 선배는 차일피일 미루기만 했었다. 그래선지 블라인드 데이트를 가는 것처럼 몹시 설렜다.

선배의 차고는 다양한 카본 예술품을 전시한 갤러리였다. 유튜브에서 시승기를 본 적 있는 자동차와 나도 동승한 적이 있는 자동차, 선배가 내게 운전대를 맡겼던 자동차들이 한곳에 모여 있었다. 선배는 박물관의 도슨트처럼 모든 차 앞에 멈춰 서며 그에 얽힌 이야기를 들려주었다. 바퀴마다 굴러온 궤적이 다르듯 차들은 저마다 사연을 가지고 있었다.

그중 단연 돋보였던 차는 1985년식 현대 포니였다. 그 작고 야무진 녀석은 나보다도, 선배보다도 나이가 많았다. 내가 그 구식 자동차를 올드카라고 부르자 선배가 포니는 '클래식카'라고 했다. 나는 그 골동품 같은 자동차 앞에서 사진을 찍었다. 포니에 담긴 선배의 추억을 듣다가 나도 모르게 눈시울이 뜨거워져, 눈에 날벌레가 들어갔다고 둘러대야 했다.

유영에게 차고를 보여준 날의 일기였다. 기진은 자신이 직접 겪은 일을 유영의 시선으로 반추하자 묘한 기분이 들었다. 블라인드 데이트 같았다는 말에 이상하게 양심이 찔렸다. 눈시울이 뜨거워졌다는 말은 의외였다. 장난감 가게에 놀러온 애처럼 마냥 즐거워하던 유영의 모습만 떠올랐다. 자기만 보는 일기장에도 거짓말을 적는 게 인간이라던데 유영의 마음은 일기장을 통해도 헤아리기 어려웠다. 유영은 이 글을 기진이 보게 되리라고는 상상하지 못했을 것이다.

두번째 제목은 'snug'였다. 그 단어와 함께 또 한 편의 글이 적혀 있었다.

snug

다음 방송을 위해 인터뷰 촬영을 했다. '자동차에서 제일 중요한 것은 무엇인가'에 대해 여러 사람의 의견을 들었다. 자동차 동호회 회장인 사십대 남성은 생각할 필요도 없이 '엔진'이라고 답했다. 자동차 부품 중 가장 비싸기 때문이라고 했다.

현대자동차 영업사원인 삼십대 남성은 '자율 주행'이라고 대답했다. 그에게 자율 주행이란 안전과 편의, 둘 다를 잡는 혁신이었다. 트렌드와 신기술에 민감한 세일즈맨다운 답이었다. 드리프트 동호회원인 이십대 여성 운전자는 의외로 '디자인과 컬러'라고 답했다.

돌아오는 길에 스스로에게도 물어보았다. 섣불리 답을 내놓을 수 없었지만, 자동차 안에서 내가 하는 일들이 꽤 많다는 걸 알게 되었다. 이동하고, 사색하고, 음악을 듣고, 통화를 하고, 노래를 부르고, 커피를 마시고, 누군가를 기다리고, 잠깐 눈을 붙이고, 때로는 요기를 하기도 했다. 집에 있기 싫을 때, 오피스텔 지하 주차장에 주차된 자동차 뒷좌석에 앉아 혼자 캔맥주를 마신 적도 있다. 두 평도 채 되지 않는 그 공간은 지극히 사적이면서도 안온하다.

유영은 차에서 머무는 시간을 좋아했다. 통화를 하거나 메시지를 주고받을 때, 그녀는 종종 차 안에 있었다. 목적지에 도착한 후에도 한참을 차에 있다가 내리곤 했다. 그녀에게 자동차는 이동 수단이라기보다는 머무는 공간, 자신만의 편안한 밀실이었다.

유영은 그날의 일기 뒤에도 'inconsolable' 'reveal' 'dumb'을 제목으로 적었다. 슬픔을 가눌 수 없다는 뜻의 'inconsolable' 밑에는 이런 글이 적혀 있었다.

inconsolable
가장 밑바닥의 환희와 맞닿아 있는 것.
차고 넘쳐 나를 결국 버티게 하는 것.
가누지 못해 떨구는 늦된 계절의 꽃잎.

그 영어 제목들은 어떤 맥락도 없었고, 품사도 달랐다. 일기 제목에 일관성이 있어야 할 필요는 없지만, 한글로 쓴 글에 굳이 제목만 영어로 붙인 것은 예사로 보이지 않았다. 찾고 있던 시드 문구가 맞을 것이다. 이런 확신으로 기진은 단어들을 훔쳤다. 다섯 개의 단어를 휴대폰 메모 앱에 옮겨 적으며 이것이 유영을 위하는 일이라고 거듭 되새겼다. 단어를 옮겨 적은 후 일기장은 원래 있던 곳, 『먹을 수 있는 여자』와 『차이에 관한 생각』 사이에 도로 끼워넣었었다. 유영이 사고를 당하지 않았다면 굳이 노트를 훔칠 필요까지는 없었다.

기진은 노트를 열어 다시 영어 제목의 수를 세어보았다. 처음에 헤아렸던 대로 다섯 개가 맞았다. 시드 문구는 모두 열두 개, 하나는 김회장이 쥐고 있으니 유영은 열한 개를 가지고 있어야 했다. 나머지 단어들은 어디에 있는 것일까. 하나의 단어라도 부족하거나 배열이 틀리면 암호를 풀 수 없었다. 한 개가 없다면 열한 개도 무용지물이었다. 유영이 단어를 한 곳에 보관하지 않은 이유일 것이다.

기진은 꽉 막힌 도로에 갇힌 것처럼 막막해졌다. 막연한 생각들이 무턱대고 떠올랐지만, 결국 모든 생각의 끝에는 신준희가 있었다. 유영이 누군가에게 단어를 맡기고 싶었다면 그 사람은 신준희일 거라는 확신이 들었다. 모든 실마리는 그 여자로부터 풀어가야 했다. 경험한 바, 그녀는 말이 많은 편이 아니었다. 포트 홀을 밟은 덕에 자연스럽게 접근할 수는 있었지만, 원하는 걸 얻기 위해서는 더 가깝게 지낼 필요가 있었다.

생각이 여기에 미치자 기진은 망설이지 않고 준희에게 전화를 걸었다. 전화기 너머로 차분한 음성이 건너왔다.

"코르사정비소 신준희입니다."

"신박사님, 박기진입니다. 댁에는 잘 들어가셨습니까?"

기진은 데려다주어서 고마웠다고 거듭 인사치레를 한 후, 자신의 자동차들을 정기적으로 검사해줄 수 있는지 물었다.

"직업이 직업이다보니 차가 꽤 많습니다. 워낙 차를 좋아하기도 하고요. 연간 멤버십 가입을 하고 싶습니다."

준희는 잠시 말이 없었다. 주저하는 기색이 느껴져 기진은 조바심이 났다.

"이미 정기적으로 맡고 있는 차가 많아서요. 요즘 유영이 일로 심적인 여유도 없습니다. 멤버십 고객들의 스케줄을 확인해보고 연락드릴게요."

준희는 확답을 주지 않고 전화를 끊었다. 준희의 에두른 거절이 기진에게는 확증처럼 느껴졌다. 나머지 시드 문구는 준희가 쥐고 있는 게 분명했다.

제발 죽지 마세요

준희는 성안경찰서 형사과 사무실에서 유정찬 경위와 마주앉아 있었다. 유경위는 비타민 음료 한 병을 준희 앞에 내려놓았다.

"차인성씨에 대한 조사는 끝났나요?"

준희의 질문에 유경위가 키보드를 두드리며 대답했다.

"아직 조사중입니다. 차인성씨와는 잘 아는 사이신가요?"

"아뇨. 그분이 정비소에 아벤을 가져온 날 처음 뵀습니다."

"그렇군요. 바로 그 전날 저녁에 차인성씨가 김유영씨와 목문IC 근처의 한 카페에서 만났습니다. 어쩌면 김유영씨가 사고를 당하기 전 마지막으로 만난 사람일 수 있어요."

유경위는 묻지도 않은 말을 술술 털어놓았다. 사소한 정보를 슬쩍 흘리면서 더 큰 것을 얻어가려는 수법처럼 느껴졌다. 하지만 차인성이 유영과 목문커피에서 만났다는 사실은 준희에게 새로운 뉴스가 아니었다.

"두 사람이 만났다는 거 말고 다른 증거는 없나요?"

"이제부터 슬슬 찾아봐야죠. 그것보다도, 혹시 김유영씨에게 우울증이 있었나요?"

이렇게 말하며 유경위는 준희 앞으로 A4 용지 한 장을 내밀었다. 유영과 준희가 나눈 메시지 내용이었다.

―네가 날 좀 죽여줘.

보낸 날짜는 유영이 사고를 당하기 이틀 전 저녁이었다. 그 말에 대한 준희의 대답도 아랫줄에 찍혀 있었다.

―그럴까.

"이 대화 기억나십니까?"

준희는 유경위의 시선을 느끼며 천천히 고개를 들었다.

"네, 기억납니다."

그 대화에는 앞뒤 맥락이 없었다. 유영과 준희가 만났다 헤어져서 돌아가는 길에 주고받은 메시지였기 때문이었다. 가볍게 나누는 농담으로 넘길 수 없다는 것을 준희도 알았다. 유경위의 추정대로 유영이 우울증에 걸렸다면 의미심장한 말로 느낄 수 있었다.

"이 메시지를 주고받기 전후 상황에 대해 설명해주시겠어요?"

유경위가 준희의 눈을 피하지 않고 물었다.

"둘이 맥주를 한 잔씩 마시고 각자 집으로 돌아가는 길이었어요. 버스를 탔는데 유영이가 이런 문자를 보냈더라고요. 처음에는 저도 무슨 말인가 했어요. 조금 생각을 해보니 그날 우리가 나눈 대화에서 나온 말 같았어요."

"무슨 대화를 나누셨는데요?"

"유영이가 좋아하는 남자에 대한 이야기였습니다."

유경위가 허리를 곧추세워 앉았다.

"지금 제가 하는 말들이 그날 사고와 관련이 있는 건가요? 혹시 유영이가 자살을 하려고 했다고 생각하시는 건가요?"

유경위의 미간이 살짝 접혔다가 펴졌다. 준희의 다음 말을 이끌어내기 위해서는 이 질문에 대답해야 한다는 걸 노련한 그가 모를 리 없었다.

"여러 가능성 중 하나일 뿐입니다. 그날 김유영씨는 롤링 레이싱을 취재하려고 그 장소에 갔었죠. 하지만 달리는 자동차를 촬영하기 위해서 도로 위에 서 있는 것은 비상식적인 행동입니다. 그런 위험을 무릅쓸 만한 일도 아니고요."

"자살을 하고 싶었다면 굳이 그 장소를 찾아가서 취재를 위장할 필요가 있었을까요?"

유경위는 다소 누그러진 눈으로 준희를 바라보고 있었다.

"맞아요. 유영이는 열아홉 살 때 자살을 시도한 적이 있었어요."

잊은 척했던 기억이 너무 쉽게 끌려나왔다. 준희가 독일로 유학을 가고 사 년째 되던 해에 일어난 일이었다. 유영을 애써 방기하려 했던 준희의 어린 마음과 자신을 버리려 했던 유영의 여린 마음이 부딪치던 날들이었다.

"이미 알고 계시겠지만 유영이는 남자의 몸으로 태어났어요. 하지만 스스로를 여성이라고 믿었죠. 청소년기를 거치면서 이모와의 갈등이 커졌고, 이모는 결국 유영이를 정신병원에 보냈어요. 그때 저는 독일에 있어서 아무 도움도 되지 못했어요. 병원에서 하루하루를 힘겹게 버티던 유영이는 어느 날 날카롭게 벼린 캔 꼭지로 두꺼운 광목 시트를 뜯어냈어요. 목을 매기 전에 이런 메모를 남겼어요. '나는 무엇일까? 내가 나라고 믿는 것이 내가 아니라면.'

그날 비도 오지 않는 맑은 밤하늘에 갑자기 번개가 쳤어요. 당직 간호사는 동요하는 환자가 있을까봐 병동을 돌아봐야겠다고 생각했대요. 간호사에게 발견되었을 때 유영이는 거의 의식이 넘어가기 직전이었어요. 의사를 호출하고 응급 조치를 하는데, 창밖으로 거대한 새 모양의 번개가 번뜩이는 것을 봤대요. 번개는 순식간에 바닥으로 떨어졌고, 천둥소리와 함께 의사가 도착했어요."

"새 모양의 번개라……"

유경위가 키보드에서 손을 떼고 손깍지를 꼈다. 관절에서 우두둑 소리가 났다.

"김유한씨에게도 비슷한 말을 들은 적이 있어서요. 터널을 빠져나오는 순간 붉은 새가 덮쳤다고 하더군요. 신준희씨는 그런 말을 믿으시나요?"

"글쎄요. 누군가에는 진실이 다른 사람에게는 허상일 수도 있겠죠. 유영이에게 자신이 여자라는 사실은 틀림없는 진실이었습니다. 다른 사람 눈에는 허무맹랑해 보였을지 모르지만요. 그 사건 이후 이모는 유영이를 집으로 데려왔고, 성전환 수술을 받겠다는 유영이를 말리지 못했어요. 수술을 받기 전에 유영이는 이렇게 말했어요. '나는 내가 나라고 믿는 것과, 남들이 바라보는 내 모습의 총체야'라고요."

유경위는 도대체 하려는 말이 뭐냐고 묻고 싶은 것을 참느라 인내심이 한계에 다다른 것 같았다.

"그 이후로 유영이가 완전히 다른 사람이 되었다는 것을 말하는 거예요. 성전환 수술은 목숨을 걸어야 할 만큼 위험합니다. 죽었다 다시 태어난 것이나 다름없어요. 그렇게 얻은 새 삶을 유영이가 다시 버리려고 했을 리 없습니다. 유영이는 훨씬 유연하고도 단단한 사람이 되었습니다. 유튜버 일을 즐거워했고, 최근에는 좋아하는 사람이 생겼다며 행복해했어요. 누구보다도 삶에 대한 열망이 강한 아이였습니다. 죽여달라고 했던 말이요? 그냥 우리끼리 하는 농담이었어요. 죽여주게 맛있는 음식, 죽여주게 멋진 차, 죽여주게 재밌는 일. 그런 표현 있잖아요."

유경위는 알 듯 말 듯 한 표정을 지으며 준희에게 서류 한 장을 내밀었다. 준희는 곧바로 그 종이가 무슨 말을 하고 있는지 알아차렸다. 준희가 지난 육 개월간 꾸준히 수면제 처방을 받았던 기록이었다. 유경위는 마지막 히든카드라도 꺼내듯이 다른 서류 한 장을 그 위에 겹쳐놓았다. 유영의 정신과 진료 기록과, 준희가 받은 것과 동일한 종류의 수면제 처방전이었다. 유영은 수술 후에 꾸준히 정신과 상담을 받았지만 우울증 때문은 아니었다. 힘든 외과적 수술을 견딘 사람들에게 필요한 일반적인 치료 과정일 뿐이었다. 간절히 원하던 것을 얻었을 때 느끼는 불안감과 긴장을 잠재우는 일이기도 했다.

"두 명분의 수면제를 합치면 꽤 많은 양이 되었겠는데요? 이거 본인이 직접 드신 게 맞습니까?"

"제가 유영이의 자살을 돕기 위해 수면제를 모아뒀다고 생각하시는 건가요?"

준희는 유경위의 상상력에 박수를 보냈다.

"김유영씨와 신준희씨가 나눈 메시지에는 이런 말도 있더군요. '몸이라는 것은 마음을 구속하는 껍데기에 불과해. 나는 차라리 몸이 없었으면 좋겠어.'"

유경위는 준희가 한 말을 줄줄 읊으며 준희의 반응을 살폈다. 몸이 없어져야 된다는 믿음으로 준희가 유영을 영면으로 이끌기라도 했다는 말인가.

"그 메시지를 보셨다면 유영이가 뭐라고 답했는지도 보셨겠네요. '나는 내 몸을 사랑해. 몸이 있다는 것은 축복이고 행운이야'라고 했지요."

준희는 휴대폰을 열어 유영이 올린 유튜브 영상 하나를 찾았고, 그것을 재생시켜 유경위에게 보여주었다. 전체 분량이 오 분을 넘지 않는 짧은 영상에서 유영은 한 트랜스젠더의 죽음을 애도했다. 생물학적인 남성으로 태어나 이십 년을 살았고, 성전환 수술을 받고 여성으로서 이십 년을 살았던 사람이었다. 그녀는 최근에 한 남자를 만나 가정을 꾸렸다. 남편은 홀로 어린 아들을 키우던 사람이었다. 조촐하게 올린 결혼식에서 그녀는 남편과 아이를 동시에 얻어 기쁘다고 했다. 돌연 자살로 생을 마감하기 전까지 유영과는 서로 안부를 물으며 가깝게 지내는 사이였다. 그녀는 남편으로부터 혼인 취소 소송을 당한 상태였다. 트랜스젠더인 것을 속였다는 이유였다.

유영은 담담한 말투로 이 같은 내용을 전했고, 그녀가 편견 없는 세상에서 자유롭게 유영하길 바란다고 말했다. 유영은 울지 않았다. 다만 영상 말미에 힘주어 말했다.

여러분, 무슨 일이 있어도, 제발, 죽지 마세요.

영상을 본 유경위는 휴대폰을 준희에게 돌려주며 말을 이었다.

"바로 이 '유영hada' 채널 때문에 드린 말씀입니다. 거기 달린 댓글들 좀 보셨습니까? 김유영씨가 엄청난 악플에 시달렸다는 거 알고 계시죠? 차인성씨 만난 것도 그것과 관계된 일이고."

"그건 몰랐습니다."

준희가 순순히 인정했다.

"김유영씨 채널에 차인성씨가 출연한 적이 있는데, 그게 안 좋게 이슈가 된 모양이에요. 그날 차인성씨가 김유영씨를 만나서 영상을 삭제해달라고 부탁했다더군요."

"그랬군요. 유영이가 영상을 삭제했나요?"

"아니요. 거절했다고 하더라고요. 그러니 차인성씨 감정이 좋았을 리 없겠죠."

차인성이 유영에게 악감정을 품고 해치기라도 했다는 건가. 준희가 아무 말이 없자 유경위는 제 말에 스스로 수긍하는 것처럼 고개를 끄덕했다.

"김유영씨가 좋아했다는 남자는 누구입니까? 그 사람은 김유영씨가 트랜스젠더라는 사실을 알고 있었나요?"

이 질문은 준희에게 거북하게 들렸다. 동시에 자신이 유영에게 똑같은 질문을 했던 일을 상기시켰다.

그 사람이 너에 대해 알아? 준희는 그렇게 물었다. 행여 그가 유영에게 상처를 주지는 않을까 노파심에 물었지만, 곧이어 그 질문이 어쩌면 더 큰 상처가 되었을지도 모른다는 생각이 들었다. 이미 뱉어진 말에 준희가 후회하고 있을 때, 유영이 대답했다. 내가 공격당할 때, 내 편에 서준 사람이야, 라고.

준희는 유경위에게 그 사람도 알고 있었다고 말했다. 유경위가 그 사람이 박기진이냐고 물었고, 준희는 고개를 끄덕였다. 유한과 인성, 준희에 이어 박기진이 소환될 차례인 듯했다.

경찰서를 떠나기 전 준희는 유경위에게 유한은 어떻게 되는지 물었다. 그는 유한이 블랙박스 영상을 제출했다면서 형사처벌을 면하기 힘들 거라고 답했다. 준희는 유한의 유순한 얼굴을 떠올렸다. 그 위에 김회장의 성난 얼굴이 겹쳐졌다. 두 사람에게 어떤 공통점이 있을까 곰곰이 생각해보았지만, 아무것도 떠올릴 수 없었다.

인성이 유영의 일에 연루되어 있다는 사실은 준희에게 새로운 걱정거리를 가져왔다. 그가 혐의를 벗기 위해, 혹은 경찰의 유도신문에 넘어가 김회장의 비자금에 대해 술술 불기라도 한다면 큰일이었다. 어쩌면 경찰에 그 일을 알리는 편이 사건의 전말을 밝혀내는 지름길일지도 몰랐다. 하지만 과연 그게 유영을 위하는 일일까? 준희가 유한을 신고하지 못했던 이유도 유영 때문이었다. 아버지와 동생을 경찰에 고발하는 일을 유영은 바라지 않을 것이다. 인성이 약속받은 돈 때문에라도 김회장과의 신의를 깨버리지 않기를 바라야 했다.

정비소에 도착한 준희는 고객휴게실로 건을 불렀다.

"유영이 유튜브에서 차인성씨 나온 영상 좀 찾아봐."

유영의 행적은 그녀의 유튜브에서 찾아야 했다. 잠시 후 건이 야단을 떨며 외쳤다.

"대장! 찾았어요. 빨리 와서 보세요."

건이 맥주 캔 하나를 따서 준희에게 건넸다. 건의 발치에 이미 빈 캔 하나가 나뒹굴고 있었다.

"술 없이는 이런 거 못하니?"

준희가 핀잔을 주면서 영상으로 시선을 돌렸다.

제목은 '수입 중고차 안전하게 구매하는 요령'이었다. 밋밋한 타이틀이었다. 연관된 추천 영상 제목들은 'XX를 당황시킨 미모의 허위 딜러' '중고차, 잔머리 쓰다가 뒤지는 수가 있어' '경찰 출동시킨 허위 매물 점조직'처럼 화끈하게 당기는 맛이 있었다. 그 틈에서 유영의 영상 제목은 친절하지만 지루한 교본 같은 느낌이었다. 업로드한 날짜는 한 달 반 전으로 비교적 최근이었는데도 조회수가 다른 영상에 비해 세 배가 넘었다.

"안녕하세요, 여러분. '유영hada'의 유영입니다. 오늘은 수입 중고차 구매 요령에 대해 알려드리려고 해요. 수입차는 중고라고 해도 한두 푼 하는 게 아니죠. 차는 잘못 구매하면 돈 날리고, 맘 상하고, 몸고생, 마음고생이 이만저만 아니잖아요. 그래서 꼼꼼히 알아보고 구매하셔야 하는데, 요즘 허위 매물, 사기 딜러들이 너무 많다는 얘기가 들리네요. 바쁜 여러분을 위해, 제가 수입 중고차 속지 않고 똑똑하게 구매하는 법, 확실히 알려드릴게요."

영상은 평이하게 시작했다. 오프닝 멘트만 봐서는 대체 이 영상이 왜 이슈가 되었는지 모를 일이었다. 성질 급한 시청자라면 벌써 스킵하거나 2배속으로 재생속도를 조정하고 있을 것이다. 차인성은 총 분량이 십이 분 정도 되는 영상의 중반부에 등장했다. 그때부터 영상의 분위기가 확 달라지기 시작했다. 유영이 인성을 찾아가 인터뷰하는 장면이었는데, 얼굴은 모자이크 처리되어 있었고, '수입 중고차 업체 C대표'라는 자막이 나왔다. 모자이크와 음성변조에도 불구하고 인성을 아는 사람이라면 누구나 그를 곧바로 알아볼 수 있었다. 그의 모자에서 황금 해골이 번쩍이며 빛나고 있었기 때문이었다. 이것이 의도된 것인지 아닌지는 알 수 없지만, 유영이 고스란히 내보낸 인터뷰에서 인성은 수입 중고차 딜러들의 사기 행각과 수법을 신랄하게 주워섬겼다. 업체명과 위치, 딜러의 실명이 가감 없이 공개되었고, 실제 사례를 양념처럼 버무려 유익하면서도 꽤 재미가 있었다.

"인천 신성중고차 박진성이, 그 친구가 한 번은 람보르기니 우라칸을 벽에 바짝 대놓고 급매물로 내놓은 거야. 앞 범퍼 스크래치를 숨기고 계약서에 사인하게 한 거죠. 계약된 이후에는 차주가 다 덤터기 쓰는 거예요.

붕붕카 고붕붕이, 그 친구 본명이 고봉철이에요. 암튼 그 녀석은 진짜 수완이 좋아. 경매로 나온 차라고 BMW 5시리즈를 육백오십만원에 내놨어요. 현금으로 돈 다 받아놓고 갑자기 그 차가 이천만원에 낙찰되었다면서 나머지 비용을 내라고 어깃장을 놓는 거죠. 근데 그 친구 말발이 장난 아니거든. 나름 똑똑하다는 사람들도 그 친구 얘길 듣다보면 홀리게 돼있어요.

아, 그리고 안양에 있는 성실모터스 강혁 대표, 그 녀석이 또 그렇게 성실하게 사기를 쳐요. 그럴싸한 매물 하나 가져다놓고 열다섯 명한테 계약금을 받았어요. 지금 당장 계약 안 하면 뒤에 대기 탄 사람한테 넘어간다고 구라치고, 인도일은 이 핑계, 저 핑계로 차일피일 미루고. 수배 내렸나? 아마 경찰도 혐의 입증이 쉽지 않을 겁니다. 계약서도 없이 대포 통장이나 현금으로 받은 거라서. 그 친구 본명이 강동필이고 전에는 강현빈으로 활동하더니 이제 강혁으로 바꿨어요. 다음엔 강우빈으로 바꾸려나."

차인성의 거침없는 폭로는 실제 업체를 유영과 함께 방문하면서까지 이어졌다. 인성은 무슨 생각으로 저런 짓을 한 것일까. 유영의 입장이야 명확했다. 유튜브 시청률과 구독자 수, 더불어 공익을 위한다는 목적. 다른 사람은 몰라도 유영이라면 분명 그 점도 생각했을 터였다. 그래서 영상을 내리지 않겠다고 한 것일까.

"동종 업계 사람들을 고발해서 이슈가 된 거야?"

준희가 건에게 물었다.

"여기 언급된 인물들이 거의 조폭 수준이에요. 강동필이라는 인간은 지금 해외 도피중인데 그 친동생이 업체를 맡아서 계속 운영하고 있거든요. 그 사람이 폭력 조직 중간 보스예요. 그런 인간들을 무턱대고 겨냥했으니 인성이 형님 엄청 협박받았을 거예요."

"차인성, 철이 없는 거야, 겁이 없는 거야?"

"글쎄요. 그냥 생각이 없나? 근데 여기 댓글 좀 보세요. 공격당한 사람이 인성이 형님만은 아니에요."

건이 화면의 스크롤을 내려 영상 아래 달린 댓글을 보여주었다. 댓글이 정말 많았다.

"원래 이렇게 댓글이 많이 달려?"

"아니요. 다른 영상은 이 정도는 아니에요. 이거 분명히 그놈들이 사람 써서 달았을 거예요."

제일 첫 댓글은 이랬다.

유영님 덕분에 오늘도 좋은 정보 얻어갑니다. 저런 사기꾼 놈들 소탕해야죠!

두번째 댓글은 이랬다. 닉네임 '노잼'이었다.

토 나와서 못 봐주겠다. 구독 취소

준희는 다음 댓글들을 읽었다. 흉기와도 같은 말들이 이어졌다.

저 여자 목소리 왜 저럼? 트젠 따위가 뭘 안다고 지껄여.

트랜스젠더, 동성애자 그냥 빨리 싹 다 뒈져라. 지구에서 문제 일으키지 말고.

우주만물을 창조하신 하나님께서 태어날 때 축복으로 정해주신 성별을 제멋대로 바꿔버린 천벌 받을 년, 아니 놈.

숨이 조여왔다. 준희는 자기도 모르게 주먹을 꽉 쥐었다. 손톱이 손바닥을 찔러 눈썹 모양의 상처가 패었다. 자신을 향한 공격보다, 사랑하는 사람을 향한 공격이 훨씬 더 아팠다. 인터넷 뉴스도 보지 않고 SNS도 하지 않던 준희에게 이곳은 생지옥이었다. 유영은 이런 일들을 견디며 살고 있었구나. 이 사회에 막대한 편견이 있다는 것을 알고는 있었지만, 사이버 세상에서의 혐오는 오프라인보다 훨씬 적극적이고 악랄했으며 심지어 발전하고 있었다. 간간이 응원하는 글과 선플도 있었지만 무지막지한 폭언 행렬에 묻혀버렸다.

"이 영상에만 악플이 줄줄 달린 걸 보면, 그놈들 짓이 분명해요. 영상을 아예 내리게 하려는 거죠."

준희는 건의 말을 귀에 담으며 댓글 아래 달린 답글을 열어보았다. 희한하게도 모든 악성 댓글 아래 일일이 답글이 달려 있었다.

당신 같은 사람은 구독 취소 해주시는 게 오히려 고맙죠.

네. 그렇게 질투하실 만큼 유영님 목소리가 좋긴 합니다.

지구에서 문제를 일으키고 있는 건 당신입니다.

당신이 이러고 다니는 거 하나님도 아십니까?

답글은 시니컬한 어투였지만 욕설이나 비속어는 없었다. 한 사람의 아이디로 작성된 글이었다. 준희는 그의 프로필 사진과 아이디를 알아볼 수 있었다. 박기진이었다. 쓸진남 박기진이 공개적으로 유영의 편을 들고 있었다.

"아, 기진 형님이네요."

건도 알아보고 혀를 찼다. 쓸진남을 알아본 것은 준희와 건만이 아니었다.

이 사람 자동차 유튜버 쓸진남이네. 쓸데없이 남의 일에 끼어드는 진지충ㅋㅋ

이런 놈 사귀는 놈들도 죄다 변태 새끼들

비난의 화살이 유영에게서 기진에게로 옮겨갔다.

"댓글 차단 기능도 있는데, 유영님이 그대로 놔둔 게 좀 이상하긴 하네요."

건이 안타깝다는 듯 말했다.

"지우지 않은 이유가 이거 아닐까? 박기진 답글."

"설마요. 악플 다는 애들은 이런 거 신경도 안 써요. 오히려 관심받아서 좋아할걸요."

"이건 악플러 보라고 쓴 게 아니야. 유영이 보라고 쓴 거지."

박기진의 의도와 무관하게 악플러들이 한마디씩 더 보태는 꼴만 자초하고 말았지만, 어쩌면 유영은 기진의 마음을 지우고 싶지 않은 것일지도 몰랐다. 감상적인 지레짐작이었지만 준희는 왠지 유영이라면 그럴 수도 있겠다는 생각이 들었다.

"의외로 인성이 형님에 대한 비판은 댓글에 없네요."

"진짜 표적을 드러내기 싫었던 거지. 네 말대로 악플의 목적이 영상을 내리는 것이라면, 차인성은 조용히 처리하면 되니까."

"인성이 형님은 유영님에게 왜 영상을 지우라고 했을까요? 형님 신상이야 그놈들이 다 알고 있을 테고, 영상 내린다고 달라질 것도 없잖아요."

준희는 강동필 일당의 마수가 유영에게까지 미쳤을 가능성을 떠올렸다. 그들이 어떤 식으로든 유영에게 접근해 협박했을 수도 있었다. 차인성도 모르지 않았을 것이다.

이 사건에 대해 더 많은 것을 알아낼수록 준희의 머릿속은 복잡해졌다. 유한으로부터 시작해 박기진과 차인성, 그리고 강동필 일당까지 의심할 만한 사람이 계속 늘어났다. 유영을 해칠 만한 인물이 주변에 널려 있었다는 사실에 준희는 당혹스러웠다.

차인성에게 토미카에서 발견한 다섯 단어에 대해 함구하기를 잘했다는 생각이 들었다. 김회장은 차인성과 준희를 한 팀으로 묶은 후, 준희에게 은밀하게 지시를 내렸었다. 차인성을 온전히 믿지 말고 '이용'하라고. 김회장의 당부가 아니었어도 인성에 대한 경계를 풀기는 어려웠다. 김회장도 믿기 힘든 건 마찬가지였다. 어쩌면 차인성에게도 준희를 감시하라고 했을지 모른다. 김회장은 능히 그럴 수 있는 사람이었다.

차 덕후의 컬렉션

준희는 목문커피에서 들었던 소음 없는 SUV의 정체에 대해 생각하다가, 박기진에게 전화를 걸었다. 보유중인 차들의 관리를 맡아달라는 지난번 제안이 아직 유효하다면 그의 차고를 한번 구경해보고 싶다고 말했다. 박기진은 기다렸다는 듯 곧바로 주소를 불러주었다.

기진의 차고는 컨테이너 물류 창고였다. 대형 창고를 차고로 개조해 사용하고 있었다. 먼저 도착해 있던 기진이 리모컨을 작동하자 차고 문이 위쪽으로 접히며 열렸다. 기진이 윈디를 안으로 안내했다.

"화물차들이 많이 다니는 곳이라 안쪽이 안전합니다."

준희는 빠르게 차고 안을 훑었다. 세로로 기다란 직사각형 모양으로, 횡으로 세 칸, 종으로 일곱 칸의 주차 라인이 진출입로 없이 그어져 있었다. 십여 대의 자동차들이 띄엄띄엄 세워져 있었다.

기진이 보유하고 있는 차량들은 브랜드, 사이즈, 배기량, 컬러가 다양해서 일관성은 찾아보기 힘들었다. 세단과 쿠페가 각각 두 대씩 있었고 왜건과 컨버터블, 해치백, 밴과 리무진도 있었다. 그중에는 1985년에 출시된 현대 포니2 픽업이 있었는데, 노랗고 자그마한 그 트럭에는 초록색 번호판이 붙어 있었다.

"장관이네요."

준희는 내심 감탄했다. 100기통의 사나이라 불리는 김상진 회장의 차고에는 스무 대가 넘는 자동차가 있었지만 대형 세단과 스포츠카가 대부분이었고, 주로 같은 브랜드의 같은 모델로 출시 연도만 다른 차들이어서 이렇게 다채로운 느낌은 없었다. 박기진의 차고는 진정한 '차 덕후'의 컬렉션이었다.

"수입차에만 관심이 있는 줄 알았는데, 취향이 다양하시네요."

"아, 이거요?"

기진이 포니의 전면 유리에 가볍게 손을 얹었다.

"우리 아버지의 첫 자동차였습니다. 저보다 나이가 많죠."

올드카를 아버지에게 물려받았다는 건 의외였다. 사십 년이 다 되어가는 이 차는 휠을 제외한 대부분의 부품이 순정이었다. 대단한 정성을 쏟아 관리한 것이 분명했다. 기진의 아버지도 자동차를 좋아하는 사람이었을까. 기진이 단순히 자동차 유튜버와 칼럼니스트로 활동하기 위해 이렇게 많은 차를 보유한 것 같지는 않았다. 그에게 자동차란 무엇일까. 타기 위한 용도만은 아닐 터였다.

이렇게 다양한 자동차 중에 SUV는 한 대도 없었다. 전기차도 없었다. 준희는 낙담과 안도를 동시에 느꼈다. 낙담은 준희 자신을 향한 것이었고 안도는 유영을 위한 것이었다. 그러나 묘하게 꺼림칙한 느낌을 떨치기는 힘들었다. 눈먼 목격자로부터 수상한 SUV가 바람 빠지는 소리를 내며 유영을 향해 갔다는 말을 들었을 때 박기진도 함께 있었다. 수상하다는 건 준희의 생각일 뿐이었지만, 어쨌거나 그게 기진이었다면 이미 그 차를 어딘가에 숨기거나 처분했을지도 몰랐다. 차고에 버젓이 전시해뒀을 리가 없었다. 준희는 생각의 꼬리를 잘라내고 기진에게 물었다.

"그래서 저에게 맡기실 자동차는?"

기진은 아우디 R8과 고성능 엔진이 달린 메르세데스-벤츠의 세단을 지목했다. 아우디와 벤츠는 준희가 독일에서 자동차를 배울 때 지겹도록 봐온 일종의 전공 과목이었다.

"나머지 한 대는요?"

"저 녀석이요."

기진의 손끝이 노란 조랑말을 가리켰다. 준희는 1980년대에 생산된 국산차의 엔진룸을 열어보았다. 그 당시 현대는 미쓰비시의 구동계와 차대를 가져와 자동차를 만들었지만, 포니는 시대적 산물로서의 가치와 낭만을 지니고 있었다. 유영이 좋아할 만한 자동차였다. 유영은 자동차에 담긴 이야기와 철학에 관심이 많았다. 기진이 포니2 픽업을 애틋하게 여기는 사람이어서 그를 좋아했을까. 사십 년이 다 되어가는 부친의 첫 차에는 얼마나 많은 사연이 담겨 있을 것인가. 사물에 고유한 추억이 덧칠되는 순간 그것은 대체할 수 없는 존재가 된다. 준희에게 토미카가 그랬던 것처럼. 유영에게 이곳은 이야기로 가득찬 놀이터였을 것이다.

기진은 자신의 차고를 준희에게 보여주며 뿌듯함을 감추지 않았다. 자동차 마니아에게 이 정도 과시욕은 애교 수준이었다. 기진은 유튜브에 자신의 차고를 소개한 적이 없었다. 차를 바꾸거나 새로 구입하면 시승기를 올리기는 했지만, 전부를 내보이지는 않았다. 그것은 무슨 의미일까. 고가의 수집품을 모으는 컬렉터라면 당연히 이를 선보이고 싶을 테고, 더구나 기진은 꽤나 알려진 자동차 인플루언서였다. 준희가 차고를 공개하지 않는 이유를 묻자, 기진은 이렇게 말했다.

"아직 주차장에 빈 공간이 많잖아요. 언젠가 이곳을 가득 채우는 날 세상에 공개할 겁니다."

횡으로 세 칸, 종으로 일곱 칸, 도합 스물한 칸의 주차 공간을 본인 소유의 자동차로 채워넣겠다는 얘기였다. 준희는 한기를 느꼈다. 박기진은 애호가의 수준을 넘어 일종의 광기에 다다른 것 같았다. 도대체 이 많은 자동차를 무슨 돈으로 마련했는지 궁금하지 않을 수 없었다. 유명한 유튜버들의 수입이 '억 소리' 난다는 건 준희도 들었지만, 박기진의 개인 차고에 도열해 있는 수입차들은 하나같이 만만한 가격이 아니었다. 게다가 그는 중고가 아닌 신차만 구입한다고 했다.

"지금도 충분히 놀랄 만한데요."

"그저 놀랄 만한 정도여서는 안 됩니다. 사람들은 자기보다 두 배를 가진 사람을 시기하죠. 열 배를 가진 사람은 부러워합니다. 그런데 백 배를 더 가진 사람에 대해서는 어떨까요?"

이렇게 묻는 기진의 시선을 준희가 조용히 맞받았다.

"존경하나요?"

"아니요. 두려워합니다."

순간 준희는 기진의 눈 속에서 일렁이는 불꽃을 보았다. 그의 야망을 풀무질하는 것은 세간의 부러움이나 존경이 아니었다. 범접하기 힘든 두려운 존재로 보여지는 것이었다. 그러기 위해 이 공간을 자동차로 가득 채우겠다는 야심을 구태여 숨기지도 않았다. 그것이 왜 기진에게는 이토록 중요한 것일까. 인간에 대한 이해 부족인지, 기진이 유별난 사람인지조차 준희는 알 수 없었다.

'두려워한다.'

준희는 기진의 말을 되뇌었다. 이제는 진짜 궁금한 것을 물어야 할 차례였다. 준희는 수사관도 탐정도 아니었고 독심술로 사람의 속내를 읽어낼 능력도 없었다.

"9월 19일 새벽에 유영이와 함께 서울군내고속도로에 가셨죠?"

준희는 흐트러짐 없는 시선으로 기진을 바라보았다. 기진의 눈동자는 박제된 것처럼 준희를 향해 고정되었다. 기진의 손목에 걸린 스마트 워치도 조용했다. 기진이 천천히 등을 돌려 아우디 R8을 향해 걸어갔다. 이제 기진과 준희는 R8을 사이에 두고 대치하며 서 있었다.

"제 차고에 오신 이유가 뭡니까? 하이브리드 SUV라도 있는지 확인하러 오셨습니까?"

하이브리드? 준희는 그 불명의 자동차가 하이브리드카일 수도 있다는 사실을 그 순간 깨달았다. 하이브리드 차량은 저속으로 주행할 때 전기를 동력으로 사용한다. 늦은 시각에 한적한 주택가를 지나갔다면 속도를 내지는 않았을 것이다. 그것까지 생각하지 못한 준희는 그저 전기차일거라 짐작했었다. 그런데 기진은 왜 하이브리드카라고 얘기했을까. 자동차 애호가인 기진이 소음 없는 차라는 얘길 듣고 자연스럽게 하이브리드를 떠올릴 수도 있었다. 아직까지는 전기차보다 하이브리드카가 더 일반적이니까.

"제 질문에 먼저 대답해주시죠. 그날 롤링 레이싱 취재를 위해 유영과 함께 그곳에 가신 게 맞나요? 사고를 목격하셨나요? 아니면……"

"아니면? 내가 유영을 다리에서 떠밀기라도 했는지 그게 궁금하십니까?"

어느덧 저녁거미가 내렸고, 컨테이너 앞을 오가던 화물차들도 모두 사라지고 없었다. 어둠이 점차 기진의 형체를 잠식해갔다. R8의 전장 4.43미터, 그만큼의 간격이 준희와 기진 사이에 있었다.

"혹시 유영이 가지고 있던 시드 문구에 대해 아십니까?"

준희는 에두르지 않고 정면돌파를 선택했다. 기진의 뺨이 희미하게 실룩거렸다.

"그거 때문입니까? 여기 찾아오신 이유가?"

준희의 몸이 긴장으로 굳어졌다. 자신의 주머니 속에 들어 있는 흰색 알약을 떠올렸다. 기진은 몇 개의 단어를 손에 넣은 것일까.

어둠 속에서 기진이 슬며시 몸을 틀었다. 갑자기 탁 하는 소리와 함께 R8의 프렁크*가 열렸고, 기진의 몸이 보닛에 완전히 가려졌다. 상대가 시야에서 사라지자 기묘한 불안이 준희를 엄습했다. 기진이 프렁크에서 무언가를 꺼냈다. 쇠붙이가 맞부딪히는 것처럼 절그렁거리는 소리가 들렸다. 준희가 반사적으로 뒤로 물러나 퇴로를 계산했다. 윈디는 출입구 앞에 있었고 그쪽에 가까운 건 기진이었다. 기진이 프렁크 보닛을 잽싸게 눌러 닫았다. 기진의 모습이 검은 실루엣이 되어 불쑥 드러났다. 오른손에 정체불명의 걸음쇠 모양 연장을 치켜들고 있었다.

---

* frunk. 주로 엔진이 뒤 또는 가운데 있는 스포츠카의 전면(front)에 달린 트렁크(trunk).

사위는 놀랍도록 조용했다. 대형 화물차들은 종적이 없었고 황량한 창고 부지에 살아 있는 건 준희와 기진뿐이었다. 아직까지는.

"이게 뭔지 아십니까? 제가 제작한 오각대입니다. 삼각대에 팔 두 개를 더 매달아 수평으로도 고정할 수 있게 만들었죠. 흔들리는 차 안에서 촬영할 때 아주 유용합니다."

자세히 보니 다리 셋에 팔이 두 개 달린 괴상한 형태의 물건이었다. 기진이 말을 이었다.

"유영이에게 주려고 하나 더 만들었어요. 맞아요, 그날 저도 서울군내고속도로에 갔었습니다. 그런데 유영이가 약속 장소에 나오지 않았어요. 기다리다가 롤링 레이싱 타이밍을 놓치고 말았습니다. 애초에 레이싱 시간이 예상보다 이르기도 했고요."

기진의 검은 윤곽이 어둠 속에서 서서히 준희 쪽을 향해 움직였다. 성인 남자가 두세 걸음이면 닿을 수 있는 거리였다. 준희도 기진의 반대 방향으로 몸을 움직였다. 두 사람은 R8을 가운데 두고 맴돌았다.

"거짓말."

준희가 도발적으로 내뱉었다. 기진의 얼굴에 선득한 조소가 어렸다. 기진의 걸음이 빨라졌고 준희도 질세라 재게 움직였다.

"거짓말이라…… 맞습니다. 제가 한 말 중에 분명 거짓말이 섞여 있죠. 그게 뭔지 맞혀보시겠습니까? 신준희 박사님?"

이제 준희는 R8의 전면에, 기진은 후미에 섰다. 그들은 잠시 숨을 고르며 그 위치에서 멈췄다.

"유영에게 시드 문구를 달라고 했나요? 검은돈이라는 이유로 협박이라도 하셨나요? 뜻대로 안 되니까 유영이를 해친 건가요? 아니면 돈을 혼자서 차지하려고 그런 건가요?"

기진이 야유에 가까운 웃음소리를 냈다.

"차만 잘 고치는 줄 알았더니 소설도 잘 쓰시네."

"유영이가 당신 같은 사람을 믿었다니. 유영이를 저렇게 만들고도 뻔뻔하게 병원에 달려와 보호자 행세를 한 거라면 가만두지 않겠어."

그 순간 알루미늄 합금의 둔중한 물체가 준희를 향해 날아들었다. 준희가 날렵하게 몸을 돌려 피했지만 다섯 개의 다리 중 하나가 준희의 오른손을 내리찍고 앞 범퍼의 엠블럼 위로 떨어졌다.

"에이, 씨팔!"

R8의 손상을 목격한 기진이 격분하여 준희를 향해 달려들

었다. 준희는 운전석 도어 쪽으로 뛰었다. 오각대에 찍힌 오른손에서 피가 스며 나왔다. 기진은 바닥에 떨어진 오각대에 걸려 중심을 잃고 자빠졌다. 넘어지면서 준희의 오른쪽 발을 가까스로 잡았다. 준희가 바닥에 나뒹굴었다. 여기 오기로 작정했을 때만 해도 전혀 예상하지 못했던 몸싸움이 벌어지고 있었다. 준희가 왼발로 기진의 어깨를 찍어 누르듯이 차냈다. 외마디 비명을 지르는 기진의 두 눈에 검은 욕망이 벌떼처럼 윙윙거렸다.

"시드 문구, 신박사님도 물론 찾으셨겠죠? 나머지가 어디 있는지 궁금하지 않아요? 당신도 결국 그것 때문에 여기 온 거잖아."

준희는 몸을 일으켜 윈디를 향해 달렸다. 기진이 용수철처럼 솟아나 준희를 덮쳤다.

어쩌려는 거야. 설마 나를 죽일 셈인가.

준희는 사람이 순식간에 돌변할 수도 있다는 사실에 놀라고 있었다. 자동차로 치자면 제어력을 상실한 급발진이었고, 그것은 결함이었다. 기진이 등뒤에서 준희의 목을 졸랐다.

"나랑 거래를 하는 건 어때요? 서로가 확보한 시드 문구를 교환하는 겁니다. 덤으로 유영이가 왜 저렇게 되었는지 내가 알려주지. 낱낱이."

"돈 때문에…… 사람을, 그렇게……"

"돈 때문이라고? 틀렸어. 엄밀히 말하자면 차 때문이죠. 그 돈으로 차를 살 거니까요."

준희의 말은 더이상 울대를 넘지 못하고 툭툭 끊어졌다. 분노가 짙어져 공포를 뭉개버렸다. 머릿속이 하얗게 지워지는 찰나, 차고 밖에서 자동차 엔진음이 들려왔다. 소리는 점점 가까워졌고 성마른 경적이 울렸다. 차 위쪽에 경광등을 단 랜드로버 디펜더 110이 먹잇감을 쫓는 멧돼지마냥 사납게 차고 안으로 진입했다.

랜드로버의 헤드라이트 불빛에 준희의 시야가 하얗게 가려졌다. 기진이 준희를 밀쳐내고 R8의 운전석 쪽으로 달려갔다. 아우디에 시동이 걸리자 지진이 난 것처럼 차고 안이 부르르 떨었다. 준희는 이 순간을 놓치지 않고 주머니에서 플라스틱 그립이 달린 송곳을 꺼내 R8의 조수석 타이어 측면에 내리꽂았다. R8이 앞쪽으로 달려나가 송곳이 저절로 빠질 때까지 준희는 그립을 꼭 쥐고 놓지 않았다.

"신박사님! 괜찮아요?"

랜드로버의 운전석 창문을 내리고 인성이 외쳤다. 동시에 조수석에서는 건이 튀어나와 준희를 부축했다.

"대장! 다쳤어요? 앗, 피!"

호들갑을 떠는 건을 뿌리치고 준희가 인성에게 소리쳤다.

"박기진 잡아요. 빨리!"

인성은 그대로 핸들을 꺾어 R8을 뒤쫓기 시작했다. 준희가 날렵하게 윈디에 올라타며 건을 불렀다.

"뭐해? 빨리 타!"

건이 차문을 닫을 새도 없이 예열도 되지 않은 윈디가 출발했다.

"여긴 어떻게 알고 왔어?"

"아까 대장이 통화하는 거 들었어요. 화이트보드에 주소 적어놓고 가셨잖아요."

고객들과 통화하면서 화이트보드에 메모를 하는 버릇이 준희를 구한 것이었다. 준희가 물었다.

"여긴 왜 온 건데?"

"나도 보고 싶었어요. 박기진 차고. 마침 인성이 형이 정비소에 왔더라고요. 한 팀인데 혼자 갔다고 버럭 화를 냈어요."

"한 팀? 저 사람은 용의자 아니었나? 언제 풀려난 거야? 저 경광등은 또 뭐고?"

"인터넷에서 이만원 주고 사둔 거예요. 혹시 필요할까 해서."

윈디는 경광등이 반짝이는 인성의 랜드로버를 뒤쫓았다. 이 근방 지리에 훤한 기진의 R8은 골목길 사이사이로 칼치기하며 랜드로버를 따돌리고 있었다. 두 사람의 곡예에 가까운 주행은 위험천만해 보였다.

놓치겠구나. 준희가 혼잣말로 중얼거렸다. R8의 민첩한 몸놀림을 랜드로버가 따라갈 수는 없었다. 기진이 이대로 잠적해버리기 전에 경찰에 신고라도 해야겠다는 생각이 퍼뜩 들었다.

“건아, 유경위님에게 전화해.”

건이 유경위에게 전화를 걸어 상황을 설명하고 위치를 전송했다. 눈앞에 막다른 외길이 오른쪽으로 꺾이고 있었다. 이 코너를 돌면 인성이 추격을 멈추고 안전하게 정차해 있길 준희는 바랐다. 윈디의 핸들이 오른쪽으로 가파르게 회전했을 때, 기대와는 다른 장면이 눈앞에 펼쳐졌다. 랜드로버가 에어서스펜션을 최대로 올리더니 보도블록이 깔린 인도로 진입하고 있었다. 인성은 전속력으로 인도를 달려 옆구리로 R8을 가로막았다. 이대로 R8이 디펜더를 밀어버린다면…… 준희는 눈을 감았다.

헛, 건이 외마디 신음을 내뱉었다.

“대장, 눈 떠요. 괜찮아요.”

R8은 랜드로버와 닿았나 싶을 만큼 가까운 위치에 멈춰 있었다. 손가락 하나도 들어가지 않을 만큼의 틈이었다. 준희와 건은 윈디에서 내려 두 자동차를 향해 뛰었다. 인성이 차에서 내려 기진의 운전석 창문을 두드리고 있었다.

"와, 디펜더가 R8을 잡았네."

건이 보도블록을 발로 툭툭 건드렸다. 스포츠카는 올라가지 못하는 한 뼘의 높이였다.

"너는 지금 이게 게임으로 보이니?"

"박기진 운전 실력 진짜 대단하네요. 저걸 멈추다니."

"그걸 아니까 무모하게 들이댔겠지."

순식간에 견인차 여럿이 몰려들었다가 사고가 아닌 것을 알고 빠르게 흩어졌다. 잠시 후 도착한 성안경찰서 형사들에 의해 기진은 체포되었다. 현장에 출동한 유경위가 인성에게 일침을 날렸다.

"차인성씨, 도로교통법 위반인 거 아시죠?"

"그래서 벌금이라도 물리겠다는 겁니까?"

"제가 교통경찰은 아니라서."

유경위는 능청을 떨며 떠났다. 머쓱해진 인성은 공연히 준희에게 화풀이를 했다.

"팀워크를 깨고 혼자 다니면 어떻게 합니까? 앞으로 이런 일 없도록 해주세요. 손은 또 왜 그렇게 됐어요? 피, 피 좀 봐. 손 좀 치워요. 난 피 보면 심장 떨려서 소고기도 웰던으로만 먹는 사람이야."

인성이 준희의 손을 보며 눈살을 찌푸렸다. 건이 달려와서 두 사람 사이에 끼었다.

"우리 소고기 먹어요?"

"그래 먹자, 소고기. 이왕이면 한우로. 우리 팀이 범인을 잡았으니 그 정도는 먹어야겠지. 일단 병원부터 가고."

"풀려나신 건가요?"

준희가 물었다.

"당연하죠. 지은 죄가 없으니까."

"유영이 유튜브에 출연하신 거 봤어요."

"네, 그게 바로 원흉입니다. 괜한 짓을 한 거예요. 제가 그 영상 때문에 얼마나 곤욕을 치렀는지 아세요?"

"그래서 영상을 지워달라고 유영이를 만난 건가요?"

"저는 김유영씨 생각해서 지우라고 한 거예요. 저야 이미 공갈 협박에 영업 방해에, 더 당할 것도 없었어요. 근데 김유영씨는 유튜브도 계속 해야 하고, 또 여자잖아요. 더 위험하니까."

준희는 여자라서 더 위험할 건 없다는 말이 차마 나오지 않았다. 조폭이 연루되어 있는 일이라고 했다.

"박기진이 진짜 범인일까요?"

준희가 윈디 쪽으로 걸어가며 말했다. 인성과 건을 향해 말했지만 자문에 가까운 말이었다. 오른손에 대충 휘감아놓은 손수건 위로 핏물이 배어나왔다. 하나의 실마리가 풀렸지만 더 큰 의문이 스멀스멀 기어나오고 있었다.

볼모

인성의 디펜더 110은 칠흑 같은 어둠을 뚫고 강원도 정선을 향해 달리고 있었다.

"혼자 가도 된다니까 왜 굳이 따라나서요."

운전을 하던 인성이 조수석에 앉은 준희를 돌아보며 말했다. 말은 이렇게 해도 함께 나서준 준희에게 전에 없던 의리 같은 게 느껴졌다. 고객이 원하면 어디든 달려가는 차반장이었지만 이런 경우는 처음이었다.

"우리 이모 일이잖아요. 제가 소개했고."

의무감 때문에 같이 간다는 건가? 인성에게 슬며시 움트던 기대 같은 것이 허물어졌다. 뭘 기대한 건지는 자신도 잘 몰랐지만, 이런 오밤중에 혼자 달렸다면 사안을 떠나 막막한 길이 될 뻔했다.

채희주가 일러준 위치는 시장 앞 '산장민박'이었다. 도착하면 전화를 하라며 낯선 번호 하나를 가르쳐주었다. 자정 무렵 두 사람은 민박집 앞에 도착했다. 다행히 산속은 아니었고, 소읍의 허름한 번화가에 있었다. 강원랜드가 있는 하이원리조트에서는 자동차로 십 분 남짓 떨어진 위치였다.

인성은 차를 세우고 채희주가 일러준 번호로 전화를 걸었다. 중년 남자가 쩍쩍 갈라지는 목소리로 전화를 받았다. 인성은 공연히 헛기침을 한 후 입을 열었다.

"안녕하십니까. 채희주씨 부탁으로 차를 찾으러 왔습니다."

저쪽에서는 바로 답이 없었다. 전화가 끊겼나 확인하려는 순간 갈라진 목소리가 말했다.

"지금 어디십니까?"

"산장민박 앞입니다."

"잠시 기다리시죠."

남자는 이렇게 말하고 전화를 툭 끊어버렸다. 오 분쯤 기다리자 좀이 쑤시기 시작했다. 인성은 차문을 열고 나가 채희주에게 메시지를 보냈다.

—산장민박 앞에서 대기중입니다.

곧바로 은행 앱 푸시 알림이 떴다.

〔입금〕 채희주 20,000,000원 110-358-38**** 계좌

채희주가 차를 저당잡히고 빌린 돈은 이천만원에 훨씬 못 미치는 액수였을 것이다. 그녀는 그 돈을 카지노에서 다 날린 것일까. 어쩌면 빌린 종잣돈으로 카지노에서 돈을 땄을 수도 있었다. 인성은 더이상의 추측은 삼가기로 했다. 어차피 채희주에게 직접 묻기도 힘든 말이었다. 지금 그 문제를 준희와 토론하는 것도 피하고 싶었다. 이미 벌어진 일, 지금은 해결이 우선이었다. 어쨌든 채희주는 어디선가 이천만원을 구해서 차를 돌려받으려 하고 있었다.

"이건 자동차 딜러들이 하는 일은 아닐 텐데요."

어느새 차에서 내린 준희가 다가와 물었다.

"일반적인 일은 아니죠. 하지만 채희주씨 부탁을 거절하기는 어려워서. 아무래도 공인이라 이런 데 혼자 오시긴 좀 그렇겠죠."

"사채를 빌려 도박을 하는 건 괜찮고요?"

준희는 이렇게 말하며 발부리로 자갈을 꾹꾹 밟았다.

오 분쯤 더 지났을 때, 빼빼 마르고 단단해 보이는 남자가 다가왔다. 옹박을 연상시키는 외모였다.

"채희주씨 되십니까?"

남자가 인성을 향해 물었다. 인성은 내가 채희주로 보이냐고 따져 물을 뻔했다. 채무자의 성별도 파악하지 않고 나온 모양이었다.

"채희주씨 부탁으로 대신 왔습니다. 이쪽은 채희주씨 조카고요."

"따라오시죠."

옹박이 앞장서 걷기 시작했다. 산장민박 뒤쪽의 굽어진 샛길에 작고 노후한 건물이 우두커니 서 있었다. 옹박은 철제 계단을 껑충껑충 뛰어올랐다. 발을 디딜 때마다 철컹거리는 소리가 울렸다. 계단 끝에는 묵직한 자물쇠가 달린 철문이 있었다. 옹박이 문을 열고 들어섰고 인성과 준희가 뒤따랐다. 외관의 수상쩍은 분위기와는 다르게 의외로 평범한 사무실이 펼쳐졌다. 문을 정면으로 바라보는 널찍한 책상에 육중한 남자가 앉아 있었다.

"어서 오시오."

남자는 어색한 한국말로 인사를 건넸다. 인성에게는 썩 달갑지 않은 억양이었다. 1980년대 다방에서 날라온 듯한 촌스러운 소파에는 보통 체격의 남자 둘이 등신대처럼 옴짝 않고 앉아 있었다. 보스와, 안내자 역할을 한 옹박, 소파에 앉은 남자 둘. 무력으로 여기를 빠져나갈 방법은 없는 듯했다.

인성은 고개를 깍듯이 숙여 인사했다.

"안녕하십니까. 저는 채희주씨 차량을 출고, 아니 인도, 아니, 찾으러 온 차인성이라고 합니다."

아차차, 왜 이름을 말했을까. 습관적으로 내뱉고 곧장 후회했다. 하지만 이미 얼굴을 까고 이 자리에 와 있는바, 그들이 인성의 신상을 알아내는 건 식은 죽 먹기라는 생각도 들었다. 왜 이런 생각까지 하고 있는 걸까. 계약서대로 돈을 주고 차만 받아가면 될 일이었다. 보스가 갑자기 책상을 두 손으로 턱 치며 일어났다.

"자아……"

말꽁무니를 이상하게 늘였는데, 그게 기막히게 위협적으로 들렸다. 그저 말문을 여는 추임새를 던졌을 뿐인데, 인성은 저도 모르게 움찔했다. 흘끔 준희 쪽을 보니 그녀는 박물관에 견학 온 사람처럼 대놓고 주변을 훑어보는 중이었다.

"채희주씨라. 어디 보자아."

육중남은 두툼한 손가락에 침을 발라가며 느릿느릿 서류더미를 헤집었다. 카지노에서 돈을 빌린 사람이 저렇게 많은가 싶어 인성은 놀랐다.

"아, 여기 있구마안."

그 말에 준희가 성큼성큼 책상 쪽으로 다가갔다. 인성이 말리기도 전에 이미 준희 손에 서류가 들려 있었다.

"불법 계약이네요."

준희의 말에 인성의 심장이 쪼그라들었다. 인성은 어떻게든 이천만원으로 쇼부를 쳐서 채희주의 재규어를 찾아와야 했다. 육중남의 시선이 준희를 향했다.

"아가씨이…… 지금 합법, 불법 따질 때가 아니고요오. 여기 왜 오셨는지부터, 자아…… 말씀을 해보시지요오."

인성은 이때다 싶어 바로 용건을 꺼냈다.

"네, 저희는 합법, 불법 그런 건 모르고요. 채희주씨의 2018년식 재규어 F-타입, 그 궁둥이가 미끈하게 빠진 검은색 쿠페형 스포츠카를 찾으러 왔습니다."

육중남이 책상을 돌아 인성 앞으로 뚜벅뚜벅 걸어오더니, 준희 손에 들려 있던 계약서를 낚아채 인성에게 들이밀었다.

"여기이, 계약서를 보시면은요오. 채희주씨가 어제 천만원을 빌리셨고요. 이율이, 어디 보자아, 일20프로니까요."

20퍼센트라. 고리대금의 이율이 생각보다 높지 않다고 생각하는 찰나 준희가 이렇게 말했다.

"하루에 20퍼센트면 연이율이 7300퍼센트네요?"

헉! 인성이 기함을 토해냈다. 인성의 속도 모르고 준희는 계속 말을 이었다.

"법정최고금리가 연 20퍼센트지 일 20퍼센트가 아닌데요. 이거 위반하면 일 년 이하의 징역 또는 일천만원 이하의 벌금……"

"아, 그럼 천만원에 하루 이자 20퍼센트 더해 드리면 되는 거죠?"

인성이 냉큼 준희의 말을 잘랐다. 이자 이백만원을 더해 천이백만원을 주고 빨리 이 자리를 뜨고 싶었다. 육중남은 이제야 말이 좀 통한다는 표정으로 인성을 바라보며 이렇게 덧붙였다.

"여기이 계약서를 보시면은요오. 칠 일 이내 상환할 시 중도 상환 수수료 조로 우리가 칠 일 이자를 받는다, 그렇게 되어 있고요오. 채희주씨가 여기 사인을 하셨네요오."

육중남은 아까 침 바른 그 손가락으로 채희주의 지장이 찍힌 부분을 톡톡 두드렸다.

칠 일이면 이자만 천사백만원, 원금까지 합하면 이천사백만원, 채희주가 입금한 돈은 이천만원. 인성은 두개골이 갈라지는 느낌이었다. 무슨 중도 상환 수수료가 저따위로 높은지 도무지 납득이 가지 않았지만 머릿속이 하얘져서 아무 말도 떠오르지 않았다.

"해도 너무한 거 아니에요?"

준희의 외침은 당구대 밖으로 튕겨나간 공처럼 삽시간에 이목을 집중시켰다. 그래, 해도 너무하지. 인성이 고개를 주억대다가 옹박의 서슬 퍼런 눈을 보고 숨을 멈췄다. 준희가 한마디를 더 날렸다.

"좀 깎아주세요."

"깎아달라고요오? 우리가요, 원래 디씨가 없는 업종입니다아."

육중남이 준희 쪽으로 굼뜨게 다가갔다.

"다아만, 조카님이 그렇게 말씀을 하시니 인정상 10프로 빼드리지요."

인성은 순순히 깎아주겠다는 육중남의 태도에 놀랐고, 10퍼센트를 깎아도 여전히 이천만원이 넘는다는 데 좌절했다.

"이천만원 밖에 없어요. 채희주씨는 여기 단골 아닌가요? 우수 고객 디스카운트 없어요?"

이 여자는 고집이 상당했다. 터무니없는 이율을 제시한 건 저쪽인데 준희가 생떼를 쓰는 상황이 연출되고 있었다. 결국 준희는 육중남을 꺾고 원하는 것을 얻어냈다. 지금 곧바로 현금으로 이천만원을 상환하는 조건이었다. 하루 만에 빌린 돈의 두 배를 뜯어가면서 할인받은 것 같은 착각에 들게 하다니, 인성은 현금인출기에서 채희주가 보낸 돈을 찾으며 그들의 수법에 혀를 내둘렀다. 도박 전과가 있는 여배우는 그들의 좋은 먹잇감이었을 것이다. 육중남은 돈을 받고 준희에게 차 키를 내주었다.

"자아, 이모님에게 행운을 빈다고 전해주시고요오."

그는 이렇게 말하며 히죽 웃었다. 두 사람은 옹박이 일러준 사설 주차장으로 향했다. 채희주가 미리 와서 기다리고 있었다. 요란한 에르메스 스카프로 얼굴 전체를 감싼 그녀는 검은색 재규어 F-타입 옆에서 팔짱을 낀 채 서 있었다. 준희를 본 그녀의 얼굴이 귀신이라도 본 것처럼 희게 질렸다. 그 모습은 마치 외도 현장을 들킨 유한마담 같았다.

사라지다

정오 무렵 준희와 인성이 김회장의 사무실을 찾아와 그간 새롭게 알아낸 사실들을 보고하고 떠났다. 유영이와 어울리던 박기진이라는 자가 시드 문구를 훔쳐냈다는 사실은 충격이었지만, 전부를 가져간 건 아니었다.

경찰은 이 사건을 유영의 자살 시도와 유한의 롤링 레이싱이 빚어낸 참극으로 정리하는 분위기라고 했다. 새로운 용의자로 박기진이라는 자를 조사중이었지만, 그의 혐의를 입증하지 못하면 흐지부지 종결될 가능성도 있었다. 김회장은 유영의 주치의로부터 소견서를 받아 경찰에 제출했다. 전신에 걸친 다발성 골절과 타박상은 추락이나 교통사고에서 흔히 보이는 외상이라고 적시되어 있었다. 그래서 추락이라는 건가, 교통사고라는 건가? 너무 빤한 내용이었지만 김회장은 그 문장들이 유영의 사고를 밝히는 중요한 단서인 듯 읽고 또 읽었다.

사실 사고를 밝히는 것보다 더 간절한 일은 유영이 깨어나는 것이었다. 온전히 건강을 되찾을 수만 있다면 바랄 것이 없겠지만, 목숨만이라도 부지할 수 있다면 다행이었다.

김회장은 소견서 복사본을 도로 서랍에 넣고 닫으려다가 멈칫했다.

없었다. 우드 톤으로 도장된 갑티슈만한 철제 금고가 통째로 사라져버렸다.

다시 확인해볼 생각도 들지 않았다. 없어진 건 없어진 거였다. 사실 금고는 상징적인 물건이었다. 김회장은 그 단어를 똑똑히 인지하고 있었고, 이제 그것을 아는 사람이 더 늘어난 것뿐이었다.

오히려 훔쳐갈 수 있는 사람의 범위가 좁혀졌다. 김회장의 사무실에 과감하게 들어와서 금고를 집어갈 수 있는 사람은 많지 않았다. 스위스은행의 개인 금고도 아니었고, 책장 뒤 비밀 장소에 모셔둔 것도 아니었다. 미끼처럼 느슨하게 보관한 물건이었다.

안타깝게도 김회장이 제일 먼저 의심한 사람은 유한이었

다. 녀석은 용서하기 힘든 잘못을 저질러놓고 자수인지 뭔지를 한다며 제 발로 경찰서에 기어들어갔다. 아내는 충격으로 드러누웠다가 십 분 만에 벌떡 일어나 아들에게 변호사를 붙여주었다. 그 덕분에 다행히 구속 수사는 면했다. 유한이 끊임없이 사고를 치는 한 아내는 결코 쓰러지지 않을 것이다. 쓰러졌다가도 오뚜기처럼 벌떡 일어설 것이다. 기력이 달리는 것은 김회장이지 젊은 아내가 아니었다.

그러나 유한에게는 굳이 김회장의 금고를 털어갈 만한 이유가 없었다. 사업이나 돈에는 맹한 녀석이 땅콩만한 심장으로 김회장의 서랍을 뒤졌을 리 없었다. 만약 제 엄마의 사주를 받았다면 얘기가 또 달라졌다. 똥인지 된장인지 구분하지 못하고 시키는 대로 했을지도 모른다. 모자가 모의해서 그런 일을 벌였다면 다행으로 여기고 넘겨야 할 것이다. 남들에게 뺏기는 것보다 낫다고 위안하면서. 하지만 아내 염지연이 메타마스크에 숨겨둔 돈까지 알아낼 만큼 집요한 사람은 아니었다.

그다음으로 김회장은 신준희와 차인성을 의심했다. 두 사람이 공모했을 수도 있고 독자적으로 행동했을 수도 있다. 그들은 금고를 직접 보았고, 위치도 알고 있었다. 무엇보다도 그 종이 한 장이 얼마큼의 가치가 있는지 확실히 알았다.

동시에 그것만으로는 아무런 가치가 없다는 것도 알 터였다. 다른 열한 개의 단어와 조합되지 않는다면 그것은 그저 하나의 단어일 뿐이었다.

준희는 김회장에게 다섯 개의 단어를 찾았다고 했다. 하나는 김회장이 쥐고 있으니 열두 개 중 절반을 찾아낸 셈이었다. 메타마스크의 시드 문구를 다 찾아냈다고 하더라도 암호화폐를 현금화하는 건 쉽지 않은 일이다. 김회장의 도움 없이는 불가능했다. 차인성과 신준희가 케이맨제도에 페이퍼 컴퍼니를 설립하고 이란에 건설업체를 세우지 않는 한 그 돈을 만져보기 힘들 터였다. 두 사람이 이걸 모를 리 없었다.

이 일과 전혀 상관없는 제삼자의 소행이라면 오히려 걱정이 덜했다. 금고 안의 돈다발이나 금붙이를 기대했을 텐데 의문의 종이 한 장에 속은 기분이 들었을 것이다.

한 개의 단어. 그것은 백사장에서 모래 한 알 찾기보다 어려운 일이었다. 영어에는 약 백만 개의 단어가 있고, 사전에 수록된 표제어만 해도 그 절반이 넘는다. 숫자 비밀번호 조합을 찾아내는 것보다 힘든 일이었다.

김회장은 비어 있는 서랍을 소리 나게 밀어 닫고 윤실장을 호출했다.

"차 대기시켜. 유영이 병원으로 가세."

준희와 인성은 목문커피 앞마당에 마주앉아 있었다. 백자 같과 어울리는 새하얀 파라솔 아래였다. 목문동에는 맑고 잔잔한 바람이 불었다. 김회장의 사무실에 들러 그간 알아낸 정보를 보고하고 나면 으레 여기서 푸른바다솔트커피를 마셨다. 유영이 사고 당일 마셨고, 준희와 기진이 함께 마셨던 목문커피의 시그니처 메뉴였다.

"그러니까, 열두 개 단어 중에 무려 다섯 개를 확보하고도 나한테 숨겼다는 거네요?"

토미카에서 단어를 찾아낸 사실을 김회장에게 보고하는 자리에서 알게 된 인성은 자기 면이 구겨졌다고 생각했다. 준희가 미안해하는 기색도 없어 바짝 약이 올랐다. 그는 태스크포스 팀워크와 협력의 중요성, 멤버 상호 간의 믿음에 대해 장황하게 주워섬겼다.

"우리 좀 솔직해집시다. 아직 나를 못 믿는 겁니까? 박기진은 무턱대고 잘만 믿더니, 어째서 저한테는 이렇게 박하실까?"

"박기진도 믿지는 않았어요."

준희는 이렇게 말하고 잠시 뜸을 들였다.

"차인성씨는 왜 이 일에 뛰어드셨나요? 김회장이 제안한 돈 때문에?"

"욕심 안 난다면 거짓말이죠. 백억이라니, 백년을 살아도 못 만져볼 액수잖아요."

"그걸 받으면 뭘 하실 건데요?"

"사업에 투자해야죠. 매장도 넓히고, 딜러도 고용하고, 탁송차 사업도 확장하고, 아들 병원비도 대고, 번듯한 아파트로 이사도 가고요."

"아들이 있으시군요."

"네. 지난번에 유영씨가 유튜브 '천사의 울음' 편에서 언급한 차희웅이 제 아들입니다. 자동차를 아주 좋아해요. 이 일도 아들 때문에 시작했어요. 차를 사줄 돈은 없지만 보여줄 수는 있으니까."

"앞으로는 차인성씨를 믿을게요."

준희의 말에 인성은 실없이 기분이 풀어졌다가, 박기진보다는 그나마 낫다는 뜻 같아서 찜찜했다.

"대체 박기진 차고에는 왜 간 겁니까?"

인성이 나무라는 투로 물었다.

"박기진씨가 자기 차들의 관리를 의뢰했어요. 저도 확인해보고 싶은 게 있었고요."

"뭔데요?"

"전기차 SUV가 있는지 궁금했어요. 하이브리드카일 수도 있고요."

"그건 왜요?"

준희는 기진과 목문커피에 왔던 날 카페 사장에게 들은 말을 인성에게 전했다. 인성은 그날 자신이 유영과 함께 카페에 왔었다는 말을 흘려준 사장을 공연히 흘겨보았다. 사실 그대로 말한 것뿐이었지만, 그 때문에 준희가 자신을 못 믿었을 공산이 컸다. 그녀는 무심한 표정으로 카운터를 지키고 있었고, 그의 안내견이 문가에 앉아 인성을 주시했다. 순간 인성의 뇌리에 스치는 것이 있었다.

"아."

인성은 솔트커피를 넘기다 말고 짧은 감탄사를 내뱉었다. 하얀 크림이 윗입술 가장자리에 덕지덕지 묻어났다.

"크림 묻었어요."

준희가 지적하자 인성이 손가락으로 입술 언저리를 문질러 닦았다.

"지금 그게 문제가 아니고. 하이브리드 SUV라면 김회장님 차 옆에 늘 있던데요?"

인성이 하얀 크림이 묻은 검지로 서울군내고속도로 사무소 방향을 가리켰다.

"사무소에 있다고요?"

"네. 서울군내고속도로 법인차요. 싼타페 하이브리드."

준희도 놀란 얼굴이 되었다. 왜 그걸 이제 깨달았을까. 공교로운 일은 그다음에 일어났다. '서울군내고속도로'라고 래핑된 흰색 싼타페가 준희와 인성이 앉아 있는 야외 테이블 쪽으로 다가오고 있었다. 쉬이익, 구옥으로 외풍이 스미는 듯한 소리가 났다. 싼타페는 준희와 인성의 테이블에서 열 보쯤 떨어진 위치에 멈춰 섰고, 운전석에서 근무복을 입은 사무소 직원이 내렸다. 아직 학생 티를 벗지 못한 신입사원이었다. 준희와 인성도 몇 번 마주친 적이 있어 낯이 익었다. 직원이 두 사람을 알아보고 묵례를 건넸다.

"커피 드시러 오셨어요?"

인성이 묻자, 직원은 팀 회의가 있어 심부름을 왔다고 했다. 직원은 갖가지 메뉴를 줄줄 읊어가며 대여섯 잔을 주문했다. 카페 주인이 음료를 제조하는 동안 그는 휴대폰을 만지작거렸다.

"주임님, 여기 앉아서 기다리세요."

인성의 말에 직원은 쑥스러운 티를 내면서도 테이블로 와 앉았다.

"저 주임 아니에요. 그냥 사원이에요."

"곧 주임 되실 거잖아요. 하이브리드카 탈 만해요? 저는 아직 못 타봐서."

인성이 숫기 좋게 말을 붙였다.

"회사 차니까 그냥 타는 거예요."

"이 차는 주로 주임님이 타고 다니세요?"

이 말에 직원이 눈을 동그랗게 떴다.

"아니에요. 업무용이라 누구나 필요하면 탈 수 있어요."

"그럼 주로 근무시간에만 운행하겠네요."

"뭐, 그렇죠."

"저녁 늦게 저 차가 돌아다니는 걸 본 것 같은데, 직원들이 퇴근할 때 타고 가기도 하나요?"

이 말에 직원은 잠시 머뭇거렸다. 질문의 의중을 헷갈려하는 듯했다.

"고속도로 순찰할 때도 쓰고요. 저녁 늦게라면, 아마 윤실장님이 타셨을 거예요."

직원은 모범 답안을 찾았다는 듯이 빙그레 웃었다.

"윤실장님이라면, 회장님 수행비서 말씀이시죠?"

이번에는 준희가 물었다. 직원은 고개를 끄덕였다. 어린아이가 어른들 질문에 마지못해 대답하는 느낌이었다.

"윤실장님이 법인 차량을 운행할 일이 있나요?"

"가끔 회장님이 직접 차를 몰고 가시니까요. 윤실장님이 퇴근할 차가 없잖아요. 여긴 대중교통도 별로 없고."

가게 주인이 음료가 나왔다고 알렸다. 직원이 준희와 인성에게 고개를 숙여 인사하고 자리를 떴다. 싼타페가 바람 빠지는 소리를 내며 멀어져갔다.

"윤철중 실장 잘 아세요?"

인성이 준희에게 물었다.

"어릴 때부터 알던 분이지만 잘 안다고 할 수는 없어요. 저보다는 유영이랑 가까울 거예요. 윤실장님이 많이 태우고 다녔으니까. 그것도 옛날 얘기고 요즘에 만났다는 말은 못 들었어요."

그때 준희의 휴대폰이 진동했다. 발신자는 채희주였다. 그녀는 빠르게 용건을 전달했다. 김회장이 유영의 면회 시간에 나타나지 않았고, 전화도 안 받는다며 뭔가 이상하다고 했다.

"유영이 면회 오겠다고 며칠 전부터 계속 스케줄 확인했거든. 윤실장도 전화를 안 받아. 너 지금 어디니?"

준희와 인성을 만났을 때 김회장은 그날 오후에 유영이를 보러 간다고 했었다. 적어도 약속을 잊어버린 건 아니었다. 이모 말대로 무언가 이상했다. 준희는 인성에게 김회장에게 전화를 걸어보라고 했다. 준희는 윤실장에게 걸었다. 두 사람 다 전화를 받지 않았다. 고속도로 사무소에 알아보니 김회장은 윤실장이 운전하는 마이바흐를 타고 유영의 병원에 간 것으로 되어 있었다.

"마이바흐면 제가 김회장님에게 팔았던 차네요. 차량 관리 앱으로 현재 위치 확인할 수 있을 거예요."

"그 앱은 제 폰에 깔려 있어요."

"그게 왜 신박사님 폰에?"

"제가 김회장님 모든 차량의 관리자인 거 모르세요?"

준희는 휴대폰에서 앱을 실행해 김회장의 차량 위치를 확인했다. 파주시 금촌교차로 인근의 억새밭이었다. 이건 이상한 정도가 아니라 수상했다. 김회장이 딸의 면회를 가다 말고 마음을 바꿔 억새밭 산책이라도 갔다는 말인가.

"경찰에 신고하죠."

준희가 말하자 인성이 난색을 표했다.

"뭐라고 신고한단 말입니까? 미성년자도 아니고 성인이 잠깐 연락이 안 된다고 실종 신고를 받아주는 경찰서는 없어요."

"유경위님에게 연락하죠. 일단 우리도 그 위치로 출발해요."

유경위는 마지못해 그쪽으로 순찰차를 보내겠다고 했다.

준희가 윈디에 시동을 걸었다. 인성도 잽싸게 조수석에 올랐다. 고속도로에 오른 윈디는 제 능력을 발휘하며 바람처럼 달려나갔다.

"예감이 좋지 않아요."

준희가 말했다.

"별일 없을 거예요."

말은 이렇게 했지만 인성도 불안하기는 마찬가지였다. 준희의 경험상 어떤 일이 연속으로 순조롭게 해결될 때는 그 끝이 좋지 않았다. 이를테면 인성의 말 한마디로 하이브리드 SUV를 찾아냈고, 때마침 그 차가 준희의 시야로 들어왔으며, 이모는 기막힌 타이밍에 전화를 걸었고, 차량 관리 앱으로 김회장의 차를 쉽게 찾아냈다. 그렇다면 그 끝에는 뭐가 기다리고 있을까. 앱에서 확인한 위치를 향해 윈디가 달려가는 동안, 마이바흐는 같은 자리에서 움직임이 없었다.

준희의 머릿속에 불길한 상상이 영상으로 펼쳐졌다. 캄캄한 목문카페 주차장, 싼타페에서 내린 윤실장이 유영과 그녀의 마세라티를 향해 다가간다. 유영은 순순히 윤실장을 따라 목문교까지 걸어간다. 두 사람의 대화는 점차 언쟁으로 변질되고 유영의 얼굴에서 웃음기가 걷혀간다.

준희는 그쯤에서 상상을 멈추었다. 더 끔찍한 장면이 떠오르기 전에 생각의 활개를 접어야 했다. 액셀을 밟은 준희의 발에 힘이 들어갔다. 마이바흐가 가까워지고 있었다.

억새밭

준희와 인성을 접견한 김회장은 유영을 보러 갈 채비를 했다. 이번에는 미리 채희주에게 부탁해 면회 시간을 조율했다. 싫은 소리를 듣지 않으려면 그 정도 수고는 감수해야 했다. 윤실장이 깨끗하게 세차한 마이바흐를 대령했다. 반질반질 윤이 나는 검은 차체에 김회장의 모습이 비쳤다. 김회장이 좋아하는 광경이었다. 차에 비친 자신의 모습이 아니라 거울처럼 빛나는 애마의 광택을 사랑했다. 이를 잘 아는 윤실장은 자동차의 디테일링*에 소홀하지 않았다. 대외적으로는 수행비서였지만 그가 주로 하는 일은 운전과 차량 관리였

* 차량의 내·외부를 신차 출고 당시의 상태로 복원하거나 유지하는 작업.

다. 그밖에 김회장이 시키는 개인적이고 잡다한 용무를 도맡아 했다.

"세차했나? 광이 좋군."

"광택 작업 좀 했습니다."

"수고했네."

차에 탄 김회장의 칭찬에 윤실장이 고개를 주억거렸다. 김회장 밑에서 이십오 년을 일했으면서도 감사하다, 죄송하다 한마디 하는 것을 쑥스러워했다. 다른 데서 일했다면 예의와 염치도 모르는 인간으로 찍혔을지도 모른다. 그 성격으로 어디 가서 사회생활이나 제대로 하겠나 싶었다. 한편으로는 그런 어리숙한 성격이 김회장 마음에 들었다. 똘똘하고 싹싹한 것들은 배신할 때도 야무지게 등을 돌렸다. 우직하고 충성스러운 개처럼 윤실장은 군소리 없이 일만 했다. 너무 잘하지도 못하지도 않았고, 그저 해냈다.

"자네, 내가 왜 이렇게 자동차에 광나는 걸 좋아하는지 아나?"

윤실장은 이번에도 말없이 고개만 주억거렸다. '잘 모르겠습니다, 죄송합니다'라는 의미일 것이다. 김회장도 어차피 대답을 기대하고 물은 것이 아니라, 그저 말문을 연 것뿐이었다.

"우리 아버지가 말이야, 아주 망나니였거든. 내가 말한 적이 있었나? 오늘 유영이 보러 가는 길이라 그런지 새삼 옛날 생각이 나서."

"예, 예."

윤실장이 고개를 끄덕끄덕했다. 김회장은 회한에 잠긴 목소리로 어린 시절의 한순간을 되짚기 시작했다. 망나니 같던 그의 부친이 꼭 한 번 멋있었던 날의 일화였다. 부친은 일을 잘 벌였다. 김회장의 사업가 기질만큼은 부친에게서 물려받은 게 분명했다. 일을 벌였다 말아먹고, 술독에 빠져 살다가 다시 일을 벌이는 게 부친의 인생이었다. 말아먹는 이유는 대부분 동업자의 배신이었는데, 성격이 유순하고 귀가 얇아 속여먹기 좋은 사람이었기 때문이다. 처음부터 사기를 칠 목적으로 접근한 게 아니더라도, 일이 잘못되면 뒤집어씌워도 뒤탈이 없을 만한 사람이었다. 김회장의 오기와 끈기는 부친에 대한 반발에서 비롯된 면이 있었다. 부친이 빚보증으로 가사를 전부 탕진하고 술독에 빠져 죽기 전에 마지막으로 벌인 사업은 자가용 대여업이었다.

"렌터카 말씀이시지요?"

윤실장이 물었다.

"요즘 말로 하면 그렇지. 지금처럼 자동차를 수십 대씩 가지고 하는 게 아니라, 딱 한 대였어. GM코리아의 새한 레코드라는 차였네. 당시에는 아주 고급 세단이었지. 독일 오펠사의 엔진과 부품을 수입해서 만들었거든. 120마력에 최고 시속이 160킬로미터였던가. 아무튼 그 자동차를 대여해주거나 때로는 기사까지 대행해주는 사업이었네.

그 당시 자가용은 가난한 서민의 꿈이었네. 아버지는 단순히 자가용을 빌려주는 게 아니라 일종의 부자 체험을 시켜주는 셈이었지. 아버지가 검정 레코드를 타고 집에 왔던 날을 잊을 수가 없네. 어머니와 나, 동생들 셋이 모두 나와서 네 바퀴 달린 신기한 물건이 대문 앞으로 굴러오는 모습을 지켜보았네. 우리는 셋방살이 신세였는데, 주인집 아주머니가 놀라서 뛰쳐나오던 것이 기억나는군.

기다란 보닛에 반질반질 윤이 나서 우리 가족 모두가 비쳤네. 신기했어. 우리는 가족사진이라는 것을 찍어본 적이 없는데, 자동차에 투사된 우리의 모습은 마치 다른 세상에 사는 사람들 같았어. 어느 부유한 나라에서 최신형 자동차를 타고 다니는 일가족 말일세. 술독에 빠진 아버지가 아니라 근사한 사업가 아버지, 손이 부르트도록 스웨터를 뜨는 어머니가 아니라 모피 옷을 입은 손이 고운 어머니. 마법의 유리구슬처럼 차체에 반영된 모습은 내게 그런 환상을 가져다주었네.

그 시절 우리 동네에 자가용이 있는 집은 우리뿐이었네. 실은 영업용 차였지만, 집 앞에 검정 레코드가 서 있다는 사실만으로도 모두의 부러움을 샀지. 처음으로 아버지가 자랑스러웠네.

레코드는 처음 며칠 동안만 영업을 뛰느라 바빴고 그후로 줄곧 대문 앞에 서 있기만 했네. 일이 없는 날에도 우리는 한가롭게 드라이브를 할 수가 없었지. 기름값이 없었거든. 집주인 아주머니는 대문을 가로막고 서 있는 자동차를 마뜩잖게 바라보기 시작했고, 집세가 밀리자 차를 팔아 갚으라고 싫은 소리를 해댔지. 차를 팔라니, 삼백만원에 달하는 그 차를 현금 주고 샀겠는가? 돈이 어디 있어서.

그런 날들이 얼마나 계속됐을까. 하루는 아버지가 낮술을 드시다 말고 집에 와서 나를 찾았네. 레코드 조수석 문을 열고 내게 타라고 하셨어. 나는 그동안 아버지가 내게 주었던 모든 고난을 일시에 보상받는 기분이었네. 태어나 한 번도 누려보지 못한 호사였지. 아버지가 키 박스에 열쇠를 꽂고 돌리는 순간, 내가 꿈꿨던 환상의 세계가 열렸다네."

김회장은 눈을 감고 레코드에 시동이 걸리던 순간을 회상했다. 트르르르르르르릉, 시동음은 꼬리가 길었고 엔진에서는 탈곡기처럼 요란한 소리가 났다. 등받이에서 전해지는 딱딱한 진동에 맞춰 심장이 뛰었다. 열린 창문으로 미풍이 들어와 얼굴을 휘감던 감각, 후경으로 멀어지던 골목길과 가로수가 생생하게 되살아났다.

"아버지는 나를 태우고 충무로에 있는 대한극장으로 갔어. 극장 앞에 차를 세우고 글로브박스에서 코닥 카메라를 꺼냈지. 손님들을 레코드와 함께 찍어주기 위해 마련한 카메라였네. 그렇게 투자에 망설임이 없는 양반이었다네."

이 대목에서 김회장은 자조적으로 웃었다.

"우리는 극장과 자동차를 배경으로 사진을 찍었네. 그리고 영화를 봤지. 본영화가 시작하기 전에 〈자가용 타고 친정가세〉라는 짧은 단편영화를 보여주었는데, 거기서도 자가용은 부와 성공의 상징으로 등장했어. 아버지는 그 영화를 보고 자가용 대여업을 하기로 마음먹었었다고 하더군.

사실 그 영화는 새마을사업을 홍보하기 위한 국책영화였네. 그 영화의 교훈은 부지런히 일해서 알뜰하게 돈을 모아 자가용을 타고 금의환향하자, 뭐 이런 것이었는데, 아버지에게는 자동차만 보인 것이지. '부지런히 일하라' 같은 전제는 다 사라지고, 달콤한 결과만을 일회성으로 팔겠다는 생각이었지. 알고 보면 너무 앞서가는 사람이었는지도 몰라. 그런

콘셉트는 가난한 사회에서는 먹히지가 않았네. 경제성장이 이뤄지고 난 후였다면 또 모르지. 당장 굶어죽게 생겼는데 체험이니 꿈이니 이런 것이 팔리겠는가. 눈앞에 떡 한 조각, 연탄 한 장이 시급한데."

여기까지 이야기하고 김회장은 잠시 말을 멈췄다. 가늘게 뜬 눈이 졸고 있는 것처럼 보이기도 했다. 한참을 그렇게 달렸는데도 마이바흐는 목적지에 도착하지 못하고 있었다.

"저, 회장님."

윤실장이 갑자기 입을 열었다.

"으응."

여전히 실눈을 뜬 채 김회장이 대답했다.

"뭐 하나 여쭤봐도 되겠습니까?"

"뭔가?"

"저는 왜 거두신 겁니까?"

윤실장의 질문은 뜻밖이었다. 왜 거두었냐는 내용보다도 윤실장이 김회장에게 업무와 관련 없는 무언가를 물었다는 것이 그랬다. 김회장은 찬물 세례를 받은 것처럼 정신이 번쩍 들었다. 창밖으로 시선을 돌리니 허허벌판이었다. 유영의 병원은 성안시 초입이었고, 순환 고속도로로 옮겨 탔다면 벌써 도착했을 시간이었다. 망나니 부친과의 반나절 일화 속으로 너무 깊숙이 빨려들어가버렸다. 김회장은 여기가 어디쯤일지 머리를 굴려봤다. 서울군내고속도로 톨게이트를 지나는 것을 분명히 보았으니, 파주 쪽으로 진입했을 수 있었다. 서울 쪽으로 왔다면 중간에 빠질 수 있는 구간이 많아 짐작하기 힘들었다.

"윤실장, 지금 어디로 가고 있나?"

김회장은 일부러 목소리를 바꾸지 않고 물었다.

"저를 왜 거두셨는지 대답해주십시오. 사람을 절대 믿지 않는 분이 저를 처음 만난 날 저에게 일자리를 제안하셨지요."

윤실장의 목소리가 가늘게 떨렸다. 김회장은 주머니를 뒤져 휴대폰을 찾았다. 없었다. 소형 금고처럼 어디론가 사라져버렸다. 손목을 들어 시간을 확인해보니 유영의 면회 시간이 임박해 있었다. 룸 미러에 비친 윤실장의 얼굴에 서릿발이 내려 있었다. 이십오 년간 그를 알고 지냈지만 처음 보는 표정이었다. 김회장은 침착함을 유지하려고 애쓰면서 이렇게 대답했다.

"활어."

윤실장이 무슨 말이냐는 듯 룸 미러를 흘깃 보았다.

"자네가 몰던 트럭 뒤에 큼직하게 쓰여 있던 그 글귀."

잠시 기억을 더듬던 윤실장이 그 글귀를 대신 읊조렸다.

"활어가 타고 있습니다. 위급시 활어 먼저 구해주세요."

"자네도 기억하는군. 그 순간이야말로 '위급시'가 아니었겠는가."

"그게 저를 운전기사로 채용한 이유입니까?"

"활어를 구해달라고 하지 않았나."

윤실장은 잠시 침묵했다가 다시 물었다.

"위험한 상황에서도 활어를 챙길 만큼 맡은 일에 최선을 다한다고 느껴서입니까?"

김회장의 입가에 조소가 어렸다. 윤실장이 룸 미러로 그 표정을 놓치지 않았다.

"내게는 자네가 제일 큰 활어였네. 펄떡이며 살아 있는 젊은 활어. 그 시절 나는 운전중에도 업무를 봐야 할 정도로 바빴네. 운전기사가 있었다면 그날 사고도 안 났을 거야. 그러니 호혜가 아닌가."

그날 김회장은 블랙 아이스를 밟았고, 윤실장은 수송차의 운전석에서 반쯤 졸면서 차선을 오락가락하고 있었다. 밤새 활어를 실어나르는 데 따르는 필연적인 피로였다. 우연한 상황들이 겹쳐 사고가 일어났다.

"그 활어들은 다 어떻게 되었는가? 트럭에 실려 있던 진짜 활어 말일세."

이번에는 윤실장이 가소롭다는 듯 비웃음을 흘렸다.

"활어의 안위가 이제 와서 궁금해지셨습니까? 다 죽였습니다, 제가. 회칼로 조져버렸지요. 회라도 떠서 한 점 드릴 걸 그랬습니다."

김회장은 기가 찼다. 요즘 벌어지는 일련의 사건들을 하나도 이해할 수가 없었다. 유한과 유영에 이어 윤실장까지, 무언가 단단히 잘못되고 있었다.

"자네, 미쳤나?"

김회장의 호통에도 아랑곳없이 윤실장은 계속 말을 이었다.

"말이 나왔으니 알려드리죠. 그 트럭에 있던 문구는 내가 쓴 게 아닙니다. 트럭 주인이 붙여놓은 거지. 그 늙은이는 제 아들이 운전을 해도 그런 글을 써붙였을까? 나는 생선만도 못한 취급을 받으며 밤새도록 운전을 했지요. 사고가 나서 전화를 했더니 제일 먼저 활어는 어찌되었냐 묻더군요. 참으로 한결같은 노인네…… 김회장 당신은 좀 다를 줄 알았지. 허나 지 새끼 귀한 것만 아는 건 똑같더군. 내 아내가 젊은 나이에 비명횡사하면서 가슴에 꼭 끌어안고 있던 게 뭐였는지 아십니까? 김유영이 장난감 자동차. 당신이 차에 놓고 내리는 바람에, 세차할 때 내가 빼놓은 걸 깜빡 잊은 거지. 아내에게 가져오라고 했더니 어찌나 급하게 나왔던지 신발도 짝짝이로 신고 왔습디다. 그깟 장난감이 뭐 그리 대수라고 횡단보도 한복판에서 쓰러지면서도 그걸 놓지 않아서 상자 귀퉁이도 찌그러진 데 없이 멀쩡하더군. 불쌍한 우리 집사람만 머리가 터져 죽었지."

"그건 사고였네! 불의의 사고. 잘못한 사람이 있다면 빨간불에 차를 멈추지 않은 운전자겠지!"

"맞습니다. 사고. 김회장 당신도 곧 사고사로 운명을 달리하게 될 거요."

"이런 미친놈! 당장 차 돌리지 못해!"

마침내 김회장이 평정을 잃고 고함을 쳤다. 괘씸해 죽을 것 같다는 태도였다. 김회장의 호통에 윤실장은 순간적으로 움찔했다. 그러나 차를 돌리거나 멈추지는 않았다. 주변은 온통 억새밭이었고 지나가는 개 한 마리도 보이지 않았다.

"목소리를 낮추세요, 회장님. "

윤실장이 이렇게 말하며 거칠게 핸들을 꺾었다. 마이바흐가 갈대숲의 한가운데로 돌진해 들어갔다.

"차 세우라고 이 새끼야!"

윤실장은 돌발적으로 차를 멈추고 재빠르게 내렸다. 김회장도 급하게 몸을 움직였지만 생각보다 몸이 굼떴다. 뒷좌석 문을 열기가 무섭게 윤실장이 김회장을 끌어내 바닥으로 떠밀었다. 머리통에 불이 붙는 것 같았다. 육체의 통증을 잊게 할 만큼의 모멸감이 차올랐다. 저 비루한 것이 감히 나를!

억새풀이 김회장의 얼굴을 찔렀다. 억새가 이렇게 따가운 것이었나. 바늘 다발이 박힌 것처럼 욱신거렸다. 윤실장이 주머니에서 구겨진 종이 한 장을 꺼내 김회장의 얼굴로 던졌다.

“당신이 얼마나 간교한 사람인 줄 잊고 있었지. 이렇게 또 미끼를 덥석 물고 말았으니. 종이 쪼가리로 나를 유인한 건 당신이잖아. 김회장, 다 자업자득인 줄 아시오.”

김회장이 흐허허, 하는 괴상한 웃음소리를 냈다.

“네놈이었구나. 우리 유영이를 그렇게 만든 것도 너냐?”

“아, 우리 도련님? 아니, 이제 고명따님이라고 불러드려야 하나? 지 애비를 닮아서 고집이 장난이 아니더군. 그래도 당신처럼 닮고 닮지는 않아서 순진한 구석이 있어. 아빠를 배신하지 말라고 나에게 사정을 하더라고. 순순히 내 말을 들었으면 저 꼴이 되지는 않았을 텐데.”

김회장이 아등바등 일어나 기어이 윤실장에게 덤벼들었다. 윤실장보다 나이는 훨씬 많았지만 비쩍 마른 그보다 체격은 더 좋았다. 윤실장도 지지 않고 김회장을 막아냈다. 세상이 미쳐 돌아가더니 윤실장마저 이 지경이 되었구나. 김회장은 잔뜩 악에 받쳐 아픈 것도 느끼지 못했다.

"첫번째 단어를 내놔."

윤실장이 김회장의 멱살을 휘어잡고 말했다. 그 와중에 김회장의 머릿속이 빠르게 굴러가고 있었다. 신준희와 차인성은 몰라도 윤실장이라면 케이맨제도와 이란에 대해 알고 있었다. 회사의 어느 놈과 결탁해먹었을까. 회계팀의 최부장인가, 기획실 조상무일까. 윤실장 혼자서는 그림도 못 그렸을 일이다. 아마도 머리를 쓰는 놈은 따로 있고, 윤실장에게는 이런 일을 시켰겠지. 이를테면 나를 염탐하는 일 따위.

"첫번째 단어라고? 네놈이 이미 훔쳐간 그 단어 말이냐?"

김회장이 목덜미에 붙은 윤실장의 손을 떼어내려고 애쓰면서 키득키득 웃었다.

"그래, 훔쳤지. 아무것도 안 쓰인 종이 쪼가리를. 신줏단지 모시듯 금고에 넣어둔 이유가 뭐냐?"

"바, 박기진이……"

김회장이 컥컥대며 말을 잇지 못하자 윤실장이 아귀의 힘을 조금 풀었다.

"박기진이라는 자가 유영이한테서 단어를 훔쳤더군. 자네가 그놈을 어떻게 구워삶았는지 몰라도 한패라는 게 분명해졌군. 열 개를 가졌든, 한 개를 가졌든 마지막 하나를 모르면 무용지물이지. 세상이 참 불공평하지 않은가? 결국엔 마지막 하나를 쥔 놈이 다 갖게 되어 있어."

윤실장이 김회장의 목덜미를 쥔 손에 다시 힘을 주었다.

"그만 나불대고 단어를 불어. 그러면, 그러면……"

김회장이 희번덕거리며 윤실장을 노려보았다. 윤실장이 김회장의 몸을 확 밀쳐내며 바닥으로 떠밀었다.

"최부장과 조상무가 당신이 비자금 조성한 증거를 모조리 가지고 있어. 늘그막에 콩밥 드시고 싶지 않으면 조용히 처리합시다. 원한다면 1할 정도는 유영이 몫으로 남겨드리지. 더이상은 안 돼."

김상진 회장은 어처구니가 없다는 듯 웃음을 터뜨렸다.

"유영이한테도 이런 식으로 협박했나? 아이가 넘어가지 않으니까 그 지경을 만든 거로군. 이런 빌어먹을 놈, 금수만도 못한 놈, 네가 인간이냐!"

김회장이 악다구니를 쓰며 윤실장의 다리에 들러붙었다. 학꽁치 한 마리를 아작아작 씹어 먹던 힘으로 윤실장의 발목을 콱 깨물었다.

"아악!"

억새밭에 비명이 울려퍼졌다. 윤실장이 물리지 않은 발로 김회장의 머리에 발길질을 해대곤 양복 안주머니에서 은빛으로 번뜩이는 회칼을 꺼냈다. 김회장은 눈이 시리게 빛나는 억새풀 사이로 쓰러졌다. 백내장 수술을 하지 못하고 죽는 건가. 내가 왜 윤실장을 믿었던가. 사람을 믿으면 안 되는데. 맞다, 윤실장은 활어였지. 사람이 아니었는데……

희미해져가는 의식의 끝자락쯤에서 김회장은 유영의 면회 시간 이십 분이 끝나버렸다는 것을 아쉬워했다.

준희와 인성을 태운 윈디는 광막한 도로 위를 달려나갔다. 주변이 휑해질수록, 준희의 마음은 초조해졌다. 시야에 누런 억새밭이 들어왔다. 고개를 꺾은 억새들이 잡풀처럼 무성했다. 앱에 찍혀 있는 좌표가 가까워지자 준희는 속도를 낮췄다. 인성이 눈으로 위치를 더듬다가 저기요! 하고 외쳤다. 쓰러진 억새들 틈에서 마이바흐의 검정 루프가 눈에 띄었다. 준희는 비상등을 켜고 갓길에 윈디를 정차했다. 인성은 차에서 내리자마자 전력을 다해 마이바흐를 향해 달렸다. 무슨 일이 일어났는지 알 수 없었지만 본능적으로 몸이 움직였다. 준희도 몸에 감겨오는 억새들을 양손으로 쳐내면서 인성의 뒤를 좇았다. 그때 앞쪽에서 사람의 형상이 솟아오르더니 마이바흐 운전석으로 재빠르게 오르는 게 보였다. 차문이 닫히기 직전, 인성이 그의 뒷덜미를 붙잡았다.

"윤실장님!"

윤실장이 거칠게 인성을 밀어냈고 두 사람이 몸싸움을 벌였다. 뒤따르던 준희가 바닥에 쓰러져 있는 김회장을 발견하고 외마디 비명을 질렀다. 누르스름한 억새밭에 붉은 피가 흩뿌려져 있었다. 준희가 119 구조대를 부르는 사이 윤실장이 인성을 밀쳐내고 도로 쪽으로 달아나기 시작했다. 억새밭을 가까스로 벗어나 도로로 올라서는 순간, 퍽 하는 소리와 함께 윤실장의 몸이 공중으로 솟았다. 끼이이이익, 바퀴가 노면과의 마찰을 견디지 못해 내지르는 비명이 멀리까지 울렸다. 유경위가 보낸 경찰차가 갑자기 도로에 뛰어든 윤실장을 치는 소리였다. 윤실장을 뒤쫓던 인성은 돌처럼 굳어버렸고, 준희는 구급차가 필요한 사람이 두 명이라고 고쳐 말했다. 칼에 찔린 사람과, 차에 치인 사람.

준희가 그 말을 전하기 무섭게 도로 위에 소리 없이 등장한 싼타페, '서울군내고속도로'라고 래핑된 차가 바닥을 데굴데굴 구르는 윤실장을 싣고 홀연히 사라져버렸다. 싼타페에서 내린 최부장이 윤실장을 들쳐 메고 차안에 밀어넣는 모습은 현실감이 없었다. 준희는 운전대를 잡은 조상무와 얼핏 눈이 마주친 것 같았다.

"급합니다. 급하다고요. 빨리 와주세요."

준희는 이렇게 내뱉고 억새밭에 주저앉았다. 바닥은 차고 따가웠다. 늦여름의 열기가 물러난 자리에 가을이 치닫고 있었다.

거래

"윤철중 실장에게 연락이 온 것은 지난봄이었습니다."

경찰 조사를 마치고 나온 기진은 이렇게 운을 뗐다. 코르사정비소 고객휴게실에는 준희와 인성, 기진이 마주앉아 있었다. 지난봄이면 불과 몇 개월 전인데 기진은 오래전 일을 더듬듯 시선을 먼 곳에 두었다. 당시 김상진 회장의 심복이었던 윤철중 실장은 기획실 조강희 상무, 회계팀의 최정 부장과 공모하여 김회장의 검은돈을 가로챌 방법을 찾고 있었다.

"조상무와 최부장이 먼저 손잡고 윤실장을 끌어들였다고 보는 게 맞을 겁니다. 윤실장은 김회장이 믿는 사람이었고 최측근이었으니까요. 김회장이 검은돈을 조성하는 과정에 조상무와 최부장이 상당 부분 관여했습니다. 이란의 건설 회사가 페이퍼 컴퍼니라는 걸 눈치챈 그들은 언제든 일이 잘못되면 김회장이 자신들에게 뒤집어씌울 것을 염려했어요. 물론 이백억이라는 거액이 탐나기도 했겠지요. 어떤 술책으로 협작을 부렸든 윤실장도 돈에 눈이 멀었던 거죠."

김회장이 유영에게 시드 문구를 맡겼다는 사실을 빠르게 간파한 그들은 행동에 나섰다. 공모자 세 사람은 유영으로부터 시드 문구를 알아낼 모책으로 박기진을 선택했다. 그즈음 유영과 가장 가까이 지내는 사람이 그였고, 두 사람이 연인이라는 소문도 있었다. 박기진을 돈으로 유인할지 아니면 유영을 아끼는 마음으로 이용할지는 그를 만나보고 결정하기로 했다. 결과적으로 박기진은 그 둘 다에 넘어갔다. 그들은 적절한 협박과 솔깃한 보상을 제시했다.

"유영에게 도움이 되는 일이라고 생각했습니다. 그 사람들은 여차하면 유영을 죽일 수도 있었어요. 이미 해외에 도피처까지 마련해둔 사람들이었죠."

준희는 박기진의 궁색한 변명을 듣고 있기가 힘들었지만, 사건의 내막을 알기 위해 인내했다.

"그래서 유영이를 유인해 윤실장에게 넘겼나요?"

"넘기다니요. 그런 말씀은 참을 수 없습니다."

기진이 발끈했다.

"저는 가능하면 유영이 모르게 이 일을 처리하고 싶었습니다."

"유영이 돈을 가로채는 일이니 당연히 그러셨겠지요."

준희가 삐딱한 자세로 기진을 노려보았다.

"거, 일단 박기진씨 말을 끝까지 들어봅시다."

인성이 중재에 나섰다.

"엄밀히 말하면 유영의 돈은 아니지요. 김회장이 착복한 공금이니까요. 유영이는 그 계좌에 그런 돈이 들어 있는지도 몰랐어요. 유영이가 저렇게 된 데는 김회장의 책임도 있습니다."

이 말에는 준희도 반박하지 않았다. 박기진이 말을 이었다.

"윤실장은 저에게 시드 문구 열한 개를 찾아오라고 했습니다. 제가 가져오지 않으면 직접 유영에게 접근하겠다고 했어요."

"유영이를 보호하기 위해 그랬다? 그 대가로 무엇을 약속 받았나요?"

"계좌에 있는 돈의 10퍼센트를 주겠다고 했습니다."

박기진이 고개를 떨궜다.

"고작 10퍼센트? 시드 문구 열두 개 중에 열한 개를 가져다주면 적어도 50퍼센트는 받아내야지."

인성이 눈치 없이 끼어들었다.

"어차피 시드 문구를 전부 알아도 암호 화폐를 현금화할 수 있는 건 그 사람들이니까요. 문제는 제가 찾아낸 건 아시다시피 열한 개가 아니라 다섯 개뿐이라는 것이었습니다."

"나머지를 알아내기 위해 윤실장이 직접 유영이와 접촉한 거군요. 그날 롤링 레이싱 일정은 박기진씨가 제공했을 테고."

준희가 힐난조로 말했지만 기진은 담담하게 말을 이어갔다.

"아닙니다. 오히려 윤실장이 저에게 롤링 레이싱이 벌어질 거라고 알려주었어요. 유한이 친구들과 통화하는 것을 들었다고 했습니다. 그래서 저도 취재 계획을 세운 거고요. 제가 왜 유영이를 위험에 처하게 하겠습니까? 믿지 않으시겠지만, 저는 유영이를 좋아했습니다. 유영이도 저를 좋아했는지는 모르겠습니다. 그런 말을 한 적이 없었으니까요. 어쨌거나 유영이는 끝내 윤실장에게 단어를 넘기지 않았고, 오히려 아버지를 배신하지 말라고 부탁했습니다. 그 아이는 너무 순진해요. 세상 물정을 모릅니다. 평생 아버지가 사람을 믿지 못하는 것을 안타까워했고, 세상에 믿을 만한 사람도 있다는 걸 증명하고 싶어했습니다. 윤실장이 자기를 해칠 수 있다는 사실조차 몰랐던 것 같습니다."

"그래서 유영이를 저렇게……"

준희는 괴로운 듯 말을 잇지 못했다.

"목문교에서 밀어서 떨어뜨렸다고 했습니다. 유한에게 덮어씌우려고 했던 거죠."

"유한이 봤다는 불사조는 유영이 맞았군요."

붉은 카디건을 입고 추락하는 유영이가 유한의 눈에는 그렇게 보였던 것이다. 기진이 말을 이었다.

"저는 그것도 모르고 약속한 시간에 유영이가 나타나지 않자 일단 혼자 취재를 준비했습니다. 그런데 취재 장소에서 회차하는 페라리와 맥라렌을 보았습니다. 레이싱이 아니라 그냥 드라이브였습니다. 레이싱이 취소되었다고 생각해서 저는 그대로 철수했습니다. 아벤은 보지 못했어요."

"그리고 집에 돌아가서 병원의 연락을 받은 거군요."

인성이 묻자 기진이 고개를 끄덕였다. 준희가 한참 만에 입을 열었다.

"첫 단어는 김회장의 금고에서 훔친다고 해도, 유영이를 죽이면 나머지 단어의 행방은 끝내 알 수가 없을 텐데, 왜 그랬답니까?"

"속셈을 들켰으니 가만둘 수 없었겠죠. 사실 롤링 레이싱 취재를 준비하다가 윤실장의 전화를 받았습니다. 윤실장이 김회장에게 첫번째 단어를, 제가 유영에게 나머지 단어를 알아내기로 약속한 상황이었는데, 일이 지체되자 윤실장이 저를 다그쳤습니다. 자신이 직접 유영이를 만나 협박을 해서라도 알아내겠다고 하더군요. 그래서 제가 거짓말을 해버렸습니다. 나머지 단어들도 다 찾았다고요. 첫 단어를 알아내면 알려주겠다고 했습니다. 협상할 카드를 만들어서 시간을 벌 생각이었습니다."

"윤실장에게 유영은 용도를 다한 셈이었군요. 그래서 그는 첫번째 단어를 알아냈나요?"

"윤실장이 김회장의 금고를 훔쳤지만 빈 종이만 나왔습니다. 아무것도 적혀 있지 않았어요. 제가 경찰에 잡혀가는 바람에 저들은 마음이 급해졌겠지요. 김회장에게 린치를 가해서라도 단어를 알아내려고 한 것 같습니다."

아무것도 적혀 있지 않은 종이. 준희는 그 한 단어가 뭔지 알 것도 같았다. 하지만 일단은 입 밖에 내어서 좋을 게 없다고 판단했다. 어릴 때부터 따랐던 윤실장에게 유영이 그런 일을 당했다는 건 충격이었지만, 어쩌면 박기진이 아니라서 다행이라는 생각도 들었다. '천사의 웃음'을 들려주겠다던 유영의 밝은 목소리가 내내 맴돌았기 때문이다. 박기진의 실체를 알게 되면 유영이 받을 충격은 상상하기 힘들었다. 차고에서의 폭행 건은 준희가 처벌 불원서를 제출하는 걸로 마무리됐지만, 김회장의 비밀 계좌를 유영 몰래 훔치려 했다는 점은 용서하기 힘들었다. 박기진이 평소에 보여주는 침착한 태도와 급작스러운 광기의 간극은 너무나 컸다.

"박기진씨는 돈을 받으면 뭘 하려고 했습니까?"

인성이 기진을 향해 물었다. 기진은 머뭇거리지 않고 답했다. 하이퍼카를 한 대 사고 싶었다고. 준희가 그럼 그렇지, 하는 표정으로 기진을 노려보았다. 인성은 하마터면 고개를 끄덕일 뻔했다. 기진의 마음을 이해해주면 안 될 것 같은데, 얼마간 알 것도 같았기 때문이었다.

인성도 김회장이 백억의 보수를 제안했을 때 제일 먼저 떠오른 장면은 고성능 자동차들이 전시된 넓은 매장이었다. 그러고도 돈이 좀 남으면, 그때는 평생의 로망인 스포츠카를 한 대 사서 아들을 태우고 원 없이 달려보고 싶었다. 조금 무리하면 지금도 살 수는 있었지만, 인성은 무리하지 않아도 가질 수 있는 상태를 바랐다. 연인과 당장 결혼하기보다는 좋은 환경을 만들어 모셔오고 싶은 마음 같았다. 그래서 내가 애인도, 스포츠카도 없나 하는 생각이 들긴 했다.

기진은 돌아가기 전에 자상을 입은 김회장의 상태를 물었다. 김회장은 응급수술을 받고 입원중이었다. 칼날이 어깨에 박히며 뼈를 으스러뜨렸지만 생명에는 지장이 없다고 했다. 죽일 의도는 없었을 거라고 유경위는 추정했다. 윤실장의 회칼은 마지막 단어를 알아내기 위한 협박 수단이었을 것이다. 윤실장을 관용차에 실어간 조상무와 최부장은 그 시각 이후 행방이 묘연했다. 그들이 사라진 지 이십팔 시간이 지났지만, 경찰차에 치인 윤실장의 상태도 알 길이 없었다.

"윤실장 쪽에서 연락이 오면 꼭 경찰에 알려주세요. 부탁드려요."

단어의 행방을 알기 위해서라도 그들은 기진에게 연락해올 것이다. 그게 없다면 지금까지의 역적모의는 허사로 돌아가고, 해외 도피도 어려워진다. 범죄자로 평생을 감옥에서 썩지 않으려면 그들에게는 시드 문구가 반드시 필요했다. 준희는 그 점을 역용해 그들을 감옥에 처넣을 생각이었다. 박기진은 말없이 고개를 끄덕였다.

"자, 그럼 우리도 거래를 시작해볼까요?"

인성이 짧게 손뼉을 치며 화제를 돌렸다. 오늘 기진과 만난 진짜 목적은 따로 있었다. 기진에 대한 의혹을 완전히 놓아버리지 못했지만, 우선은 그를 협력자로 만들어야 했다. 준희가 가지고 있는 시드 문구와 기진의 것을 맞교환하자고 제안한 것이다. 기진이 제 발로 준희를 찾아오게 할 미끼이

기도 했다.

기진이 다섯 개의 시드 문구가 적힌 종이를 준희에게 건넸다. 준희가 그것을 받고 토미카에서 찾아낸 단어를 기진에게 넘겨주었다. 어차피 이 단어들은 함께 있을 때만 힘을 발했다. 김회장이 가진 첫 단어와 함께 이제 준희에게는 열한 개의 단어가 있었다. 마지막 한 단어가 유일한 키워드였다. 그것을 먼저 손에 넣는 사람이 이 게임의 승자였다.

기진이 돌아간 후 인성과 준희는 다음 손님을 기다렸다. 재판이 끝나고 일상으로 돌아온 유한이었다. 변호사는 무죄를 주장했지만, 유한은 벌금형을 받았다. 재판부는 사고가 난 곳이 고속도로여서 사람의 통행 가능성을 예견하기 어렵지만, 자동차에 충격이 가해졌는데도 현장을 살피지 않고 달아났다는 이유로 벌금 오백만원을 선고했다. 변호인은 하늘에서 떨어진 게 사람인 줄은 꿈에도 몰랐다고 항변했지만 재판 과정에서 유한이 불사조 어쩌고 하며 횡설수설하는 바람에 궁지에 몰렸다. 미개통 도로를 무법으로 달린 점도 어쩔 수 없이 드러났다. 유한이 경찰서를 찾아가 자수했다는 점은 참작되었다.

벌금 오백만원은 김회장 입장에서는 하룻밤 술값으로도

쓸 수 있는 돈이었다. 그러나 유한에게는 전과 기록이 남았고, 유영을 구조하지 않은 죄책감은 평생 지고 가야 할 짐이 되었다. 준희는 이 일을 계기로 유한이 예전과는 다른 사람이 되기를, 조금은 성장하기를 바랄 뿐이었다.

검정 볼캡을 쓴 유한이 정비소 앞마당으로 터벅터벅 걸어 들어왔다. 볼캡에는 인성의 것과 비슷하게 휘황찬란한 비즈 장식이 닥지닥지 붙어 있었다.

"저거 내가 직접 찡 박아 선물한 거예요."

인성이 자랑스러운 듯 준희를 돌아보며 말했다. 역시 인물이 훤하니까 잘 어울린다며 너스레도 떨었다. 인물보다는 모자가 확실히 훤했다. 인성의 흰색 볼캡과 유한의 검정 볼캡이 경쟁적으로 번쩍거렸다.

"재판 받느라 고생했다."

준희의 말은 진심이었다. 사실 고생은 유한보다는 변호사들이, 그리고 진짜 고생은 유영이 하고 있었지만, 유한도 마음고생은 했을 터였다.

"감사합니다. 누나."

유한이 예의바른 남동생처럼 대답했다. 수척해진 얼굴이었다.

"건아, 아벤 키 가져와."

준희가 작업장 워크베이를 향해 외치자, 건이 차 키를 들고 건너왔다. 주인 잘못 만난 탓에 경찰 조사를 받고 돌아온 아벤은 준희의 손을 거쳐 말끔히 수리된 상태였다.

"회장님이 당분간 아벤을 맡아두라고 하셨어. 너에게 넘기는 건 고양이에게 생선을 맡기는 격이겠지?"

유영과 닮은 유한의 긴 속눈썹이 파르르 떨렸다.

"그런데 나는 너에게 기회를 한번 더 주고 싶어."

이 말에 유한의 얼굴에 기대감이 차올랐다. 어떤 처분이든 달게 받겠다는 표정이었다. 판사 앞에서도 저런 표정을 지었을 테지.

"대신 조건이 있어. 서킷에서 나를 이겨봐."

"네?"

허튼 소리를 하지 않는 준희가 서킷에서의 경주를 제안하자 유한은 당황했다. 람보르기니 아벤타도르S와 포르셰 GT2 RS로 레이싱 트랙에서 겨뤄보자는 얘기였다. 인성이 주먹으로 유한의 어깨를 가볍게 쳤다.

"내일모레 인제스피디움 예약해놨다. 세션을 통으로 빌렸어. 이 형이 거기 매니저랑 막역한 사이거든."

인성이 어깨를 으쓱했다. 전국 어디든 자동차와 관련된 일이라면 인성의 오지랖이 뻗치지 않은 데가 없었다. 이 상황에서 가장 신이 난 건 건이었다.

"내일 출발한다면서요? 저 짐 다 싸놨어요."

이미 세 사람이 작전을 짜놓고 유한에게 통보하는 식이었다.

"아벤과 원디는 라프캐리어 직원이 세이프티로더에 싣고 갈 거야. 우리 세 사람은 차인성씨의 랜드로버를 함께 타고 가자."

유한은 결투 신청을 받은 기사처럼 비장한 얼굴이 되었다. 운전은 자신 있었고, 자신의 경주마는 백전백승의 준마였다. 준희의 원디는 만만치 않은 상대였지만, 거절할 이유가 없는 승부였다. 아벤은 워크베이에서 완전무장한 장수처럼 용맹한 눈을 치켜뜨고 있었다.

이기는 법

서킷은 거대한 뫼비우스의 띠를 여러 개 연결한 것처럼 보였다. 환형의 레이싱 트랙은 강원도의 산악 지형을 그대로 살려 내리막 경사가 심했고 역동적인 드라이빙이 가능했다. 유한의 심장은 서킷 위를 날뛰고 있었다. 아벤의 속도계가 이미 절정을 향해 치솟는 느낌이었다.

"대장, 우리 2인 1조로 같이 타고 경주하면 안 돼요?"

건은 인제까지 오는 내내 그 소리였다. 결국 준희가 명쾌하게 건의 입을 막았다.

"내 차 로고가 왜 스티커로 돼 있는 줄 아니?"

"무게를 줄이려고요."

건이 시무룩하게 대답했다. GT2 RS는 지붕을 마그네슘으로, 머플러는 티타늄으로 제작하고 로고를 스티커로 만들어 붙일 정도로 무게를 줄이는 데 최선의 노력을 다한 차였다. 탄소 섬유로 제작된 거대한 스포일러는 다운 포스*를 늘려주어 고속 주행의 안정감을 높였고, 앞 범퍼 하단에는 앞쪽이 뜨는 것을 막아주는 스플리터가 붙어 있었다. 한마디로 레이싱에 특화된 차였다.

인성도 이 스릴 넘치는 서킷을 보니 챔피언 매치에서 밀려나 벤치 신세가 된 심정이었다. 질주 본능으로 들끓는 람보르기니와 정밀한 기술력으로 무장한 포르셰의 대결을 직관하는 것으로 만족해야 했다.

새벽길을 달려 인제에 도착한 일행은 콘도에 짐을 풀어놓고 접수처로 향했다. 스포츠 주행을 위해서는 라이선스를 발급받아야 했는데, 이론교육이 진행되는 동안 유한의 눈꺼풀이 3초마다 닫히더니 나중에는 대놓고 하품을 해댔다. 시험 주행을 할 때만큼은 디즈니랜드에 놀러온 아이처럼 두 눈을 반짝반짝 빛냈다.

라이선스를 발급받은 준희와 유한이 서킷으로 입장했다. 헬멧과 장갑을 갖춰 입은 두 사람은 전문 레이서처럼 보였

* 모터스포츠에서 공기저항을 이용해 차량을 바닥으로 눌러 접지력을 확보해주는 힘.

다. 네 사람은 서킷을 배경으로 기념사진을 찍었다.

유한과 준희는 각자 차량에 올라 스타팅 그리드에 대기했다.

엔진 ON.

잠들었던 두 마리의 맹수가 동시에 눈을 번쩍 치떴다. 사나운 시동음이 서킷 위로 뿜어져나왔다. 선전포고를 하듯 아벤과 윈디는 서로를 향해 으르렁댔다.

“고막 터지겠군.”

관중석에서 인성과 건이 얼얼해진 귀를 감쌌다. 차 안에서 헬멧을 쓰고 있는 준희와 유한은 느끼지 못할 소리였다. 출발을 알리는 녹색등이 켜지면 두 사람은 동시에 액셀러레이터를 밟을 것이었다.

“넌 어디에 걸래?”

인성이 반쯤 얼이 빠져 있는 건에게 외쳤다.

“무조건 우리 대장이죠.”

“그래? 그럼 난 유한에게 걸게. 아니, 람보르기니에.”

“정말요?”

건이 믿지 못하겠다는 듯 눈을 끔뻑거렸다.

“넌 사람에 걸었고, 난 차에 걸었다.”

“십만원 빵?”

"콜!"

3, 2, 1. 녹색 점등.

출발 신호가 떨어지기 무섭게 유한의 아벤타도르가 튕겨 나갔다. 찰나의 지체도 없었다. 윈디는 터보랙이 거의 없는 차였지만, '거의 없는' 것과 '없는' 것은 달랐다. 본능적인 반응을 보이는 자연 흡기 차량 앞에서는 '거의'도 단점일 뿐이었다.

아벤의 뒤를 이어 윈디가 총구에서 뿜어진 총알처럼 솟구쳤다. 놀랍도록 예민한 감응이었다. 거침없는 질주가 시작됐다.

서킷의 총길이 3,908킬로미터, 메인 직선 구간 640미터. 초반부터 아벤은 윈디를 제치고 선두에 섰다. 아벤의 폭발적인 질주는 경이로웠다. 인성은 슬그머니 주먹을 쥐었다. 공도에서 달리는 것만 보다가 레이싱 트랙에서의 전력 질주를 보자, 어째서 람보르기니를 오로지 달리기 위한 차라고 하는지 알 것 같았다.

곧게 뻗은 길은 순식간에 끝났다. 이 구간을 지나면 급격한 하강과 커브가 펼쳐졌고, 속력을 줄이면서 횡가속도를 통제해야 했다. 아벤은 내리막을 향해 쏟아졌고 도로의 곡선을 따라 저돌적인 드래프트를 시작했다.

"아, 눈 뜨고 못 보겠어요."

건이 발을 동동 굴렀다. 인성은 언제부턴가 숨을 참고 있었다. 코너링이 시작되자 경기는 과열되었다.

"자자, 관전 포인트는 지금부터야."

인성이 쌍안경을 꺼내들었다. 아벤은 백상아리처럼 꼬리를 틀어가며 커브를 헤쳐 나갔다. 금방이라도 선 밖으로 튕겨날 듯 아슬아슬했다. 반면 윈디는 이 도로의 곡률에 맞춰 정확히 세팅된 것처럼 움직였다. 급격한 커브에서 초고속으로 달리면서도 궤도를 벗어나지 않았다. 엔진이 윈디의 심장이라면 준희는 윈디의 두뇌였다.

이 서킷에는 우측 열한 개와 좌측 여덟 개, 총 열아홉 개의 코너 구간이 있었다. 이 구간을 어떻게 운영하느냐가 승패의 관건이었다. 윈디는 핸들링을 최소화하고 원심력을 줄인 상태로 아웃-인-아웃 라인을 따라 코너를 돌았다. 아벤이 거칠게 드래프트를 하는 와중에 윈디는 철저히 계산된 드라이빙으로 거리를 좁혀가기 시작했다.

"이미 답이 나온 것 같다."

인성이 쌍안경을 무릎에 내려놓으며 말했다.

"뭔데요?"

건이 쌍안경을 들어 눈에 댔다. 마지막 코너를 앞두고 두 차가 박빙의 승부를 펼치는 중이었다. 여전히 아벤이 앞서 있었다.

"오, 이대로 아벤의 승리인가요?"

"십만원 할부 되냐?"

인성이 양손을 쓱쓱 비비며 말했다.

"왜요? 아벤이 이기고 있는데?"

"게임 끝이야. 유한은 아벤을 끌고 가지만 신박사는 윈디를 업고 간다. 윈디는 아벤을 따라잡으려고 달리는 게 아니야. 그냥 제 갈 길을 자기 페이스로 가고 있어."

"오, 말씀드리는 순간 윈디가, 윈디가!"

건이 요란 법석을 떨자 인성이 건의 손에서 쌍안경을 낚아챘다.

"어, 어어!"

군더더기 없이 날렵한 동작으로 윈디가 아벤을 제쳤다. 다시 직선 코스, 탄력을 받은 윈디는 서슴없이 돌진했다. 풀 스로틀, 엔진 출력 최대. 윈디는 이 순간을 위해 전력을 아껴둔 것처럼 모든 성능을 폭발적으로 끌어올렸다. 아벤이 필사적으로 뒤쫓았지만 윈디가 정밀한 핸들링으로 아벤을 블로킹했다. 윈디는 그 여세로 결승선을 지나쳤다.

"와! 대장 승!"

건이 양손을 쳐들며 벌떡 일어났다.

종착점을 지난 윈디는 제동을 시작했고 순간적으로 멈췄다. 인성은 제 심장이 앞으로 튕겨 나가는 줄 알았다. 몸은 아직 달리는 느낌이었다.

“저런 게 진정한 브레이크지.”

인성이 찬탄을 쏟아냈다. 건은 감탄사도 내뱉지 못할 만큼 넋이 나가 있었다. 간발의 차로 결승선을 지난 아벤은 포르셰보다 정확히 한 뼘 더 가서 멈춰 섰다. 두 자동차는 그대로 한참을 씩씩거렸다. 두 차량이 지나간 궤적을 따라 열기가 폭발할 듯 서킷을 뜨겁게 달궜다.

리조트의 콘도 객실에서는 스피디움의 야경이 내려다보였다. 트랙은 언제 뜨거웠냐는 듯 어둠에 잠겨 식어갔다. 아직 레이싱의 여운이 가시지 않은 네 사람은 네 개의 맥주잔을 허공에서 맞부딪쳤다. 건이 장황하게 직관 평을 늘어놓는 동안 유한의 표정은 어두웠다.

“얀마, 인상 좀 펴. 그거 한 번 졌다고 인생 끝난 거 아니야.” 인성이 유한을 다독였다.

“직선 구간에서 과감한 러시 좋았어. 하지만 인생처럼 트랙도 직선만 있는 건 아니야. 굴곡을 얼마나 잘 헤쳐 나가는

지도 중요해."

준희의 칭찬에도 유한은 시무룩했다.

"어차피 이길 거라고 생각 못했어요. 그냥 아벤을 타고 원없이 달려보고 싶었을 뿐이에요."

"근데 표정이 왜 그래?"

유한은 잠시 뜸을 들이다가 대답했다.

"누나 생각이 나서요."

잠시 숙연한 기운이 감돌았다. 준희와 유한의 레이싱을 누구보다 즐겁게 관람했을 사람은 유영이었다. 유한이 너, 까불다가 큰코 다칠 줄 알았어, 하고 약올리는 유영의 목소리가 들려오는 것 같았다.

"누나가 나한테 레이싱을 본격적으로 배워보라고 했었거든요. 오늘 트랙을 돌아보니 아벤에게 미안하다는 생각이 들었어요. 그동안 이런 능력을 발휘도 못하고, 시내에서 헛 폼만 잡고 있었으니까."

준희가 말없이 동조했다. 마치 앞날을 내다보기라도 한 것처럼 유영은 엄마에게 운전을 배우게 했고, 유한에게는 레이싱을 권유했다. 유한이 스트레스를 푼답시고 일반 도로에서 람보르기니를 몰고 다니는 것 보다는 훨씬 안전한 선택이었다. 유한에게는 드라이빙 감각과 빠른 대처 능력 등 레이서로서의 자질도 있었다. 다만 약해 빠진 정신 상태와 감정 조절이 문제였는데, 전문 레이서들은 훈련을 거듭하는 과정에서 정신력이 단련되기도 했다.

"아벤 처음 시승할 때 유영이 누나가 옆자리에 탔었어요. '너 운전 좀 하네?' 그 말이 진짜 좋았는데."

이렇게 말하며 유한이 백팩을 열더니 무언가를 주섬주섬 꺼냈다. 텀블러만한 검정 플라스틱 통이었는데 뚜껑이 망가져 있었다.

"아벤 시승 기념으로 누나가 가져온 건데, 레이싱 도중에 튕겨 나가서 깨져버렸어요."

"아벤에 차량용 휴지통 놔둘 곳이 있나?"

인성은 컵 홀더 하나 없는 아벤의 내부를 떠올리며 물었다. 등받이가 뒤로 젖혀지지도 않는 차였다.

"누나가 기어노브 옆에 붙여줬어요. 나한테 우리 집안의 마지막 보물이라고 하면서 줬는데, 보물은커녕 쓰레기라고 쓰여 있더라고요."

trash

검정 휴지통의 뚜껑에 하얀 글씨로 그렇게 적혀 있었다.

"마지막 보물?"

준희와 인성이 동시에 외쳤다.

"왜 그렇게 놀라요? 하긴 나도 믿지는 않았어요. 보물은커녕 골칫덩어리겠죠."

"하…… 쓰레기였어."

인성은 맥이 탁 풀렸다. 그렇게 찾았던 마지막 단어가 쓰레기였다니.

"뭐라고요?"

유한이 어리둥절하게 물었지만 인성도 준희도 아무 대답을 못했다. 준희는 마지막 한 단어를 유한에게 준 유영의 마음을 헤아려보았다. 김상진 회장, 박기진, 그리고 준희, 마지막은 유한이었다. 유영은 네 사람이 한자리에 모이는 모습을 그려보았던 것일까. 마지막 단어를 찾아낸 건 분명 기뻐해야 할 일인데, 어쩐지 석연찮은 기분이 들었다.

열한 개의 단어가 완성된 이상 시간을 지체할 이유가 없었다. 다른 이들의 손에 넘어가기 전에 한시라도 빨리 금고를 확인해야 했다. 김회장과 조용히 통화를 마치고 돌아온 준희가 차인성에게 무언가 속삭였고, 인성이 서둘러 짐을 꾸리기 시작했다.

"우리는 급한 일이 생겨서 지금 나가. 너희 둘은 여기서 놀다가 내일 버스 타고 서울로 돌아가. 아벤과 윈디는 세이프티로더에 잘 실어 보내고."

준희는 이렇게 말하고 잽싸게 콘도를 나가버렸다. 인성이 뒤를 따랐다.

"진짜 2인조 수사팀이야, 뭐야?"

건이 두 사람의 뒷모습을 맥없이 바라보며 투덜거렸다. 여기서 우리 둘이 뭘 하라는 거야. 유한은 어색함을 숨기기 위해 애써 딴 곳을 보았다.

마지막 시드 문구

마지막 시드 문구, 'trash'.

유한으로부터 마지막 단어를 알아내어 마침내 열한 개의 시드 문구가 밝혀졌다. 이제 김회장이 가진 첫 단어와 조합하면 비밀 금고의 지도가 완성되는 셈이었다. 준희와 인성은 인제를 벗어나 김회장의 자택을 향해 달렸다.

"드디어 백억 문이 열린다 이거죠?"

랜드로버를 운전하는 인성이 흥분에 들떠 제한속도를 넘기고 있었다. 연신 과속 경고 알람이 울려 준희의 정신을 산만하게 했다.

"좀 천천히 가시죠. 밤길인데."

"이 상황에 천천히가 가능합니까?

준희의 만류에도 인성은 콧노래까지 불러가며 액셀을 힘차게 밟아댔다.

준희는 유영의 노트에 적혀 있던 다섯 개의 단어와 토미카가 그려낸 다섯 단어, 그리고 마지막 단어를 나란히 떠올려 보았다. 그것들은 함께 어울려 어떤 의미도 만들어내지 못하는 단어들의 모음일 뿐이었고, 그래서 어떤 의미라도 만들어낼 것 같았다.

두 사람이 김회장의 집에 도착했을 때는 자정에 가까운 시간이었다. 김회장의 아내가 한밤중에 찾아온 손님들을 달갑지 않게 맞았다. 유한의 사고에 이어 김회장의 칼부림 사건까지 겪은 그녀는 심신이 지쳐 보였다. 수술 후 부쩍 쇠약해진 김회장은 집에서 요양중이었다. 주치의는 김회장이 한동안 왼쪽 어깨와 팔을 자유롭게 움직이기 어려울 거라고 했다. 고령의 나이를 감안하면 시간이 지나도 완전히 회복할 수 있을지 미지수였다.

김회장의 아내가 준희와 인성을 서재로 안내했다. 잠시 후 어깨에 붕대를 동여맨 김회장이 실내복 차림으로 나타났다.

"마지막 단어가 유한이한테 있었다고?"

준희가 그렇다고 대답하자 김회장이 끄응 하는 신음소리를 내며 서랍에서 태블릿을 꺼내 준희에게 건넸다. 준희가 태블릿에 메타마스크 앱을 설치하는 모습을 인성은 마치 위대한 발명 현장을 참관하는 것처럼 긴장하며 지켜보았다.

잠시 후 메타마스크의 로고인 갈색 여우가 화면에 떠올랐다. 이 여우의 얼굴은 날카로운 면들의 조합으로 이루어진 아벤타도르와 닮아 있었다.

여우가 물었다. 새로 가입을 하시겠습니까? 기존의 지갑을 불러오시겠습니까?

준희가 후자를 선택하자 열두 개의 시드 문구를 입력하는 창이 열렸다. 그들이 찾아낸 시드 문구가 정확하다면 드디어 평생 만져보지 못한 돈이 드러날 순간이었다. 인성은 돼지꿈을 꾸고 나서 로또를 맞춰보는 기분이었다.

"회장님, 첫 단어를 주세요."

김회장의 입가가 실룩거렸다. 인성은 김회장의 입에서 '열려라, 참깨'가 터져나오길 기다렸다.

"nothing."

마침내 김회장이 첫 단어를 뱉었다. 아무것도 적혀 있지 않은 종이 한 장의 의미였다.

"'nothing'으로 시작해서 'trash'로 끝나는 조합이었네요."

단어들이 무작위로 설정되었다고 하기엔 교묘한 느낌이

들었다. 준희는 시드 문구의 첫 입력창에 'nothing'이라고 적고, 나머지 단어들을 김회장이 알려주는 순서대로 타이핑했다. 마지막 단어인 'trash'까지 입력을 마치고, 김회장에게 태블릿을 건넸다. 그가 두번째 손가락으로 키보드의 엔터키를 톡 건드렸다. 순간적으로 화면이 검어졌다 밝아졌다. 세 사람은 숨을 죽이고 화면을 주시했다.

어카운트가 열렸다. 두 개의 토큰이 리스트에 있었다. 이더리움과 테더. 테더코인은 미국 달러와 일대일로 연동되는 스테이블코인*이었다.

"찾았다!"

인성의 입에서 탄성이 터졌다. 동시에 김회장의 몸이 바닥으로 기우뚱했다. 인성이 재빨리 그의 허리를 붙들어 앉혔다. 김회장은 헛것을 본 것처럼 핏기가 빠진 얼굴로 중얼거렸다.

"없어."

"없다니요? 여기……"

인성이 손가락으로 코인 리스트를 가리켰고, 그 순간 보였다. 두 코인 모두 잔고가 0이었다.

---

* 법정화폐로 표시한 코인의 가격이 거의 변동하지 않고 안정된 암호 화폐.

0 ETH

0 USDT

분명했다. 텅 빈 깡통 계좌였다.

"아니, 신박사님. 이게 지금 어떻게 된 거예요? 다른 어카운트 없어요? 뭐라도 좀 눌러서 확인을 해봐요."

셋 중 제정신인 사람은 준희뿐인 듯했다. 준희는 코인명을 클릭해 최근 거래된 내역을 확인했다. 15,163,002.27USDT가 다른 어카운트로 흘러들어간 내역이 있었다. 이백억에 달하는 금액이었다. 이체 날짜는 10월 1일, 어제였다. 하루 차이로 이백억이 날아간 것이다.

보물 금고로 가는 지도는 'nothing'으로 시작해서 'trash'로 끝나버렸고, 김회장이 일생에 걸쳐 착실하게 착복한 검은 돈은 줄 끊어진 연처럼 허공으로 사라졌다.

10월의 셋째 주 목요일, 유영이 사고를 당한 지 꼭 한 달 되는 날이었다. 나날이 기력이 빠져가던 김회장은 초가을 한기를 견디지 못해 몸살이 났다. 그의 아내는 이러다 초상을 치르는 게 아닐까 진지하게 걱정하기 시작했다.

그날 새벽 윤철중이 인천 잠진도의 한 선착장에서 변사체로 발견되었다. 그 소식을 들은 김회장은 침상에서 벌떡 일어나 아내의 기우를 날려버렸다. 그는 동해안 산지에서 직송되는 활어회를 주문해 그의 자부심인 튼튼한 치아로 우물우물 씹어 먹었다. 별안간 입맛이 돌아온 김회장은 괴상한 말을 내뱉어 아내를 기겁하게 만들었다.

"내가 회 떠먹으려고 활어부터 살렸다, 이 새끼야."

아내는 김회장이 드디어 실성했다고 믿었다.

윤철중이 죽자 유영의 사건 수사도 급진전되었다. 한 사람이 중태에 빠졌고, 한 사람은 자상을 입었으며, 또다른 사람은 죽음에 이르렀다. 사건의 무게가 달라진 것이다. 윤철중을 중심으로 조강희와 최정까지 조사가 확대되면서, 그들의 연결고리인 김회장에 대한 수사망도 조여오기 시작했다.

활어를 씹으면서 김회장은 날아가버린 연에 대해 생각했다. 공중으로 떠오른 것은 언젠가 가라앉기 마련이라며, 일말의 기대를 저버리지 못했다. 빈 종이를 발견한 윤실장 일당이 'nothing'을 지레짐작으로 맞혔다고 해도 'trash'는 어떻게 알아냈을까. 그게 의문이었다.

그날 오후, 신준희가 그 답을 들고 병문안을 왔다. 인성을 혹처럼 달고 왔다. 저 둘을 엮어준 것은 김회장이었는데 볼수록 어울리지 않는 한 쌍이었다.

"박기진이었어요."

준희가 말했고, 김회장은 그럴 줄 알았다는 듯 고개를 끄덕였다. 괘씸한 놈이었다. 이쪽과 저쪽을 오가며 이중 스파이 노릇을 했다.

"유영이가 휴지통을 사러 갈 때 박기진과 동행했어요. 차량 용품을 전문적으로 파는 숍인데 박기진 유튜브를 후원하는 업체예요."

인성은 그 사실을 알아낸 게 자기라고 강조했다. 박기진 유튜브를 일일이 확인해 휴지통 브랜드를 알아냈고, 숍을 직접 찾아가 탐문수사를 벌였다고 했다.

"그럼 내 돈을 몽땅 털어간 게 박기진이라는 말인가?"

"조상무 쪽과 손잡지 않았을까요? 어쨌든 현금으로 빼내려면 그들 도움이 있어야 하니까요."

윤실장은 조상무와 최부장에게 이용만 당하고 버려진 게 분명했다. 경찰차에 치였을 때 제대로 치료받았다면, 적어도 비명횡사는 하지 않았을 텐데. 김회장은 쓴웃음을 삼켰다. 이제는 얼굴도 가물가물한 자신의 부친이 떠올랐다. 평생 누군가를 믿었다가 배신당한 사람, 성공하면 사업가가 되지만 실패하면 사기꾼이 된다는 것을 알려준 사람이었다.

윤실장과 마지막으로 나눴던 대화가 하필 그런 부친에 대한 이야기였다. 기막힌 우연 같았지만, 김회장의 무의식적인 자기암시였는지도 몰랐다. 그럼에도 마지막 순간까지 윤실장의 배신을 예상하지 못한 건 아버지에게 물려받은 유전자의 농간이었다.

조강희와 최정에게는 출국 금지 조치가 내려졌다. 그들 중 자유롭게 해외에 나갈 수 있는 사람은 박기진뿐이었다. 조상무 일당이 케이맨제도에 마련해두었을 계좌로 돈을 출금할 수 있는 사람도 박기진뿐이라는 얘기였다.

김회장은 유경위에게 전화를 걸어 박기진을 체포할 수 있는 방법이 없는지 물었다. 유경위는 난색을 표했다. 박기진에게는 드러난 혐의가 없었고, 그가 범죄에 연루되었다는 증거도 없었다. 준희와 인성이 이 사건에 대해 유경위보다 아는 것이 더 많았다. 롤링 레이싱과 유영의 사고, 김회장 피습 사건에는 김회장의 검은돈이라는 핵심 범죄가 얽혀 있었지만 수사는 거기까지 진척되지 않았다. 김회장도 그 부분을 함구한 채 수사기관의 협조를 기대하기는 힘들었다.

시간이 없었다. 박기진은 이미 대한민국 영공을 벗어나고 있을지도 몰랐다. 정말 이대로 끝인가. 김회장이 이런 근심을 하고 있을 때 인성이 돌연히 나섰다.

"회장님, 걱정 마십시오. 제가 누굽니까? 이번 일은 저, 차반장이 해결하겠습니다."

"자네가 어떻게?"

김회장이 미심쩍은 말투로 물었다. 내내 준희에게 밀리기만 했던 인성은 회심의 한방을 노리고 있었다.

인천공항 제1여객터미널 E카운터 앞은 한산했다. 유나이티드항공은 아직 출국 수속을 시작하기 전이었다. 번쩍거리는 볼캡에 선글라스까지 끼고 나온 인성은 관광객을 인솔하는 가이드처럼 보였다.

"다들 비행기 타고 어디를 이렇게 가는 걸까요? 나도 여행 가고 싶네요."

입으로는 한가한 소리를 하면서 인성은 아들 희웅을 떠올렸다. 희웅의 병세가 호전되기 전까지 해외여행은 무리였다. 단둘이 여행을 가본 지가 언제인지 기억도 나지 않았다.

"오늘 박기진이 여기에 온다는 거죠?"

카운터 쪽으로 초조한 시선을 던지며 준희가 물었다.

"네. 확실합니다. 유나이티드항공을 타고 샌프란시스코를 거쳐 케이맨제도로 가실 계획이랍니다."

인성이 사채업자 보스 육중남을 통해 알아낸 정보를 읊었다. 때마침 육중남과 옹박이 저편에서 걸어오고 있었다. 반가운 일행이라도 만난 듯이 인성이 손을 흔들었다. 준희는 두 사람이 다가오는 모습을 보며 이 일이 과연 옳은 짓인지 의구심이 들었다.

인성은 사채업자들이 사람 찾아내는 데는 선수라고 했다. FBI도 못 잡는 사람들을 채권자들은 귀신같이 잡아온다고 했다. 준희는 아무리 박기진을 잡는 일이라고 해도 불법 사채업자들과 손을 잡는 일이 꺼림칙했다. 인성이 저 두 사람을 어떻게 구워삶았는지는 몰라도 그들이 박기진의 항공편 정보를 알아냈다. 아마도 보수를 제공했겠지. 백억 어쩌고 하며 허세를 부렸을지도 모를 일이었다.

“저 사람들이 굳이 여기까지 올 필요가 있나요?”

“조용히 좀 하세요. 듣겠네.”

인성이 바투 다가온 두 사람을 보며 준희에게 눈치를 주었다.

“안녕하세요오. 오랜만입니다아. 이모님은 잘 지내시지요?”

육중남은 여행이라도 가는 사람처럼 명랑하게 인사를 건넸다.

“사람을 직접 잡으러도 와주시고, 별별 일을 다 하시네요.”

준희의 말을 칭찬으로 들었는지 육중남이 가가대소 했다.

"말하자면 멀티 플레이죠오. 우리 회사가 인원이 몇 명 안 돼요오. 이런 일 시키면 직원들이 그만둔다고 난리들을 칩니다아. 험한 일은 다 제가 직접 하지요. 자, 그러면 두 분은 저어기 벤치에 앉아서 좀 쉬고 계세요오. 저희가 박기진씨 찾아서 모셔오겠습니다아."

준희는 과연 저 둘을 믿어도 될까 싶었지만 인성은 커피나 한잔하자며 태평하게 그녀를 이끌었다. 두 사람은 뜨거운 커피를 받아 쥐고 E카운터가 보이는 곳에 나란히 앉았다.

"어차피 박기진씨를 만나도 돈을 되돌려 받긴 힘들 거예요. 출처를 밝힐 수도 없는 돈이고 소유권을 주장할 수도 없을 테니까."

"압니다."

"그런데 왜 이렇게 열심이세요?"

"또 그 질문입니까?"

"저번에 돈 때문이라고 하셨는데, 이제 돈 받을 길이 요원해졌잖아요."

"그냥 합니다. 제가 하고 싶어서."

준희는 생전 처음 보는 자동차를 대하듯 인성을 바라보았다. 역시 사람은 기계보다 이해하기 힘든 존재였다.

손에 쥔 커피가 식어갈 무렵, 육중남이 장담한 대로 박기진을 데려왔다. 행려자 같은 몰골의 박기진을 준희는 거의 못 알아볼 뻔했다. 살이 마르고 눈이 퀭해서 오래 주린 늑대처럼 보였다. 육중남과 옹박에게 양팔이 잡혀 끌려오던 기진은 준희와 인성을 발견하자 입을 실룩였다. 그의 조소에는 여전히 탐욕이 실려 있었다. 아직 꺼버리지 못한 그 부질없는 욕망을 준희가 잠재웠다.

"박기진씨, 유영이가 깨어났어요."

에필로그

관중들의 환호와 동시에 시상대에서 샴페인이 터졌다. 유한은 포디움의 3위 자리에 올라 얼굴로 날아오는 탄산의 포말을 감미롭게 느꼈다. 선수 라이선스를 취득하고 처음 참가한 슈퍼레이스 아마추어 경주에서 입상이라니, 본인도 예상하지 못한 결과였다. 멀리서 유한을 향해 손을 흔들고 있는 저 두 사람은 알았을까? 유한은 준희와 인성을 향해 수상 트로피를 번쩍 들어올렸다. 선수 유니폼을 입은 유한은 의젓했고 전에 없던 생동감이 흘렀다. 깜깜한 도로를 무법 질주하던 객기가 빠지고 스포츠맨다운 건강한 혈기가 그 자리를 채웠다. 준희는 이 모습을 유영에게 보여주기 위해 카메라에 담았다.

"축하해."

준희가 시상대에서 내려온 유한에게 손을 내밀며 인사를 건넸다. 유한은 쑥스러워하며 준희의 손을 맞잡았다.

"아주 얼굴에 하이빔을 켜셨네."

인성이 유한을 놀려먹었다.

"마지막 코너에서 컨트롤만 잘했어도 2위는 문제없었을 거야. 자동차 성능보다 더 중요한 게 카레이서의 역량이야. 카레이서 역량 중에 제일 중요한 건 마인드 컨트롤이고."

준희가 유한에게 충고하자, 인성이 말을 막았다.

"잔소리는 나중에 합시다. 상 받은 애가 기뻐할 시간을 좀 줘야지. 야, 시속 200킬로미터 코너링에서 횡가속도를 온몸으로 받아낸 느낌이 어때?"

"심장 터지는 줄 알았어요. 누나 말대로 레이싱은 심리전인 거 같아요. 체력 훈련도 더 해야겠어요."

유한은 드디어 제 나이에 맞는 투지를 찾았고, 아버지와 누나의 그늘을 벗어나 자기만의 길을 헤쳐 나가는 중이었다. 시상식이 수상자들을 위한 파티로 이어지자, 준희와 인성은 유한을 남겨두고 행사장을 빠져나갔다.

유한이 드라이빙스쿨에서 교육을 받는 동안 김회장은 업

무상 횡령과 자금 세탁 등의 혐의로 언론을 뜨겁게 달구는 중이었다. 아들과 아버지가 서로 다른 세계에서 스포트라이트를 받고 있었다.

"도련님 시상식에 이어 회장님 면회를 가야 하다니, 제가 전생에 그 부자와 인연이 꽤 깊었나봅니다."

구속 수사를 받고 있는 김회장을 만나러 가면서 인성이 말했다. 막상 면회실에서 김회장을 보자 인성은 친형님이라도 만난 것처럼 얼싸안고 기뻐했다. 준희는 그 모습을 보며 웃어야 할지, 슬퍼해야 할지 난감해졌다. 인성은 김회장에게 유한의 수상 소식을 전해주었다. 인성의 방문보다 김회장이 더 기뻐할 만한 일이었다.

"첫 경기에서 입상을 해서 업계의 기대가 큽니다. 프로 선수로 데뷔해서 슈퍼레이스 챔피언십에 나가겠다고 하더라고요."

김회장이 담담한 표정으로 고개를 끄덕였다.

"개가 날 닮아서 운전에 감이 좋아."

이 말은 두 사람 모두를 놀라게 했다. 준희는 김회장의 입에서 유한을 칭찬하는 말이 나와 천만 뜻밖이었고, 인성은 '날 닮아서'에서 자신의 두 귀를 의심했다. 둘 다 머뭇거리며 아무 답을 못하다가, 준희가 유영의 이야기로 화제를 돌렸다.

"유영이가 재활치료를 열심히 받고 있어요. 의사 선생님 말씀이 회복 속도가 아주 빠르대요. 이제 큰 고비는 지난 것 같아요."

이 말에 김회장의 눈동자가 물웅덩이처럼 흔들렸다. 한마디라도 더 하면 눈물이 똑똑 떨어질 것 같아서 준희와 인성은 말을 삼가야 했다.

"참, 이모가 밥 잘 챙겨드시래요."

'늘그막에 건강 상해서 유영이에게 짐 될 생각 말고'라는 전언까지는 하지 않았다. 김회장이 이 말은 못 들은 체했다.

접견실을 나올 때 인성은 김회장의 그렁그렁한 눈망울을 떠올리며 "회장님이 돈 잃은 충격이 큰 거야"라고 중얼거렸다. 그러지 않고서야 자길 닮아서 운전을 잘한다는 소리를 할 수는 없을 터였다.

돈 잃은 충격으로 따지면 인성도 만만치는 않았다. 달콤한 기대로 부풀었다가 신기루처럼 날아가버린 백억에 대한 미련이 아예 없다면 거짓말이었다. 김회장의 재산은 동산, 부동산은 물론 그동안 열심히 사 모은 자동차까지 공매를 통해 환수될 예정이었다. 그의 호언장담은 허언이 되어버렸다.

유일하게 남은 것이 람보르기니 아벤타도르S였다. 절벽

에서 뛰어내릴 사람이 신발을 고이 벗어놓듯, 김회장이 미리 준희에게 넘겨주었기 때문이었다.

김회장을 접견하고 인성은 준희를 코르사정비소까지 데려다주었다. 안전 개러지의 문이 활짝 열려 있어, 위풍당당한 아벤의 모습을 다시 볼 수 있었다. 사고와 압수 수색, 폐차 위기까지 겪었으니, 저 녀석도 평지풍파를 헤쳐온 셈이었다.

"이 차의 모토가 뭔지 아세요?"

아벤을 보며 준희가 인성에게 물었다.

"달리고, 달리고, 달리는 거요?"

"아니요. 미끄러지고, 미끄러지고, 미끄러지는 거래요."

인성이 무슨 뜻이냐고 묻자 준희가 희끗 웃었다. 지난 몇 개월을 붙어다녔는데도 인성은 준희가 웃는 모습을 처음 보았다.

"얼마나 많은 혼돈을 감당할 수 있는지, 조금 더 시도해보자는 거죠."

인성은 준희가 자동차를 바라보는 방식이 자신과는 사뭇 다르다는 것을 깨달았다. 준희는 부드러운 표정으로 인성을 보며 말을 이었다.

"포르셰는 혼란 자체를 거부해요. 선로를 이탈하지 않는 기관차 같죠. 반면 람보는 미끄러지기 시작하면 다시 궤도를 찾기는커녕 슬쩍 더 미끄러져요. 운전자가 차를 제어해서 바로잡을 수 있도록이요. 스키나 서핑 같은 스릴이 있죠. 보통 담력으로는 어림도 없지만."

"차가 운전자랑 밀당을 하는 건가요? 나 이만큼 미끄러졌어, 식겁했지? 어디까지 견딜래? 뭐 이런?"

"가끔은 찬사받아 마땅한 자동차들도 있어요."

"아벤 오너가 되시더니 갑자기 람보 예찬론자가 되셨네요?"

"그래도 저는 포르셰를 탈 거예요. 운전할 때가 아니더라도 인생에서 미끄러지는 일은 수없이 많으니까."

"그럼 아벤은 어쩌시려고?"

저 멋진 차를 안전 개러지에 가둬두고 보기만 하겠다는 건가, 인성이 끙하고 볼멘소리를 냈다. 순간 인성의 눈앞으로 무언가 날아들었고 반사적으로 오른손을 뻗었다. 손에 잡힌 건 준희가 던진 아벤 키였다.

"감사의 표시로 이 정도면 될까요?"

인성은 믿기지 않는 듯 두 눈을 동그랗게 떴다.

"정말입니까? 아벤을 저에게 주신다고요? 그러면 준희씨는 남는 게 없잖아요."

"준희씨? 이제 신박사는 아니네요?"

준희가 맑게 웃었다. 하루에 두 번을 웃다니, 평소 안 하던 짓을 하면…… 인성은 준희의 맘이 바뀔까봐 차 키를 손에 꼭 그러쥐었다.

"저는 차보다 더한 것을 얻었어요."

이렇게 말하며 준희가 세번째로 미소를 지었다. 인성은 그녀가 윈디를 몰고 나타난 날보다 더 멋있다고 생각했다. 한 번도 들어본 적 없었던 승리의 무곡이 귓전에 울려퍼졌다. 인성의 마음은 이미 아벤에 희웅을 태우고 세상 끝까지 달려가고 있었다.

재활치료센터에서 유영은 인기가 좋았다. 의료진과 다른 환자들에게 '의지의 유영'으로 불렸다. 센터에서 가장 중증 환자였지만 회복 속도는 제일 빨랐다. 양손으로 평행봉을 짚고 한걸음씩 내딛는 모습은 어미 뱃속을 갓 빠져나온 새끼 노루 같았다. 별안간 맞닥뜨린 낯선 세상에서 잠시 허청대다가 이내 풀쩍풀쩍 뛰고야 마는.

처음 재활치료를 받은 날 유영이 준희에게 물었다.

"너 아기 때 처음 걸음마 뗐던 순간 기억해?"

"기억 못하지. 그걸 기억하는 사람이 있을까? 넌 기억해?"

"나도 못하지. 하지만 두번째 걸음마는 확실히 기억할 거야. 일기장에 써놔야겠다."

유영이 어찌나 기쁘게 말하는지, 가만히 지켜보고 있자면 준희의 내면에서도 무언가 회복되는 느낌이 들었다. 아마도 유영이 사고를 당한 순간 손상되었을 어떤 마음이.

또 한번 계절이 바뀔 무렵 유영은 보행기를 밀고 혼자 걸을 수 있게 되었다. 그날 적연히 첫눈이 내렸다.

"축하 파티 해줘. 눈 오는 거 보니까 귤 먹고 싶어."

준희는 햇귤을 사 들고 인성과 함께 유영을 보러 갔다. 유영은 재미난 구경거리 보듯 두 사람을 쳐다보며 피식피식 웃었다.

"요즘 둘이 부쩍 붙어다니네?"

"부쩍은 무슨. 근데 갑자기 귤은 왜? 너 원래 과일 안 좋아했잖아."

준희가 탱글한 귤 하나를 유영에게 까주며 물었다.

"내 몸이 비타민을 원하는 거지. 몸이 하는 말을 잘 들어야 건강해져. 자동차만 들여다보지 말고 너도 네 몸 좀 챙겨."

"지금 누가 누구 건강을 염려하는 거야?"

이 말에 유영이 푸핫, 하고 크게 웃었다.

"인성씨, 희웅이는 잘 있죠? 누나가 많이 보고 싶어한다고 전해주세요."

"그럼요. 희웅이가 유영씨 찐팬이에요. '유영hada' 채널 애청자였잖아요. 다음에는 같이 올게요."

"희웅이 오면 사인해줄게요. 요즘 연예인 된 기분이거든요. 유튜버들이 병원으로 취재 오겠다고 난리에요. 어제는 방송국에서도 연락이 왔어요. 불의의 사고를 이겨내고 재활 중인 트랜스젠더 유튜버 김유영!"

유영이 양팔을 번쩍 들어올리다가 힘에 부쳐 인상을 찌푸렸다.

"그래서, 한다고 했어?"

준희가 걱정스럽게 묻자, 유영이 오물오물 귤을 씹으며 태연하게 말했다.

"노놉! 횡령범 아빠와 도박 중독 엄마로 충분히 유명한 집안인데, 나까지 나설 거 없잖아."

이 말에 인성이 눈치 없이 웃었다. 준희는 어느 포인트가 웃긴 건지 알 수 없었고, 유영과 인성은 연신 싱거운 농담을 주고받았다.

"우리 집안 일으켜세울 유한이는 어떻게 지내?"

유영이 물었다. 유한은 유영이 깨어난 후에도 그녀를 보러 오지 않았다. 드라이빙 훈련을 받으면서 유한은 변하고 있었다. 닫혀 있던 성장판이 다시 열린 것처럼 나날이 깊어져갔다. 그럴수록 유영에 대한 미안함과 죄책감은 더 커졌을 것이다. 고된 훈련을 받다가 틈틈이 준희에게 전화를 걸어 유영이 얼마나 회복했는지, 무얼 하며 시간을 보내는지, 혹시 자기를 원망하지는 않는지 묻고 또 물었다.

"아직 시간이 더 필요한가봐."

준희의 대답에 유영이 싱긋 웃었다.

"유한이 안 오면, 내가 보러 가지 뭐. 슈퍼레이스 챔피언십이 언제랬지? 그날 직관하는 걸 목표로 재활치료 더 열심히 해야겠다."

유영은 달력을 보며 날을 꼽아보고 있었다. 그때쯤이면 계절이 또 바뀌어 있겠구나. 준희는 창밖으로 느릿느릿 떨어지는 눈송이를 바라보며, 겨울이 가기 전에 유한이 유영을 보러 오기를, 부디 이 시절이 유영에게 너무 춥지 않기를 기도했다.

자신이 당한 일과 일련의 사건들을 알고 난 후에도 유영은 기진을 원망하는 것 같지 않았다. 인천국제공항에서 붙잡힌 박기진은 김회장의 지갑을 털었다고 순순히 인정했지만, 화폐는 이미 조상무의 계좌로 흘러간 후였다. 경찰은 김회장의 비자금을 환수하는 데 총력을 기울였는데, 박기진이 키 맨이었다. 그는 수사에 협조하면서 감형을 받기 위해 머리를 굴리고 있을 터였다.

준희는 박기진이 유영 앞에 나타나지 않기를 바랐다. 그러나 유영에게 진정으로 사죄해야 한다고도 생각했다. 유영은 병실에서 샤를 페로의 고전 동화와 금강경을 읽었다. 순진한 빨간 망토는 늑대의 꼬임에 넘어가 잡아먹혔고, 부처님이 일러준 해탈과 열반의 길은 아득하기만 했다. 유영은 뚱딴지같은 소리를 했다.

"한 발 물러나서 바라보면 누구를 만나고 어떤 일이 생겨도 미워하거나 원망할 일이 없대. 그런데 빨간 망토는 잡아먹히기 전에 다섯 번이나 의심했으면서도 왜 늑대를 할머니라고 믿었을까?"

"말은 쉽지." 준희가 대답했다.

"원망하지 않는 거? 아니면 믿지 않는 거?"

"둘 다."

준희는 부처님 같은 소리나 하고 있는 유영을 이해할 수 없었지만, 그 마음까지도 유영이라는 것을 받아들였다. 한 사람을 완벽히 이해할 수는 없지만 온전히 사랑할 수는 있었다. 그런 생각을 하며 유영의 유튜브 채널에 간간이 달리는 악성 댓글들을 삭제했다. 천벌을 받을 줄 알았다, 차라리 죽지 그랬냐. 그런 댓글보다는 응원의 글이 훨씬 많았으므로 기꺼운 마음이 들었다.

그리고 이해할 수 없었던 또 한 사람, 이모 채희주를 대하는 마음이 조금은 가벼워졌음을 느꼈다. 이모는 유영을 간호하는 일만이 삶의 이유인 것처럼 열성을 다 했다. 부모가 자식을 돌보는 게 지당한 일은 아니라고 가르쳐준 사람이, 그 일을 마땅히 해내고 있었다. 그러느라 도박할 시간이 당장은 없어 보였다. 그녀는 가끔 쓸쓸한 말투로 나는 잊히는 중이야, 라고 중얼거렸다. 가만 생각해보면 쓸쓸함보다는 애틋함에 가까운 말이었다.

준희는 이모의 재규어에 초보 운전 스티커를 붙여주었다. 이모는 미적인 견지에서 반대했지만 준희가 안전상의 이유로 밀어붙였다. 이모의 집에서 유영의 병원까지 가는 경로를 여러 번 운전 연습도 시켰다. 운전이 제법 숙달되었을 즈음 이모가 이런 말을 했다.

"너 태어났을 때 어찌나 예쁘던지, 나도 꼭 너 같은 딸 낳게 해달라고 기도했어. 가만 보면 내가 기도한 것들은 다 이루어지더라."

"그럼 매일 기도하면 되겠네. 요즘은 뭘 바라는데?"

"우리 유영이 빨리 나아서, 자전거도 타고, 춤도 추고, 연애도 하라고 기도하지."

"잭 팟 터지게 해달라고는 안 빌어?"

"너 이제 농담도 하니?"

"농담 아닌데."

준희는 진지하게 대답했다.

윈디는 달렸다. 굽은 도로에서도 잘 달렸다. 언젠가 유한에게 건넨 말대로 인생은 곧은길보다는 굴곡이 더 많았다. 커브는 폭주하지 않도록 준희를 잡아주었다. 그 구간을 어떻게 넘느냐가 준희에게는 삶을 살아가는 기술이었다. 조금 미끄러지더라도 핸들을 놓지만 않는다면 바로잡을 수 있는 기회는 있다. 중요한 것은 내 경로를 잃지 않는 것이다. 드라이빙처럼 인생에 커브가 없다면 무슨 묘미가 있을까.

준희는 노면이 사이클 경주장처럼 비스듬히 누워 있는 커브를 좋아했다. 도로의 곡률은 멀리서 볼 때보다 안에서 느낄 때 더 아름다웠다. 헨리 포드의 말처럼 삶은 정주가 아니라 여행이기에 종착하기 전까지는 달려야 했다. 너무 빠르지도 느리지도 않게, 다만 꾸준히.

작가의 말

소설책에 소설이 아닌 말을 덧붙이는 것은 겸연쩍은 일이다. 소설 뒤에 숨어 있다가 불시에 맨얼굴을 드러내는 심정이랄까. 하지만 긴 시간을 함께했던 이야기를 그냥 보내기도 아쉬워 어쩔 수 없이 사족을 늘어놓게 된다. 두서도 맥락도 없는, 어쩌면 소설과 아무 관련 없을 말들을.

엄마는 예순이 넘어 운전면허를 땄다. 그건 참으로 의외였다. 그 나이에 면허를 딴 일이 아니라 그 나이까지 따지 않은 일이 말이다. 내가 성인이 되자마자 엄마는 나에게 운전을 배우라고 했다. 여자가 운전을 못하면 안 된다고 했다. 밑도 끝도 없이 그랬다. 이제 와 깨달은 것이지만, 엄마가 동경했던 건 자동차를 다루는 일이 아니라 떠나고 싶을 때 떠날 수 있는 자유였다. 엄마에게 운전은 날개옷 같은 거였을까? 엄마는 델마와 루이스처럼 자동차를 타고 떠나게 될까봐 젊은 날 운전을 배우지 않았는지도 모르겠다. 정작 자유를 쫓아 엄마 품을 떠난 것은 우리였고, 엄마는 이제 자동차를 몰고 다니며 마음껏 걱정을 끼친다. 자라면서 우리가 그랬던 것처럼. 예전에 엄마는 자유를 동경해서 나를 불안하게 했고 이제는 꿈꾸던 자유를 얻어 불안하게 한다.

아버지는 운전을 잘했다. 어찌나 잘했는지 시력이 극도로 나빠진 후에도 자동차로 밤길을 누비고 다녔다. 그에게는 운전할 때 활성화되는 특별한 감관이 있는 것 같았다. 꿍꿍이가 많은 아이였던 나는 이따금 아버지의 야행에 딸려나갔는데 그게 위험한 일인 줄도 몰랐다.

사실 아빠가 운전하는 차를 타는 것만큼 안전하게 느껴지는 일이 그 시절엔 별로 없었다. '개조심'이 붙은 집 앞을 지나가거나, 하마처럼 보이는 뜀틀을 넘는 일에 비하면 그건 정말 아무것도 아니었다. 운전자가 안전띠를 매지 않아도, 약주 한두 잔쯤 마셔도 아무렇지 않게 생각되던 시절이었다. 전 좌석 안전띠 착용이 의무화된 것은 아버지가 돌아가시고 몇 년

후의 일이다. 이제는 자동차가 스스로 주행하는 시대라고 한다. 사람이 운전하는 일은 너무 위험해서 불법이 될 거라는 일론 머스크의 말을 듣는다면 아빠는 어떤 표정이 될까.

운전이 불법이 되는 시대. 그런 미래가 오기 전에 무언가 써야겠다고 마음먹었다. 소설을 구상하던 시절 밤리단길의 한 카페에서 김수아 편집자를 만났다. 어떤 소설을 쓰느냐는 질문에 슈퍼카를 둘러싼 청춘들의 이야기라고 두리뭉실하게 대답했다. 나조차도 이 소설이 어떻게 달려갈지 알 수 없는 상황이었다. 그녀는 단정한 목소리로 말했다.

"저는 이 세상에서 자동차가 없어져야 한다고 생각하는 사람입니다."

운전이 문제가 아니라 자동차가 사라져버릴 수도 있겠구나. 자동차를 소재로 어떤 이야기를 빚어내야 그녀를 홀릴 수 있을까 궁리를 하면서, 다만 자동차가 달리기 좋은 길보다는 사람이 걷기 좋은 길이 많이 생겼으면 좋겠다고 말했다. 그건 항상 진심이었다. 모든 소설이 그렇듯 써놓고 보니 결국 사람 이야기였다.

소설을 쓰면서 동네를 자주 걸었다. 학군과 교통, 생활 편의. 어느 것 하나 내세울 게 없는 우리 동네는 약간은 유배된 듯한 느낌을 주는 곳인데, 걷다보면 근래에 생긴 고속도로가 내려다보이는 능교를 만난다. 그곳이 신비로운 분위기에 휩싸이는 순간이 있다.

하루의 소명을 다한 태양이 처연하게 저물고 인공조명은 일시에 열렬한 광도를 쏟아붓는데, 높은 곳이 주는 아뜩한 공포 속에서 끊임없이 밀려들고 밀려나는 자동차들, 그러다 어느 순간 현실감각마저 밀려나버리는 그런 시간. 정주해 있는 나는 한없이 달려가는 기분으로 어지럼증을 느끼다가 현실과 비현실의 경계에 선 듯한 착각에 빠지곤 했다. 정신을 차리고 보면 주변은 놀랄 만큼 어두웠고 저 아래 고속도로는 막 오른 무대처럼 환한 빛에 싸여 있었다. 이 소설은 그렇게 시작했다.

대중교통이 거의 없는 동네에 살다보니 어쩔 수 없이 운전하는 시간이 늘었다. 소설이 잘 풀리지 않던 많은 나날, 자동차를 타고 가다 꽉 막힌 도로에 갇히면 그 상황이 꼭 내 소설 같다는 생각이 들었다. 앞으로 나가지도, 뒤로 빠지지도 못하고 도중에 기권을 선언할 수도 없는 막막한 레이스에 갇힌 느낌이었다. 중반부를 넘어선 소설을 포기하는 일은 도로 한복판에 차를 세워두고 걸어나가는 일 같았다. 그러므로 버티는 수밖에. 견디는 일에는 소질이 없지만 소설만큼은 어쩔 도리가 없었다. 막힌 길은 언젠가는 뚫렸고, 길눈이 어두운 나도 기어이 목적지에 도착하곤 했다. 우회하거나, 지체되더라도 묵묵하게 가다보면.

소설을 쓰면서 사계절을 보냈고, 다시 겨울이 목전에 와 있다. 내가 사는 동네는 '눈을 마중한다'는 의미의 이름을 가지고 있다. 그래선지 겨울이 일찍 오고, 눈밭 위에 길고양이 발자국이 오종종 찍히는 고요하고 평화로운 곳이다.

또 한번의 겨울이 오는 것을 기쁘게 맞으며, 두번째 장편소설이 지난한 여정 끝에 종착지에 다다를 수 있어 감사하다. 모쪼록 온기를 전하는 소설이기를, 이 겨울 모두가 블랙아이스를 밟지 않기를.

2024년을 기다리며,
이수안

문학동네 플레이 시리즈
블랙 아이스

초판 인쇄 2023년 12월 7일
초판 발행 2023년 12월 18일

지은이 이수안
책임편집 김수아 | 편집 정민교 정은진
디자인 이보람 유현아 | 저작권 박지영 형소진 최은진 서연주 오서영
마케팅 정민호 서지화 한민아 이민경 안남영 왕지경 황승현 김혜원 김하연 김예진
브랜딩 함유지 함근아 고보미 박민재 김희숙 박다솔 조다현 정승민 배진성
제작 강신은 김동욱 이순호 | 제작처 천광인쇄사

펴낸곳 (주)문학동네 | 펴낸이 김소영
출판등록 1993년 10월 22일 제2003-000045호
주소 10881 경기도 파주시 회동길 210
전자우편 editor@munhak.com | 대표전화 031)955-8888 | 팩스 031)955-8855
문의전화 031)955-3576(마케팅) 031) 955-2675(편집)
문학동네카페 http://cafe.naver.com/mhdn
인스타그램 @munhakdongne | 트위터 @munhakdongne
북클럽문학동네 http://bookclubmunhak.com

ISBN 978-89-546-9659-3 04810

www.munhak.com